Réquiem para un Ángel

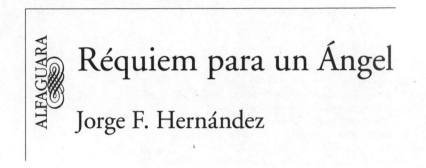

Réquiem para un Ángel

Jorge F. Hernández

RÉQUIEM PARA UN ÁNGEL
D. R. © JORGE F. HERNÁNDEZ, 2009

ALFAGUARA

De esta edición:
D. R. © Santillana Ediciones Generales, S.A. de C.V., 2009
Av. Universidad 767, Col. del Valle
México, 03100, D.F. Teléfono 5420 7530
www.alfaguara.com.mx

- Distribuidora y Editora Aguilar, Altea, Taurus, Alfaguara, S.A.
  Calle 80 No. 10-23. Santafé de Bogotá, Colombia.
  Tel.: 6 35 12 00
- Santillana S.A.
  Torrelaguna, 60-28043. Madrid.
- Santillana S.A.
  Avda. San Felipe 731. Lima.
- Editorial Santillana S.A.
  Av. Rómulo Gallegos, Edif. Zulia 1er. piso
  Boleita Nte. Caracas 1071. Venezuela.
- Editorial Santillana Inc.
  P.O. Box 5462 Hato Rey, Puerto Rico, 00919.
- Santillana Publishing Company Inc.
  2043 N. W. 86th Avenue Miami, Fl., 33172 USA.
- Ediciones Santillana S.A. (ROU)
  Javier de Viana 2350, Montevideo 11200, Uruguay.
- Aguilar, Altea, Taurus, Alfaguara, S.A.
  Beazley 3860, 1437. Buenos Aires.
- Aguilar Chilena de Ediciones Ltda.
  Dr. Aníbal Ariztía 1444.
  Providencia, Santiago de Chile. Tel.: 600 731 10 03
- Santillana de Costa Rica, S.A.
  Apdo. Postal 878-150, San José 1671-2050, Costa Rica.

Primera edición: abril de 2009

D.R. © Diseño de cubierta: Eduardo Téllez

ISBN: 978-607-11-0207-2

Impreso en México

Hay un cuadro de Klee que se llama *Angelus Novus*. En él se representa a un ángel que parece como si estuviese a punto de alejarse de algo que le tiene pasmado. Sus ojos están desmesuradamente abiertos, la boca abierta y extendidas las alas. Y éste deberá ser el aspecto del ángel de la historia. Ha vuelto el rostro hacia el pasado. Donde a nosotros se nos manifiesta una cadena de datos, él ve una catástrofe única que amontona incansablemente ruina sobre ruina, arrojándolas a sus pies. Bien quisiera él detenerse, despertar a los muertos y recomponer lo despedazado. Pero desde el paraíso sopla un huracán que se ha enredado en sus alas y que es tan fuerte que el ángel ya no puede cerrarlas. Este huracán le empuja irreteniblemente hacia el futuro, al cual da la espalda, mientras que los montones de ruinas crecen ante él hasta el cielo. Ese huracán es lo que nosotros llamamos progreso.

Tesis de filosofía de la historia,
WALTER BENJAMIN

Dueños de la noche, porque en ella soñamos; dueños de la vida, porque sabemos que no hay sino un largo fracaso que se cumple en prepararla y gastarla para el fin; corazón de corolas, te abriste: sólo tú no necesitas hablar: todo menos la voz nos habla. No tienes memoria, porque todo vive al mismo tiempo; tus partos son tan largos como el Sol, tan breves como los gajos de un reloj frutal: has aprendido a nacer a diario, para darte cuenta de tu muerte nocturna: ¿cómo entenderías una cosa sin la otra? ¿cómo entenderías a un héroe vivo?

La región más transparente,
CARLOS FUENTES

Alguien despliega miles de brillantes sobre un manto de terciopelo negro, millones de cristales luminosos sobre un fondo oscuro, miles de millones de luces que alfombran la mirada de un anónimo pasajero de avión que despierta de un sueño trasatlántico al volver a la Ciudad de México.

Alguien custodia las almas de más de treinta y cinco mil niños que duermen en las calles de interminables alcantarillas. Alguien mira fijamente sus ojos hambrientos y su piel de mugre. Alguien persigue sus recorridos sobre la desesperación de las aceras.

Alguien lleva la cuenta de los treinta y cinco mil microbuses que son la forma más oprobiosa del transporte urbano, colesterol automotriz que inunda la mar vehicular de la ciudad inabarcable.

Alguien recorre todos los kilómetros subterráneos sobre una serpiente anaranjada que surca las capas del subsuelo pretérito y repta por debajo de los edificios con osteoporosis de concreto.

Alguien vive la ciudad como si no fuera la misma, como si el mundo se redujera a un paseo por seis calles a la redonda. Alguien vive feliz el paso consuetudinario del tiempo que no cambia. Alguien compra leche fresca en medio de un embotellamiento de tránsito.

Alguien vive como si estuviera en el extranjero, se hablara en inglés y se cobrara en dólares. Alguien siempre contempla la ciudad desde las alturas.

Alguien escucha los gritos del crimen cotidiano, el latido multitudinario de la impotencia, los tambores incansables de la desesperación y el desahucio. Cada angustia, cada gemido, una confirmación del aislamiento; cada tristeza, un acorde más del ruido que todos oyen, pero que nadie escucha.

Alguien recuerda las calzadas con camellones y las calles con palmeras que enmarcaban la estatura homologada de los edificios. Alguien se acuerda de los nombres de las estatuas que se volvieron anónimas.

Alguien no se sabe engañado por la multiplicación de las mentiras, el imperio de la amnesia y la institucionalización de la imbecilidad. Alguien cree que los arrepentidos realmente corrigen sus rumbos, que los advenedizos realmente cumplen sus utopías y que la mayoría entiende que no entiende nada.

Alguien procura declarar su identidad en medio de tanto anonimato. Alguien cumple en silencio con el transcurso de una vida y su empeño se graba en el olvido. Alguien se mira en el espejo al clarear la noche y cierra sus ojos al alba, con la conciencia convencida de que por un solo día, que es como decir para siempre, consta que ha sido Alguien.

Uno

Ángel Andrade salió de su casa un nueve de julio del año dosmilytantos sabiendo que no volvería a ver a su madre. La dejó en su cama, perdida en la recitación de las mismas jaculatorias que la vieja repetía todas las mañanas desde que él tuviera uso de su razón. Cerró la puerta, con un ánimo muy parecido a la satisfacción, sabiendo que ella no notaría su ausencia hasta que sus pasos lo hubieran llevado hasta esa distancia universal desde la cual ya no hay regreso posible. Miró su reloj y se distrajo pensando que a las siete con diecinueve minutos de una mañana idéntica se derrumbaron las entrañas de la Ciudad de México por culpa de un terremoto en mil novecientos ochenta y cinco; recordó que en la escuela algún profesor aseguraba que Hernán Cortés le había visto los ojos al emperador Motecuhzoma pasados casi veinte minutos de la siete de la mañana de un idéntico amanecer en mil quinientos diecinueve, pero en medio del instante de feliz desasosiego, Ángel Andrade recordaría por encima de las desgracias de la historia otra mañana: el único amanecer que logró vivir con Diana, su novia perdida, la mujer que ahora se proponía olvidar dejándola atrás, igual que a su madre, envuelta en murmullos.

Ángel Andrade caminó como si quisiera perderse. Sin prisa ni preocupación, anduvo como si se le aligerara la vida, sus pasos confesando huellas invisibles sobre el pavimento, como si le salieran alas para levantarlo del suelo. Alternó sus recorridos sobre las banquetas con trancos largos por en medio de las calles. Domingo, siete treinta y cinco de la mañana, nueve de julio, nuevo milenio, a nadie le importa quién camina en sentido contrario, ni a dónde va ni de dónde venga. Sería más literario narrar aquí que Ángel Andrade anduvo con el rumbo fijo de encontrar un poblado específico, un edificio concreto anhelado en la memoria y que se topara con alguien que le confirmase la dirección. Sería quizá más literario aún consignar que Ángel Andrade salió de su casa sin la bendición de su madre desquiciada, pero con la narrativa intención de encontrarse con su padre, un tal Pedro Páramo. Pero consta que Andrade salió de su casa con la intención de perderse, sin necesidad alguna de encontrarse con nadie y que su padre nunca existió. Desde luego que sí existió un hombre que embarazó a su madre, desde entonces enloquecida, la última noche de febrero de mil novecientos sesenta y ocho. Ese hombre anónimo que prácticamente violó a la que sería desde ese instante la madre de un niño al que bautizó ella misma con agua purificada del hospital con el nombre de Ángel, para que así se salvara su alma desde chiquito y que luego ella misma registró con el apellido de Andrade, porque así se llamaba la calle donde vivía la mujer que ahora, a los sesenta y dos años de edad, se quedó en la cama rezando sus letanías de locura y abandono.

Sería como un épico poema, a ritmo de bandoneón intenso, inventar aquí que Ángel Andrade inició con estos párrafos una travesía que en poco más de

doscientas palabras lo llevaría a descubrir el misterioso nombre, destino y paradero de su anónimo padre.
Que por un azar se le cruzaran en el camino fantasmas y espectros que lo condujeran hacia la mitológica revelación de que sí es posible atar los cabos de lo
insondable y encontrarse cuarenta años después con
el anónimo animal que embarazó a su madre una noche efímera de un febrero olvidado y que antes de
que amaneciera aquel marzo lejano del 68 se esfumó
del mundo sin saber siquiera que ya era el padre de
un ángel anónimo, homónimo de millones de ánimas en pena que ahora pueblan la ciudad más grande del mundo. Sería incluso cinematográfico, filmarle
en sepia el rostro de un actor famoso con cara de tru-
hán para que se escuchase en *off* la voz de un angelito mentándole la madre a su padre, pero lo cierto es
que a Ángel Andrade jamás se le habría ocurrido escaparse de su casa con la bizarra intención de buscar
a nadie, encontrarse con alguien o cumplir con un recorrido establecido *a priori*, y menos en prosa.

Si acaso le dio la curiosidad algún día de preguntarle a su madre quién había sido su padre fue a
los siete años y forzado por las burlas de sus compañeritos del colegio, y si acaso insistió con más preguntas,
su inquietud no duró más de un mes para convertirse
en la resignada aceptación de que él era un *ángel de
verdad, nacido de concepción singular, sinpecadoconcebido, torredemarfil, ángelyquerubín, almapurainmaculado, niñovirgen*… tal como se quedó rezando su loca
madre la letanía de todas las mañanas desde que él
tuviera uso de su razón y tal como se pondría a recitar
la aceleración de su locura en cuanto se diera cuenta
que su angelito ya no volvería jamás.

Lo que consta es que Ángel Andrade caminó por Varsovia hasta Hamburgo, pasó Lancaster y se detuvo en Florencia para mirarse bañado en oro, alado sobre la Columna de la Independencia y entre palmeras salvajes, fugadas de una playa lejanísima. Se dejó perder entre Estocolmo, Estrasburgo y Amberes hasta descubrir Génova, Liverpool y Niza, pasando por Venecia y de allí hasta Nápoles y Londres, Dinamarca hasta Marsella, sin isla de If a la vista. Andrade se elevó por Berlín hasta alcanzar Roma, evitando Milán dobló en Lisboa y dejó que Atenas lo llevara directo a la inexplicable visión de un Reloj Chino que olvidaba marcar que eran ya las nueve en punto de la mañana del primer vuelo de Ángel Andrade. Sería poético alargar los párrafos y suponer que Andrade volaba por Europa entera, si no tuviera que acotar que su periplo no era más que un recorrido andado por la colonia Juárez de la Ciudad de México, cuyas calles llevan los nombres de las ciudades que la mayoría de los mexicanos jamás conocerán en vida.

Postrado ante el Reloj Chino, como estatua derretida, Ángel Andrade se dejó descansar y confirmarse en silencio que ahora la vida quedaba inevitablemente ligada al decurso inesperado de las calles de la Ciudad de México, cuyos nombres como sus hombres no están determinados por evocaciones geográficas ni referencias literarias, sino trastocados para siempre por el invisible peso de la realidad de todos los días. Varsovia no es Polonia, sino el íntimo ghetto donde una loca se ha quedado para siempre rezando letanías delirantes; Oslo es un callejón donde las gitanas leen el café turco y los pintores esconden sus mejores óleos envueltos en papel de estraza; de Sevilla a Londres, Génova a Niza, Liverpool o Milán se enmarca la Zona Rosa que fue de bohemios para convertirse ahora en cuadrícula etílica de turistas... Ángel Andrade ya no es el nombre, sino el hombre que recorre en silencio las calles que sólo son nombres, imaginarios homenajes, evocaciones de un mundo ajeno, lejano y distante aunque se recorran a pie, imposibles de materializarse todas las mañanas anónimas de la Ciudad de México.

Incorporándose, Ángel Andrade alzó la mochila donde lleva lo único que se trajo consigo de su vida ya pasada. Caminó por Bucareli hasta desembocar en Reforma y dobló hacia la Alameda Central, donde deambuló hasta pasadas las doce del día, inundado de músicas y de ruidos, rodeado de cientos de nombres que son padres de familia, miles de diminutivos que son niños y niñas que pueblan cada domingo el único pulmón que le queda a la Ciudad de México. Angelito en la Alameda va de la mano de su madre inexistente, cruzándose con caballeros de la falsa sociedad que inclinan sus chisteras para saludar a la Muerte que viene emperifollada con crinolinas y un ancho sombrero emplumado. Angelito vestido de niño que se salió de Varsovia para volverse el hombre que se pierde en las horas de un parque intemporal. Ángel que se inventa sus propias alas entre melodías de manivela de los organilleros uniformados, aliviado por paleteros vestidos de laboratoristas, hipnotizado por un merolico que exprime crema de nácar con unas gotas de limón agrio, el mismo limón verde que baña los chicharrones de cerdo que gotean una salsa de chile rojo que parece la sangre fresca de un raspón en la rodillita del angelito que se acaba de caer del triciclo de su infancia. Angelito entre bicicletas, enamorados de la mano y señoras gordas que se visten de rosa. El niño envuelto en las luces que se multiplican con cada cascada de burbujas de jabón que flotan desde las bocas de media docena de vendedores multicolores. Angelito llega hasta el kiosco y escucha la música de una orquesta perfecta, heroica por amateur, sin saber que le tocan el mismo vals que el compositor Ricardo Castro estrenó aquí mismo una mañana idéntica de mil novecientos siete y sin saber que todo lo que mira no es más que el fondo musical para un mural de Diego Rivera que retrata, sin saberlo, el primer recorrido en libertad de un ángel anónimo, perdido ya para siempre en la Ciudad de México.

Sería netamente historiográfico redactar que Ángel Andrade se acercó al Hemiciclo de Benito Juárez, cegado por la blancura del mármol, como un alumno de primaria que realiza una silenciosa guardia de honor ante la figura inmensa del prócer oaxaqueño, niño pastorcito de ovejas que llegó a presidente de la República, el mismo que derrotó al invasor Imperio de Francia en una mañana idéntica de mil ochocientos sesenta y siete. Sería místico, polémico y contrastante escribir que Andrade se metió a rezar con la misa de las doce a la inclinada iglesia de la Santa Vera Cruz, templo de tezontle rojo y cantera grisácea que queda como mudo testigo del camino que tomaron Cortés y sus compañeros la Noche Triste en que huyeron de Tenochtitlán. Sería fantástico inventar que Andrade se quedó absorto ante la monumental belleza del Palacio de Bellas Artes y que, rompiendo el hechizo de los nombres, descendiera por la boca del Metro y apareciera de pronto en la estación L'Etoile de París, de corazón a corazón de ciudades, evadido por una ocurrencia genial. Sería incluso revelador suponer que Ángel Andrade se detuvo ante el monumento a Beethoven y que recordó de memoria cada nota de una sinfonía aprendida por gusto y costumbre, y que esa música en su mente lo distrajera apenas unos instantes del increíble espectáculo de un curandero que llenaba con humos de copal las caras de los transeúntes incautos mientras se enroscaba en el cuello la bufanda resbalosa de una víbora viva, inmensa y venenosa, como las peores pesadillas que nunca pudo olvidar un sordo compositor de sinfonías condenado por los siglos de los siglos a quedar petrificado en mármol en tierra de indios. Pero Ángel Andrade no se acercó al Hemiciclo a Juárez, ni entró al templo de la Santa Vera Cruz, ni se enteró del Museo Franz Mayer y su patio interior donde rondan fantasmas de enfermas virreinales, sifilíticas ancestrales, las verdaderas abuelas de la chingada. No reparó en los luminosos mármoles del Palacio de Bellas Artes ni en el perfil que trazan las nubes cuando sobrevuelan el extremo de la Alameda de México donde hace siglos se quemaba vivos a los herejes y a los infieles condenados por la Santa Inquisición.

Angelito Andrade se sentó en una banca cualquiera de la Alameda, de espaldas a un Beethoven irreconocible, mirando una floripondiada entrada para el Metro sin saber que fuera de estilo *art nouveau* y, como si él no fuera más que un ignorante alumnito puntual de una primaria pública que se derrumbó por culpa de un terremoto, abrió su mochila y revisó las pocas cositas que componían su equipaje de recién inaugurada evasión, su recién nacida elevación a la vida ya sin su madre loca, lejos de su novia olvidada, liberado del ghetto rutinario de la calle de Varsovia, olvidado de la monótona cotidianidad absurda, entregado ahora a la aventura que se volvía su única e irremediable realidad, pasadas las doce del día nueve de julio del año dosmilytantos.

Neblumo

"Niebla y humo. Transparencia perdida, memoria amnésica. De la inundación al polvo, siete siglos sobre un lago desaparecido. El descanso efímero de un águila sobre un nopal. La serpiente muerta, el águila perdida. Valle entre volcanes, utopía de la nieve sobre la amenaza constante del fuego. Piedra roja tezontle, cantera de piedra gris. Musgo sobre la acequia, acueductos truncados, ríos disecados y un cerro en la bruma. Monstruo de todos los climas que vive en un solo día las cuatro estaciones del año. Doce meses que caben en trescientos sesenta y cinco minutos que se multiplican cada cincuenta y dos años. Ciclos de un calendario en piedra, libro de historia tallada, que es el rostro del Sol. Luna donde se observa el conejo que condena a los labios de los eclipsados y los convierte en hijos de la noche. Lunáticos en la niebla, epicentro del mundo, ombligo del Universo donde se juntan el agua y el aire con la tierra y el fuego. Nudo en la equis que se pronuncia como jota y que a veces se escucha como quien calla, arrastrándose sobre la lengua como una sentencia de silencios. Ciudad *madre que nos engendra y nos devora*, madrastra de tlaxcaltecas, nodriza de repúblicas perdidas. Geometría prehispánica bajo un ajedrez renacentista, piedra roja tezontle como esponja cubierta con filigranas talladas con manos de sangre. Ciudad temblorosa y sísmica, transparencia y asfixia, polución y pureza. Villa íntima y megalópolis desconocida, barrios extraños multiplican la costumbre de tus rostros. Danza de tambores y chirimías, sinfonía barroca, polifonía de lo bizarro, música confusa, tonadita de bolero, ritmo de danzón, territorio del mambo, escaparate ranchero, utopía del rock and roll, sueño en jazz, paisaje para cuerdas y percusión de palpitaciones.

Sigues *ojerosa y pintada*, desnudada por el crimen y heredera de toda violencia. Violada por automóviles y el Metro que es víbora naranja que llevas en el pico de tus entrañas. Túneles de lodo y mierda, ilusión de antropólogo, jauja de arqueólogo, territorio de crónicas y cronistas, geografía de historiadores. Voces en silencio, gritos sin cuello, habladurías, murmullos en coro. Voces que son vidas de todos tus muertos, *cilangos*, gusanos del lodo, ahora *chilangos*, ecos del humo, lluvia de niebla, callejones de silencio, gritería vial, viaducto verbal, avenida de oratorias olvidadas. Mina de oro convertida en hilo de abalorios, asco y amnesia, tedio y terremoto, terror en tus taxis. Empañada región empanizada por ascos, veinte millones de muertos, cincuenta mil industrias, cinco millones de coches, camiones, microbios volantes. En tus entrañas conviven los huérfanos con el estiércol, cemento inhalado bajo tu piel de asfalto, miradas perdidas en la noche interminable, madrugadas de vómito con todas las flores de San Ángel. Panteón y parvulario, lápida y portón, infierno celestial y limbo implacable."

A. A.
Cuaderno olvidado en un taxi, 2006

Algunos insisten en portar su inocencia, confiar en los desconocidos y soñar con sus felicidades. Algunos se preocupan por los demás, se esmeran en la monumentalidad de lo minúsculo y descansan con la conciencia tranquila, como respiración de un niño dormido.

Algunos no respetan el ancho de las banquetas, repudian el devenir de cualquier rutina y estorban el concierto de las demás voluntades. Algunos creen que siempre han de tener la razón, que los demás les debemos mucho desde antes y que el futuro dura el mismo tiempo que una borrachera efímera.

Algunos respetan que hay códigos implícitos en la convivencia, que no todos los demás compartimos sus ideas, ni la pigmentación de sus pieles o pecas, ni las cifras de sus ingresos. Algunos confunden la riqueza con la ostentación, la opulencia con el mal gusto y la intransigencia con el designio.

Algunos prosiguen armando su biografía a partir del esfuerzo, la cotidiana construcción de una vida a partir de trabajos mínimos, la larga edificación de satisfacciones que superan a los sacrificios. Algunos se saben privilegiados con lo gratuito, no esperan nada pues saben que todo lo tienen y no valoran lo que presumen.

Algunos duermen en las calles porque sus camas se esfumaron y dormitan de día porque se pierden en las noches. Algunos cambian de cama dos veces por semana y duermen en las oficinas donde fingen una vida profesional. Algunos duermen despiertos y sueñan sin dejar de dormir la sinrazón de sus delirios.

Algunos identifican a sus semejantes, establecen camaraderías en tertulia y aprecian el momento entrañable de silencios que caben en medio de una conversación. Algunos se saben en confianza y se atreven a compartir un deseo. Saben que algunos de los que escuchan suscribirán el mismo silencio.

Algunos se saben solos y eligen unir sus aislamientos por el efímero placer de sentirse acompañados. Algunos confían en que los sueños compartidos se vuelven utopías sin caducidad, nubes aterrizadas.

Algunos creen que todo es imposible. Algunos se aterran ante los miles de kilómetros cuadrados que no terminan nunca de sobrepoblarse, los millones de nombres que no terminan jamás de repetirse, las miles de calles que nadie conoce aunque lleven el mismo nombre y se cruzan todos los días con sus noches.

Algunos no salen nunca de su barrio y no conocen el Zócalo. Algunos conocen cada rincón de la noche y cada silencio de callejón. Algunos no saben la edad de los edificios y algunos han memorizado los nombres de todos los inquilinos que nos han precedido en cada una de las viviendas desde que la ciudad es ciudad.

Dos

Nueve en punto de la mañana. Mismo domingo, misma ciudad, aunque parezca otro mundo. Tres mujeres y tres hombres se reúnen en el Sanborns de la Casa de los Azulejos para el desayuno de todos los días, sin imaginar ni importarles la vida, andanzas o historia de un tal Ángel Andrade o las de los cientos o miles de angelitos que han logrado amanecer el mismo domingo temprano con el afán de moverse de vida o de ser vistos por el mundo, o bien, jamás leídos en tinta. Tres mujeres y tres hombres, seis venerables ciudadanos, mayores de setenta años, unidos por un lánguido tedio compartido, trenzadas sus vidas por azar. Quizá no recuerden exactamente desde cuándo se reúnen religiosamente para desayunar todos los días en el Sanborns de los Azulejos; quizá no recuerden con precisión el orden cronológico en que se fueron conociendo, las fechas de su respectiva incorporación a la tertulia, la mejor sobremesa a lo largo del tiempo ni las fechas de cumpleaños de los demás. Lo único cierto es que esa misma mañana, en otro párrafo, Ángel Andrade ha decidido iniciar la redacción de una aventura que sin proponérselo nadie, ni él mismo, podría contagiar con su trama la vida o muerte de seis venerables personas, en medio de tanta gente; seis nombres propios en vías de volverse personajes entrañables...

—Yo no me considero entrañable para nadie… Brincos diera… Hace tiempo que me resigné… Ya no le soy ni necesaria a quienes creí serles indispensable —dijo Estela Escandón al sentarse en el mismo lugar de la misma mesa de siempre en su Casa de los Azulejos. Sin dejarla caer en las elegías de costumbre, don Hipólito Guerrero la interrumpió al vuelo de un suspiro…

—¿A qué viene eso, Estelita? Aquí no sólo eres entrañable… Amiga mía, déjate de sandeces y pídete los huevos de siempre —remató don Hipólito Guerrero, en su ya reconocido papel de jerarca.

—Pues hoy quiero waffles, Poli… y no son sandeces —respondió medio airada Estela Escandón y, poniendo su mirada de misterio al filo de una servilleta que tendió como teloncito frente a su boca, fingió la voz y roció a los cinco parroquianos de todos los días con una más de sus acostumbradas frases crípticas: "Es como si oyera voces… y nada de sandeces… Como si alguien me acabara de dictar lo que acabo de decir… eso de que no me considero entrañable y por eso parece que hablo sola".

—Pos yo también… quiero waffles —interrumpió el licenciado Carlos Narvarte ya ante la presencia de Rosita, mesera de todas sus mañanas—, y lo que menos quisiera oír en este momento son voces que me recuerden desde el más allá la dieta y lo del colesterol.

—No te burles, Narvarte —dijo Estela Escandón bajando la servilleta para revelar intacta su sonrisa más coqueta—, ya lo dijo el Poeta: "en este mismo instante, alguien me deletrea".

—¡Poeta, mis huevos! —exclamó como siempre al filo de lo procaz el imbatible Joaquín Balbuena y agregó al instante: —Digo, perdón… lo que quise decir es que quiero mis huevos, Rosita… con poca salsa y hoy, por ser domingo, con frijolitos refritos en vez de papa rayada.

"Orden, orden", decía don Hipólito Guerrero, al tiempo que Eleonora del Valle pedía su acostumbrado plato de frutas y el licenciado Carlos Narvarte aprovechaba para ampliar su pedido con "un inmenso jugo de naranja con zanahoria". Parecería que dejaban fuera del concierto a doña Guadalupe Pensil, pero así era todas las mañanas desde que se reunían. Ella le pedía su desayuno a su mesera Rosita en un aparte, dizque para no infundir ascos y extrañezas de los demás. Como en secreto, le dijo a la camarera que quería su plato de alcachofas y cilantro con miel de abeja "y además, dos nopales asados con azafrán, si se puede", sabiendo que en cuanto lo trajera Rosita a la mesa repetiría don Hipólito Guerrero la misma pregunta de todos los desayunos de todos los lustros de todas las canas: "¿Y ahora con qué nos sorprendes, Pensil?", para suscitar la primera acordada sonrisa, compartida por la confederación de necios matinales que todos los días van pasando la vida sin orden aunque acaso con su concierto a seis voces, polifonía de parlamentos aislados que quisieran volverse conversación:

Dice el licenciado Carlos Narvarte: "Pues a mí me parece que las elecciones del pasado domingo son un ejemplo de civilidad política y honradez cívica. Me conmovió hacer dos horas de cola para emitir mis votos y me siento honrado porque mi sobrina Paulita haya sido felicitada por su desempeño honesto de funcionaria de casilla. México promete vivir, contra viento y marea, pésele a quien le pese, muchos años más de estabilidad y concordia. Digo yo, viva la democracia". Habló mirando al vacío, con los ojos alzados hacia el balcón del patio central del Sanborns de los Azulejos y sin importarle, o siquiera recordar, que había dicho exactamente las mismas palabras el lunes y jueves de esa misma semana.

Habla, por fin, Eleonora del Valle: "¿Ya supieron de don Pedro? Dice mi amiga que tiene una prima de la Condesa que anda flotando el rumor que Pedrito se largó sin despedirse, quesque porque por fin supo paradero y señales de su Carmen. *El amor perdido*. Así que por fin juntos, a todo color. Pero dice mi amiga que dijo su prima de la Condesa que a la conserje del edificio donde vivía don Pedro, allá en Michoacán entre el parque e Insurgentes, le vienen a cada rato cobradores de la American Express… ¡Ya ni la amuelan! *Tarjetitas de crédito*. Pasan los años y le quieren seguir cobrando a uno… Y yo dudo mucho que Pedrito se haya largado dejando ni una sola cuenta pendiente. Además, a mí me consta que dejó todo bien atado… Yo misma me las olí que se iba a largar sin decirnos ni a dónde… Se le veía que quería terminar su vida como la soñó… Yo pienso hacer lo mismo… y no pienso avisarles".

Contesta Hipólito Guerrero: "Lo que es notable y de agradecer es que Chano, el de la Tabacalera, siga cortando trajes tan impecables. No me explico cómo le hace para ofrecer esos cortes ingleses y esas sedas italianas a precios tan accesibles… Ya casi nadie usa chaleco… Esta camisa es de las popelinas que sólo mi Chano logra sacar de las aduanas… Mañana recojo un *tweed* de palomita y a ver si me tiene listo mi *Príncipe de Gales…* A ver si me acompañas, Narvarte… Si vieras el *blazer* de *cashmere* negro que colgó en la vitrina… ¡Lástima que no sea de mi medida!".

"¡¿Democracia?, mis huevos!", espetó Joaquín Balbuena: "Digo, lo que quise decir es que estos huevos son la pura adicción autoritaria. Como un Sol azteca, digan lo que digan, sin ofender y dicho sea con todo respeto. Yo digo que hubo fraude, que no son elecciones de veras, que no cambia nada, que todos mienten, pero eso digo yo que no voté y ni empadronado estoy. Pásame la mantequilla, Lupita adorada Pensil. No te enojes, Narvarte… No te pongas así, hombre".

Y dice Estela Escandón: "¿Quién te dice a ti que esos de la mesa del fondo no son de verdad? Qué afán de sentarse siempre pegados a la escalera, tan cerca de los baños. Nomás pregúntenle a Rosita cómo se llaman los fulanos… A mí ya me dijo una vez que dicen llamarse Rosendo Rebolledo y Epigmenio Bedoya… ¡Háganme el favor! Nomás eso faltaba, si hasta parecen inventados. Rosita nunca les sirve: cuando le toca esa mesa en turno, se cambia con la otra mesera, la Gorda que no nos hace caso nunca, nomás para no tener que acercarse. Pero, dime tú si a poco no parecen fantasmas hechos de papel… y ¿quién te dice a ti que nosotros no damos también la peor impresión? Todos los días en los Azulejos, desayunando hasta el filo del mediodía, tres horas hablando sin ton ni son, hermanados del alma, pero sin conocernos de veras. A ver qué día van a mi casa… ¿Cuándo invitas a venir a tu esposa, Narvarte?… Yo ni sé por dónde vives, Balbuena… Todavía dijeras que nos reunimos por optimistas o por ser jubilados o porque nos cruzamos la calle a los Azulejos después de oír misa todas las mañanas en San Francisco… Yo prefiero San Felipe, porque honra al único santo mexicano… bueno, eso era antes, sin contar ahora con Juan Diego. Además, aquí en San Felipe reposa el P. Félix de Jesús Rougier, en proceso de beatificación. Mi madre lo conoció en persona. *La pura bondad.* Dicen que su cuerpo yace incorrupto… Como nosotros, todos los días, mismo desayuno en mismo lugar y misma mesa… *Incorruptos…* Todo cambia, Balbuena, y somos nosotros los que nos vamos quedando… Tal como lo cantó Quevedo, *sólo lo fugitivo permanece y dura.* ¿No seremos personajes en fuga de una obrita de teatro? Si les digo que oigo voces y que cada día que me pasa me da más y más por andar hablando sola!…".

Corta Hipólito Guerrero: "La respuesta es que sí eres entrañable, Estelita… Ayer me acordaba de Antonio de la Florida, ¿ya no recuerdan su fanatismo futbolero? Era capaz de faltar a la Secretaría con tal de ver jugar a su Atlante… Por cierto que lo de Quevedo me recuerda al mofletudo soez de Noroña… ¿lo recuerdan?… El imbécil aseguraba y juraba que todo lo de Quevedo era de Miguel Ángel de Quevedo, *antes conocido como el Paseo de la Taxqueña.* ¡Háganme el favor! Confundir a don Francisco de Quevedo y Villegas con una calle. Me acuerdo la vez que le pusieron un micrófono enfrente al tal Noroña y el muy tarado declaró que andaba leyendo la poesía de *Carlo Neruda…* Por cierto, Balbuena, hace años que no volvemos a Coyoacán. Deberíamos hacer el esfuerzo, hombre. Nos montamos en el Metro y en un dos por tres estamos en plena plaza de Coyoacán, La Puerta del Sol, la visita obligada a La Guadalupana —dicho sea con todo respeto, Elena—. ¡Ah, qué buenas tertulias! Ni hablar de las botanas… Allá por San Ángel conseguí los zapatos bostonianos que acá en el Centro nunca llegan de mi talla…".

"Como que me llamo Eleonora, Lupita. Te digo que ya no hay panaderías como las de antes. Si quieres pan dulce del bueno o lo compras en el Café de Tacuba para llevar o aquí mismo en Sanborns, pero ya cerraron todas las panaderías de barrio. Ahora puro súper. Peor aún, puro supermercado gringo y al mayoreo. Cuando te urja, pues ai están las tienditas, pero ya sabes: puro pan dulce en bolsita de plástico. Ya nadie recuerda a los panes por sus nombres… las conchas y gendarmes… banderillas y alamares… un buen cocol, las orejas y las trenzas… ¡ojos de Pancha y garibaldis!".

Las cosas por su nombre. Entonces es justo presentar aquí, aunque no sea muy literario, por lo menos una breve semblanza de cada una de esas seis personas entrañables, como si fueran de veras personajes hechos y derechos, ya dignos de entrelazarse en novela. Hipólito Guerrero suma setenta y cuatro años desde que nació en la calle de Mirto de la colonia Santa María la Ribera, a unas cuantas calles del kiosco morisco. Jubilado a los sesenta años de la Secretaría de Hacienda y Crédito Público, don Hipólito Guerrero combinó su trayectoria burocrática con la noble vocación abnegada de ser profesor de Lengua y Literatura en una secundaria vespertina de las calles de Violeta. Sin haber aprendido jamás ni pizca de inglés, don Hipólito Guerrero es quizá el lector mexicano que le ha sido más fiel a la obra de G. K. Chesterton y, por lo mismo, su aspecto y cada componente de su refinado vestuario ha sido impreso con el carácter de un *gentleman* mexica que tuvo la genial ocurrencia en mil novecientos sesenta y seis de desayunar todos los días de su vida en el Sanborns de la virreinal Casa de los Azulejos, sin imaginar que cuarenta años después seguiría boyante la nave de sus locos que él mismo fundara como una costumbre al filo de lo que podría haber sido un naufragio. Se propuso desayunar todos los amaneceres de cada día que le quedara de vida en el mismo sitio, misma mesa y al filo exacto de las nueve de la mañana por el sencillo e increíblemente difícil hecho de que a esa hora ya salió de su junta diaria en el grupo "Sobriedad" de Alcohólicos Anónimos que sesiona en el cuarto piso del edificio aledaño al Sanborns. Cuarenta años sin faltar un solo día a sus juntas ni a su desayuno, cuatro décadas sumadas en tramos de veinticuatro horas sin recaer en el martirio de una enfermedad que lo condenó irónicamente a padecer el incomprensible alivio de su absoluta soledad. Un feliz aislamiento del mundo que sólo se rompe con quienes desayuna, desde que invitó al licenciado Carlos Narvarte a incorporarse a su costumbre, de los desayunos mas no de las juntas en AA, pues debe saberse —sin revelarlo, una vez aquí leído— que don Hipólito Guerrero jamás ha violado el anonimato que mantiene en remisión su enfermedad alcohólica, aunque de vez en cuando suelte la utopía irrealizable de que quiere volver a las cantinas de Coyoacán.

Carlos Narvarte ha invertido treinta y nueve de sus setenta y ocho años de vida en el cultivo de variados afectos que se reúnen a desayunar en el mismo

santuario de todos los días. Egresado de San Ilde-
fonso, cuando la Universidad Nacional Autónoma de
México ocupaba aún el corazón de la ciudad, entonces no la más grande del mundo, el licenciado Carlos
Narvarte se jacta de haber sido discípulo dilecto de
Manuel Pedroso, una de las mentes más lúcidas que
trajo consigo el Exilio Español de la Posguerra Inci-
vil. Además, en muchos desayunos de su tertulia, el
licenciado Carlos Narvarte se ha desvivido en elogios
de sus antiguos compañeros de estudios, todos exito-
sos y hasta célebres, que podrían reconocer fácilmente a su colega Narvarte si acaso lo llegaran a ver de
nuevo. Habla de Miguel de la Madrid y Enrique Gon-
zález Pedrero, Mario Moya Palencia y nada menos
que Carlos Fuentes. Ha mentado mucho el nombre
de Porfirio Muñoz Ledo y menciona con cierta frecuencia a Javier Wimer y a otros muchos compañeros
de aulas ya convertidas en museo que bien podrían
sumarse a la tertulia de todos los días. Aunque el licenciado Carlos Narvarte no podría considerarse un
abogado exitoso, ni tampoco cuenta en su currículo
con cargos importantes de funcionario público, es
evidente que Narvarte vive felizmente casado desde
hace medio siglo con Adelina Portales, quien fuera su
novia durante el último año de sus épocas universita-
rias. Son orgullosos padres de tres hijos, que los visitan cada domingo por la tarde con la feliz prole de
siete nietos. Narvarte es un hombre que ha vivido de
leyes, metódico sin ser maniático. *Sencillamente, pleno*, según él.

Aunque debimos empezar con las damas, dejo
que el azar brinde aquí constancia de la biografía re-
sumida de Estela Escandón. Quizá por la entereza y

el misterio con los que ha sobrellevado su viudez, a nadie se le ocurriría indagar cuál fue su nombre de casada ni menos llamarla ahora doña Estela. Sin precisar fechas, Estela Escandón aparenta llevar encima menos edad que los demás parroquianos de su tertulia diaria. Ferviente católica de misa todos los días, Estela Escandón no niega su marcada propensión a lo esotérico, su ciega confianza en los horóscopos y su convencida creencia en los fantasmas. Es la única contertulia de los seis asiduos al Sanborns que se sabe escrita y, por lo mismo, ha intentado convencer a los demás de una posible reencarnación colectiva por medio de pócimas y el uso atinado que asegura tener ella misma sobre el manejo de la tabla ouija. Dice que por eso tiene lisas las yemas de los dedos. En los treinta y dos años que lleva viniendo a los desayunos solamente ha logrado leerle el café, en siete u ocho mañanas aisladas, a don Hipólito Guerrero y en incontables mañanas predecirle infortunios a Guadalupe Pensil.

"Yo, la peor de todas" ha repetido *ene* veces Guadalupe Pensil, citando a Sor Juana Inés de la Cruz, a lo largo de *ene* número de desayunos. Diríase que hasta provocar el hartazgo de los demás, ánimo sinónimo al asco que provoca siempre en sus compañeros de desayuno la muy variada e incomprensible lista de alimentos con los que acostumbra empezar sus días. Alcachofas y cilantros con miel de abeja, nopales asados con azafrán, agua fresca de flor de jamaica sin hervir, cáscaras de toronja espolvoreadas con azúcar y pulpa tibia de guayabas maceradas en aceite de oliva o el jugo de siete limones verdes con dos cucharadas de sal gruesa… parecen por lógica asquerosidades propias de una maniática inofensiva, si no se debieran

al desconocido y jamás revelado dominio de la her-
bolaria prehispánica que ejerce en silencio Guadalupe
Pensil, la más callada de todos. Nadie que haya frecuentado su velado trato de todas las mañanas, nadie
que haya visto de cerca su tersa piel morena, sus negras trenzas sin una sola cana entreverada, nadie que
haya apreciado sus largas uñas cristalinas y esa mirada
acuosa de un ligero color de almendras claras podría
sospechar que Guadalupe Pensil lleva sobre el cuerpo
ciento dos años de edad. Nadie que haya visto la delicada manera en que baja la mirada cuando alguien
incurre en exabruptos, la forma sencilla en que dobla
las servilletas sobre sus rodillas; su silenciosa costumbre de alisarse la falda o el misterio con el que se desli-
za por las calles, como si levitara a pocos centímetros
del suelo; nadie podría sorprenderse si de pronto ella
misma revelase en murmullos que es descendiente directa de una princesa mexica, cinco siglos en línea
recta genética, emanada del vientre de la única mujer
indígena que sobrevivió todas las penurias pensables
e impensables al ser llevada ante la Corte del emperador Carlos de España en Toledo, como si fuese una
guacamaya, una felina enjaulada para espanto de peninsulares y europeos. Pero Guadalupe Pensil no reve-
lará jamás el legado de su estirpe, como tampoco cree
necesario compartir con la fraternidad de sus desayunos el secreto de su edad. Para eso, Guadalupe Pensil
tiene ya dispuesto en perfecto acomodo, dentro del
primer cajón del armario del cuartito que habita, para
que así sea lo primero que se anote llegado el momento de rescatar sus pertenencias, durante el atardecer
ya previsto de su muerte: el acta notariada que regis-
trará los viejos pergaminos y las viejas fotografías en

sepia, todas las cartas de una vida en silencio, amarradas con listones morados, y todos los documentos oxidados pero confiables que demuestran que nació el veinte de agosto del año cuatro del siglo XX, aunque quedó registrada ante el juzgado de lo civil siete días después. Más de un siglo tiene entonces Guadalupe Pensil entre sus trenzas, la más callada de todos, que por lo mismo es quizá la que mejor ejerce el silencioso estoicismo de su serenidad, esa infinita paciencia que precisan sus personales rituales, casi todos secretos, de todos los días.

De estirpe sí que ha presumido Eleonora del Valle, que se incorporó a la rutinaria costumbre de los desayunos en Sanborns de los Azulejos a invitación de don Hipólito Guerrero una no tan lejana mañana de marzo de mil novecientos ochenta y cuatro. Eleonora del Valle se había destacado siempre por sus labores y proyectos dentro de la Subsecretaría de Impuestos de la Secretaría de Hacienda y Crédito Público y fue por ello condecorada por don Hipólito Guerrero con la invitación diaria al desayuno ya institucionalizado en la calle de Madero esquina con San Juan de Letrán, ahora Eje Central Lázaro Cárdenas. No es por ello, sin embargo, que Eleonora del Valle presuma de estirpes, pues asegura —ella sí en voz alta y sin que le pregunten— que corre sangre bávara y noble por sus venas —sin manera ni necesidad de comprobarlo—, con la que justifica los bellísimos ojos azules y ciertas huellas de lo que fue una rubia cabellera que sus setenta y cinco años de edad no han logrado encanecer del todo. En otra vida, quizá Eleonora del Valle pudo haber sido virreina de la Nueva España. La justificaría su esbelto cuello, la blanca piel mortecina y esas manos dignas de exhibirse en un museo. Ella misma, en más de una sobremesa de desayuno, ha asegurado que su familia proviene del Marquesado de la Sierra Neblina, pero acaso son las absurdas explicaciones que siempre esgrime para narrar la supuesta prosapia que lleva en la saliva las que revelan su verdadera naturaleza: Eleonora del Valle es la mujer más chismosa de México, y quizá por lo mismo, la más presumida, pues absorta en su fascinación por las apariencias farda cualquier prenda de vestir como si la hubiera comprado ella misma en Manhattan o París, y no en abonos con el tendero de la avenida Cinco de Mayo, a la vuelta de la esquina sin que nadie lo sepa. Pero ella sí que sabe los nombres de los distinguidos funcionarios que se escapan de la oficina para echarse un tequila en el bar La Ópera o los horarios en que acostumbran escabullirse del mundo ciertos burócratas con determinadas secretarias para ejercer una epifanía pasional en cuartitos de hoteles antiguos.

Queda por último la semblanza de Joaquín Balbuena, que llegó a ser conocido como el Esperpento Entrañable, otrora campeón de crucigramas en el Club Asturiano de México, que se sabe no sólo todos los modelos de aviones que ha construido la aeronáutica desde sus inicios, sino todas las rutas de todos los aviones que despegan, sobrevuelan o aterrizan en el Aeropuerto Internacional Benito Juárez de la Ciudad de México; por lo mismo, el único capaz de hacer una pausa durante una conversación para anunciar el inminente paso de un Lufthansa que viene de Francfort o el KLM que vuelve de Holanda o el Iberia que vuelve a Madrid. Es además el alma de sus propias fiestas y fino alburero, experto en escaramuzas instantáneas con palabras de doble sentido. Maestría y doctorado en Físico-Matemáticas quizá sean suficiente justificación para entender que Joaquín Balbuena lleve siempre consigo un escalímetro anacrónico, ábacos de bolsillo y la primera calculadora de mano, de la marca Hewlett-Packard, que llegó a México en mil novecientos setenta y siete con el novedoso atractivo de incluir con botones de colores las funciones ya integradas de algoritmos, raíces cuadradas y logaritmos instantáneos. Con eso le basta para saberse sabio y dice justificar su barba con razones ideológicas, pero Joaquín Balbuena ha hipnotizado en incontables ocasiones la mesa de sus desayunos en Sanborns con su dinámica propensión a la estadística constante, los continuos promedios numéricos o el intento recurrente de embromar con las palabras. Ninguno de los otros cinco navegantes de sus desayunos diarios podría evocar con precisión desde cuándo se incorporó Joaquín Balbuena a su compartida costumbre, así como tampoco nadie se atreve a preguntarle ni el más mínimo detalle en torno al hecho más célebre y espectacular de su matemática andanza por este mundo: el once de marzo de mil novecientos noventa y ocho, Joaquín Balbuena desenrolló desde lo más alto del mirador de la Torre Latinoamericana —la alargada jeringa erguida en la esquina de la Casa de los Azulejos— una inmensa sábana de veintidós metros de largo, pintada minuciosamente con números, símbolos y signos al óleo, en colores chillantes visibles a una distancia considerable, que juntos componían una fórmula algebraica, al parecer interminable como incomprensible, que se cortaba con tres puntos suspensivos que desembocaban con la sentencia espectacular, pintada con inmensas letras en color rojo con dobles signos de admiración: ¡¡CHINGUEN TODOS A SU MADRE!! Pues nunca jamás, durante los muchos años en que Joaquín Balbuena ha frecuentado sin faltar un solo día a los desayunos, ninguno de sus contertulios, nadie ni por asomo, le ha cuestionado el espectacular episodio anarquista que lo mostró en todos los periódicos nacionales y no pocos del mundo entero, en particular la prensa escrita hispanoamericana, causándole además de siete meses de cárcel, sin que el propio Joaquín Balbuena sepa a la fecha quién pagó la inconcebible fianza, la estratosférica multa o los motivos que pudieron haber influido para su liberación.

Lo que importa es que quedan aquí perfiladas las semblanzas, leves pinceladas biográficas con las que intento acompañar el breve intercambio de diálogos que sostuvieron la mañana del nueve de julio del año dosmilytantos, sin pautas ni prisas, seis venerables ciudadanos anónimos hasta ahora por el mundo, cada uno con su particular posibilidad de volverse personajes entrañables de una posible novela, todos homónimos, idénticos, parecidos o semejantes, próximos o prójimos, de seis en seis, con otros tantos millones de habitantes, nombres o fantasmas de la ciudad más grande del mundo. Quizá no sea literario ni periodístico haber consignado una escena única, aunque sea la misma de siempre, que revela la reunión diaria de todos los desayunos compartidos desde hace cuarenta años entre Guadalupe Pensil, Eleonora del Valle, Estela Escandón, Carlos Narvarte, Joaquín Balbuena y don Hipólito Guerrero. Una mula de seis entre el inabarcable dominó que conforma la humanidad. Una muestra estadística sin encuestas que quizá no sirva para inferir ningún tipo de conducta en particular o perfil generalizado entre los veintidós millones de habitantes de la Ciudad de México, pero que sirve para dar testimonio en un solo párrafo para que conste —y nadie puede negar el hecho— que seis parroquianos se levantaban al mismo tiempo de sus asientos, como todos los días y en la misma mesa del Sanborns de la Casa de los Azulejos, pasadas las doce del mediodía del nueve de julio del año dosmilytantos sin la más mínima necesidad de reparar en el hecho de que en ese preciso momento caminaba ya con las alas extendidas un tal Ángel Andrade por la acera de enfrente.

Lluviácida

"Llueves como quien llora, en fuga y misterio, Madre y Ciudad. Chillas en medio del estiércol, Detrito Funeral, como te llama el escritor que te lleva bajo la gorra. Se te corre el maquillaje, ojeriza y despintada, con cada chubasco, chaparrón y aguacero con los que pretendes limpiar tu neblumo. Llueves para disipar el vapor de tus fábricas y los escapes de tus automóviles. Lloras para apisonar la alfombra polvorienta de tu piel reluciente. Llueves de pronto y sin aviso, madre de asfaltos, aretes de ventanas, adornadas todas tus curvas con la cristalería empañada de todos tus comercios. Llueves y tu llanto resbala por las calles, aullando en sirenas de todas las ambulancias que se mantienen con limosnas. Lluviácida que empapas la ropa de los incautos con el fétido sudor de tu polución, carcomes en óxido toda lámina, inundando las miles de calles de tus desheredados, de todos los que habitan los barrancos por donde te desangras en cronometrados ciclos de veintiocho días. Llora, puta, tu desgracia milenaria; llueve, Madre, sobre todos tus huérfanos. Llora, niña, que envejeces al nacer; llueve, dama de la noche con tus monumentos como joyas, collares y pendientes. Llora Ciudad acostada sobre la Piedra de los Sacrificios y cubre con tu sangrado llanto los muros de calaveras mudas, las antiguas acequias que ahora flotan en el lodo. Llora tu Zócalo antiguamente inundado para escenificar la recreación de batallas navales; llueve tu Zócalo ahora secuestrado por cientos que se dicen miles que se declaran millones de náufragos que no pueden dormir por tu llanto de La Llorona que vaga entre todas las sombras llorando por sus hijos y su destino negro, como un Sol radiante de esperanza enrevesada. Lluviácida que hueles a flores muertas que venden niños indios en los semáforos y lluviácida que desnudas a las jacarandas y a las bugambilias para que las calles se vuelvan moradas. Moradas las alcantarillas y los caños donde duermen tus cincuenta mil huérfanos y sus ratas, con sus perras vidas y sus amores perros y sus cementos bien perrones. Llorona madrastra, siete siglos de lluvia, olor a azufre, los geranios empapados de luto.

Sigue lloviendo, aunque no llueva, para que parezcas más limpia, india recién bañada, damita mestiza, millonaria perfumada, cenicienta, colegiala cumplida. Lluviácida para tu transparencia cantada, vaporizada con humos de copal y el vaho de millones de bocas que se abren en el frío de tus madrugadas. Lluviácida de toda la saliva con la que cantan las gargantas de tu silencio de siglos. Lluviácida que inundas el Viaducto y el Periférico para que todas las calles vomiten el líquido amniótico del barro y de la basura que tapa todos los poros de tu piel de alcantarillas. Llueven las ratas y todas las flores; llueves la paz, el sosiego y el recuerdo de un beso bajo tus lágrimas, bañados los amantes por tu saliva de piedra y siglos, empapados en el engaño de tu lluviácida."

A. A.
Cuaderno olvidado en un taxi, 2006

Todos hemos sentido que estamos en el centro del Universo, que no hay otro lugar mejor en el mundo y que incluso parece que somos de aquí. Todos caemos en el engaño del arraigo lejano y la nostalgia por los paisajes distantes o los pasajes pasados. Todos ajenos, enajenados.

Todos creemos que hay por lo menos un momento de nuestras vidas en que estamos por encima de la ley. Todos sabemos que estamos expuestos a considerarnos culpables, hasta que se demuestre nuestra supuesta inocencia.

Todos nos sabemos solidarios, siendo excluyentes. Todos queremos hablar en plural, sin dejar que hablen los demás. Todos, acosados por el tedio de la impotencia, la recurrencia de la frustración impredecible y el incontrolable contagio de la depresión. Todos, llenos de esperanza.

Todos saboreamos los estruendos de la elación y la euforia, la adrenalina indescriptible de los triunfos que preceden a las derrotas y la íntima presunción de lo minúsculo. Todos lloramos la resignada tristeza, saboreamos el amargo sabor de la mediocridad y el silencio de los reprobados. Todos, brillantes y plenos.

Todos sabemos de la camaradería imbatible de las cantinas, el alivio humanitario de un abrazo inesperado. Todos empujamos en el Metro, rebasamos por la derecha y nos colamos en las filas. Todos, el asco ante el sudor ajeno, la negación de las desesperaciones emergentes y el gélido desinterés por las angustias anónimas.

Todos perdemos la fe en los demás y no creemos en los otros. Todos, confundidos entre prójimo y próximo. Todos solos, acompañados por todos en los terrores compartidos. Todos alzan la mano, para que todos los demás la escondan. Todos, dispuestos a la resignación o a la impostura.

Todos diferenciamos entre personas y gente, o nos dividimos entre individuos y fulanos. Todos conocemos bien a todos los desconocidos. Todos tenemos barrios y querencias entrañables, alejados de los rumbos que detestamos y evitamos, aunque todos vivamos con esas categorías volteadas.

Todos atravesamos la Ciudad de México para dormir a veinte kilómetros de donde laboramos o estudiamos y absolutamente todo nos queda a la vuelta. Todos aprovechamos el Metro para dormir, los automóviles para cantar y los autobuses para imaginar viajes a otros mundos. Todos hemos tenido un taxista por psicoanalista, un cantinero por confesor, un carnicero por cronista y la asesoría fiscal de alguna sirvienta fiel.

Todos decimos la verdad, incluso cuando mentimos. Todos iniciamos una nueva vida con cada amanecer y morimos un poco con cada muerte ajena. Todos hablamos cantando e imitamos todos los acentos posibles del español. Todos decimos conocer la Ciudad de México como quien dice que conoce el Mundo. Todos puntuales, llegamos tarde. Todos, con respectivo rostro en medio de un mar de caras.

Tres

A esa hora ya sería posible que su madre enloquecida notara la ausencia de su único angelito, que la
vieja loca haya salido corriendo al sótano de La Votiva para informarle al cura y a las chismosas de esa
iglesia, sus compañeras del rosario de siempre y diario, que su angelito se había elevado a los cielos, que
se había esfumado no como su anónimo padre, sino
cumpliendo su condición celestial de *santoniño, al-*
mapurainmaculado, torredemarfil, sinpecadoconcebi-
do, ángeldeverdad. A esa hora, cualquiera que viera
sentado a Ángel Andrade en una banca de la Alameda o caminando con las alas extendidas en domingo
por la acera de enfrente del Sanborns de los Azulejos pensaría que la mochila lo delataba como turista,
aunque su rostro mestizo, su cabellera negra oscura y
su tez apiñonada lo confirman mexicano hasta las ca-
chas, guadalupano puro. O hindú, como si fuera personaje de otra novela y no la que se escribe a esa hora,
para quien viera que la mochila de Ángel Andrade no
lleva más que dos cuadernos cuadriculados, una caja
de lápices de colores, dos fotografías en blanco y negro, una camiseta de futbol, una libreta de direcciones y teléfonos inútiles, una navaja auténticamente
suiza y una billetera gastada, más bien muy gastada.
Cualquiera pensaría que el hombre que se ha quedado callado, más bien encallado aunque camine por

la calle de Madero en domingo y con las alas extendidas, es en realidad un niño inexplicablemente envejecido, un adolescente con cuarenta años de edad, fantasma entre los miles que recorren el teatro de la ciudad más grande del mundo, un nombre cualquiera que intenta conjugarse con todos los otros en la nómina interminable de la Ciudad de México.

Confirmó que su gastada billetera llevaba intactos los billetes que había robado a su madre enloquecida y se volvió a decir en silencio que esos pesos alcanzarían para más de un mes de comidas y hospedajes al vuelo, aunque no sumaran una cantidad digna de ser detectada ni por su loca madre, ni por los curas de La Votiva, ni por una sola de las chismosas del rosario de todos los días. Ángel Andrade inauguró la cuadrícula de uno de sus dos cuadernos con unas líneas íntimas, de caligrafía como electrocardiograma, hilitos nerviosos de buena letra, supuestamente secretos y para ser leídos por nadie. Terminadas sus letras, como niño que ha cumplido con sus deberes en planas, se enfiló por Madero, rumbo al Zócalo, con la justificada intención de realizar la primera comida de su nueva vida. Ángel Andrade pensó en ese instante que debería cambiarse de nombre para asumir una nueva identidad.

Sería atrevido, pretencioso y estúpido, aunque quizá fuera *chic*, afirmar que Ángel Andrade caminaba por la acera de la iglesia de San Francisco cuando su hombro derecho chocó con un homónimo, hombro y fantasma, llamado Ixca Cienfuegos. Sería una burda obviedad, una auténtica mamada, un recurso tan irrespetuoso como afirmar que en la esquina de Madero y Bolívar esperaba el semáforo el espectro de un tal Juan

Preciado. La realidad es mucho más irracional sin tintas de por medio, pues consta que sobre esa acera de la calle Madero, Ángel Andrade pensó en ese instante que debería cambiarse de nombre para asumir una nueva identidad. En el primer tramo de lo que se llamó antiguamente la calle de Plateros, Ángel Andrade cruzaba Bolívar a unos pasos de un venezolano, ya exiliado en México, que hablaba con una mexicana, entre bromas y lamentos, de un orangután del zoológico de Caracas que canta boleros en la televisión. Decía el venezolano que vestían al orangután con camisa roja y que le colocaban, siempre al revés, un falso sombrero de charro. Camisa naranja y sombrero de vaquero, los que portaba el vendedor de lotería que interrumpía los pasos de Ángel Andrade a pocos metros de La Profesa, la iglesia inclinada que hace esquina con Isabel la Católica. Como todos, por no dejar, Ángel Andrade le compró un cachito de lotería al vaquero de su suerte, sin reparar en que se le adelantaban en su camino hacia el Zócalo el venezolano con su mexicana, tres gringos blancos como la leche y una familia entera, sin colores aparentes, que parecía feliz.

No cometeré la imbecilidad de escribir aquí que Ángel Andrade se fue topando con todos los personajes de las mejores novelas de la literatura mexicana y que su andar hacia el Zócalo estaba poblado por fantasmas fehacientes de todos los pretéritos acumulados sobre esas calles, pues lo único que consta es que Ángel Andrade salió de su casa y escapó de su vida conocida hasta entonces con la intención real y verificable de convertirse en persona y que si acaso soñó con volverse personaje de novela sería en tanto que asumió ser protagonista de su propia aventura, redactor y partícipe de una trama que apenas se puede intentar reproducir en tercera persona, porque Ángel Andrade —ya pensando en un nuevo nombre para su nueva personalidad— es el dueño absoluto de su propia novela ante cualesquiera jurados que pretendan calificarlo y, por ende, no tiene que rendir cuentas a nadie. Si acaso, en aras de cierta veracidad, habrá que consignar que el Angelito se quedó varios minutos parado en una esquina contemplando el afán inexplicable con el que vende cerillos la misma señora de siempre, la abnegada gordita callada que vende flamas a los automovilistas desde que la ciudad se volvió automotriz. Algo increíble.

Por eso no invento al escribir aquí que Ángel Andrade llegó al Zócalo de la Ciudad de México con la claridad transparente que se vivió el domingo nueve de julio del año dosmilytantos, pasada la hora del mediodía de su primer vuelo, que fue visto por más de un paseante que no tendría por qué reconocerlo, que llamó la atención de dos turistas noruegas y de seis norteamericanas desmañanadas y que se plantó a los pies del astabandera, bajo el manto de la inmensa bandera verde, blanca y roja con una plenitud real y nada literaria de sentirse un hombre con alas, capaz de volar al lado del águila que ondeaba sobre un nopal, dispuesto a comerse cualquier serpiente de su destino, henchido de lo que sentía como su propia libertad e hinchado cada poro de su atlético cuerpo con la convencida sensación de haber conquistado el centro del Universo. A partir de ese instante, se dijo en silencio para que quedara en tinta, ya no llevaría el apellido de una loca, virgen y mártir. A partir de ese instante sería Ángel Anáhuac.

Dudamos, pero de vez en cuando todos nos inventamos vivir personales epifanías como quien sueña íntimas satisfacciones en medio de la madrugada, sin que nadie se entere ni por ronquidos de que, por debajo de los párpados, florece un jardín interminable de ilusiones inasibles. Algo parecido a lo que sintió Ángel Anáhuac al entender por los cuatro costados del Zócalo que iniciaba su propio vuelo, que narraba los primeros pasos de una aventura que no cabe completamente en los espacios de una novela imposible. Ángel se leyó a sí mismo desde el epicentro de México, consciente de que por unos minutos era el único hombre parado en el corazón de la ciudad más grande del mundo, nudo y capital de un país de cien millones de habitantes, el Zócalo que todos intentan secuestrar para sí mismos, tomar por asalto a la razón, inundar de sinrazón, aplausos, gritos y confeti. Pero Anáhuac se supo solo, redactado por él mismo, no leído en libros imaginarios, sino escrito con las palabras que él mismo respiraba desde las siete horas con diecinueve minutos de ese primer pasaje de su propia aventura. Anáhuac que se declaraba único, solo entre millones de semejantes, ajeno entre todos los diferentes, extranjero en su patria, fuereño en su propia ciudad entrañable. Ángel Anáhuac que se recrea en la degustación de su propio antojo, la íntima singularidad de sus propios entuertos, su vida ahora sin rumbo fijo con el destino fijado de hacer lo que se le pegue su regalada gana, su chingada gana, lo que salga de los güevos, sus exclusivos deseos, por encima de la inevitable pluralidad que emana de la ciudad inmensa, al margen de intromisiones incontrolables, ajeno a colectividades forzadas, solidaridades fingidas y alejado de denominaciones comunes. Único, universal; solo, en medio del mundo.

Ángel Anáhuac había sobrellevado su vida de Andrade como una letanía monótona y repetitiva, cuadriculada tan sólo por algunas circunstancias cambiantes, pero ahora en el centro del Zócalo veía cumplirse su deseo forjado desde que abandonó la Universidad Nacional Autónoma de México a los veintidós años de edad, sin título ni calificaciones confiables, pero enamorado de la única Diana digna de toda la Facultad. Vivió años encadenado al sopor obligatorio, a la sombra de las letanías enloquecidas de su madre desquiciada, para ahora reconfortarse sin rezos, ya sin dolores, pero con todos los desengaños que le tatuó Diana sobre su pecho, con tinta indeleble y no de libros. Ángel había acumulado todas las noches de insomnio como Andrade sabiendo que la vida puede estar en otra parte, aunque sea en la misma ciudad, sobre las mismas calles y entre los mismos edificios. Aunque sea llamándose ahora Anáhuac. Se soñaba desde niño como un ángel de veras, sobrevolando una ciudad íntima que desde arriba se vuelve ajena, y ahora se veía por fin como un alado invencible que podría remediar todos los males del mundo con el único bien de su integridad liberada y el recurso de su intención callada. Ángel de su propia Independencia, de columna inmóvil, sobrevolando la Ciudad de México, bañado en oro, agitando las cadenas rotas de su biografía, presumiendo la dorada corona de laureles ganados en aventuras increíbles, cubierto tan sólo por una sábana inmaculada que le abraza medio cuerpo perfecto. Y desde ahí, contemplar en otra glorieta de su Reforma personal a Diana, la novia perdida, que posa desnuda, arco sin flecha, sin que se sepa a qué le tira y sin que le importe mostrar las nalgas al aire poluto de todos los días.

Así tomó posesión del Zócalo de la Ciudad de México Ángel Anáhuac, alas extendidas, disponiendo para sí mismo las nuevas dimensiones de lo que sería su nuevo hogar, desafiando las cuadrículas de sus propios cuadernos donde no alcanzarían las páginas ni los lápices de colores para enmarcar el tamaño de su aventura declarándose móvil, volátil, inalcanzable, ilocalizable, incongruente, interminable, eterno... casi, casi inenarrable.

Pensarse un ángel. Pensar a la novia ya convertida en estatua, encuerada en bronce, morena muerta en vida. Pensarse él mismo estatua de oro puro en movimiento y pensar que puede sobrevolar una ciudad que jamás ha podido mirar desde arriba. Pensar así provoca que se le tapen a uno los oídos. Pararse así, de pronto y sin haber comido, en pleno Zócalo de la Ciudad de México genera una adrenalina peligrosa que puede volverse la peor intoxicación personal. Deambular sin horarios ni compases puede considerarse como una forma inofensiva del arte de pasear, pero si el recorrido viene alimentado por ínfulas y ecolalias silenciosas uno puede perder fácilmente el uso de su razón y adquirir sin conciencia las pretensiones más imposibles y ajenas a la propia voluntad. Con la cabeza congestionada de ideas hiperventiladas, Ángel Anáhuac se dejó perder los pasos más de seis horas entre calles desconocidas, selvas de fritangas y enjambres de basura, miles de caras sin rostro, rostros sin nombre, frutas podridas, mujeres que siempre gritan, niños que siempre lloran, hombres

que sólo saben robar, jóvenes que sólo saben intimidar, ancianos que ya solamente se dejan robar, viudas
que ríen a carcajadas, dientes plateados, caries enmar-
cadas en oro, ríos interminables de coches despintados y relucientes naves del último modelo, carritos
de supermercado repletos de ostiones en su concha o
menudencias de pollo, cabezas de gallinas sangrantes,
huacales que escurren babas verdes, cajas atiborradas
con flores muertas de todos los colores, aceras cubiertas con cáscaras de naranjas, banquetas pobladas por
artesanías de todos lados, niñitas con piel de mugre,
teléfonos de todos los tamaños, radios de diversas fre-
cuencias, cadenas, cadenitas, pulseras y cadenillas,
anillos, pastillas de menta, pomadas de nácar, relojes
con todas las horas, despertadores sincronizados a la
misma hora, calculadoras, bolígrafos, libros ilegibles,
best-sellers y *long-sellers* y *no-sellers*, cortauñas para los
pies, revistas pornográficas, diarios deportivos en sepia y en verde, calendarios, tomates por kilo, mandarinas por gruesa, cachorros de media casta, tacos de
canasta, niños con mocos como costra sobre los labios, cerveza de raíz, aguas de chía y tamarindo, dulces de importación, alegrías de amaranto, hostias de
colores, globos plateados, rehiletes antiguos, fundas
de plástico, cubiertas para video-caseteras, paraguas,
lentes de Sol, espejos de media luna, mancuernillas
y tirantes, nombres grabados en un grano de arroz,
santos de toda devoción, luchadores de plástico, calendarios aztecas, camisetas de rock pesado, plumas
de quetzal, danzas prehispánicas, turistas con cámara, japoneses con video, taxis de bicicleta, indígenas
atribulados, plomeros desempleados, monjas en excursión, funcionarios con horas extras, vendedores de

lotería, boleros, guitarristas, calzado deportivo, camisetas zapatistas, broches para el pelo, rasuradoras para los callos, lociones para quemaduras, plantillas con arco, impermeables, uniformes de enfermera, cadetes, marineros, sardos, impermeables azules, mangos enchilados, piñas bañadas con limón, llaveros con alacranes, postales de pirámides, iguanas disecadas, *sin brazos, sin piernas, una limosnita por el amor de Dios,* tacos al pastor, horchatas de arroz, letreros de No Estacionarse, pantalones de vaquero y tortas de jamón, queso de Oaxaca, longaniza enchilada, milanesa o queso de puerco.

Que nada te falte, que aquí hay de todo. Que por todas las calles y en todo barrio vende tamales el fantasma de un muerto que los entrega a domicilio. Que nadie se escapa, que todos somos presos, sinónimos del universo que cabe entre unas cuantas calles que fueron adoquines, antes acequias, de la Gran Tenochtitlán, de México capital de la Nueva España, asiento de dos imperios, centro republicano y federal del México Independiente. Es imposible que alguien pueda sustraerse del enjambre interminable y multiplicado que emana de cada calle y de cada esquina de este centro de la Ciudad de México. Capitalinos de nacimiento, chilangos por adscripción, defeños por vocación, guadalupanos por devoción rodean ahora los vuelos de Ángel Anáhuac. Abre las alas Angelito, entre visitantes ocasionales, turistas accidentales, visitantes distinguidos, viajeros frecuentes, peregrinos con intención, admiradores de vocación, detractores resignados, enemigos convencidos, críticos implacables, secuestrados en potencia, amigos desconocidos, residentes y flotantes, envueltos entre pendejos con iniciativa, cabrones irredentos, policías secuestradores, hijos de puta y alcurnias variadas, linajes probados, todos envueltos en un remolino, caleidoscopio, que se desdobla sobre el espacio de lo que llaman Centro Histórico de la Ciudad de México. Como una condena o una bendición involuntaria, todos nos volvemos un párrafo de Bernal Díaz del Castillo, todos reconocidos en la utopía intemporal de un mercado prehispánico donde se reúnen los cuatro puntos cardinales para la venta de víboras y perros tepezcuintles, juntos el arriba y el abajo para que los hombres vendan sus semillas y las mujeres sus jícaras vacías, el intercambio y el trueque de todo lo posible y lo imposible, en perfecta armonía y envidiable concierto. Todos, Ángel Anáhuac, por los siglos de los siglos, conjugados sobre la cuadrícula perfecta donde se definen el agua con la tierra, los vientos con el fuego. Todos cabemos, Angelito Anáhuac, y nadie se evade del trazo perfecto de círculos concéntricos que parten del ombligo de la Ciudad de México, trazando un cordón en línea recta que une al Palacio Nacional con la Catedral Metropolitana para abrir un ángulo recto y formar un triangulo en cuadrado perfecto con los portales de los comercios, poblados de joyerías y se desdobla todo en otro cuadrante inamovible pero cambiante de los edificios del poder y del gobierno del país entero y de la propia ciudad que lleva siete siglos sin dejar de crecer y recrecerse, devorarse, morir y resucitar al tercer día, cada trescientos sesenta y cinco segundos. Todos, Angelito libre, pasamos a ser integrantes de otro mural en movimiento, pintado también por Diego Rivera sobre los muros de Palacio Nacional, con tan sólo deletrear las sílabas de cada sabor y color que México le dio al mundo con sus nombres de cacahuate, maíz, zapote, chile, papa, chicle, guajolote. Todos, Angelito en vuelo, transformados en párrafo de la novela siempre inconclusa de la Ciudad de México, de la crónica interminable y la eterna Carta de Relación que nos describe a nosotros mismos ante nuestra propia memoria incrédula.

Ángel Anáhuac se perdió entre los crucigramas del centro de la Ciudad de México y, por las campanadas que cantaban desde lo alto de la Catedral, supo que su viaje de siglos no había durado más de seis horas. Entendió que la proximidad del vértigo, la necesidad de comer, la indispensable cautela, el cuidado insoslayable, la concentración necesaria y cualquier esquina anónima pueden convertirse en una confabulación contra un peligro latente, una amenaza personal. Nadie puede imbuirse en el corazón de la ciudad más grande del mundo sin contagiarse para bien o para mal de sus latidos contundentes, el tambor que se escucha desde el siglo XVI. Nadie puede salir intacto de sus sentidos si atraviesa por en medio de este remolino astral, revoltijo sideral, batido de historia, revoltura social, enredo poblacional, epicentro político, lunar económico, *aleph* inexplicable que se deletrea todos los días sobre y desde, entre y con, para y por qué, dónde y en las calles y espacios vacíos del centro de la Ciudad de México. Nadie se escapa, estamos todos. No falta nada, se encuentra de todo. Nunca está vacío, siempre está lleno. Todo es horrible, no hay nada feo. Es una belleza memorizada, siempre hay partes desconocidas. Es inmenso, se recorre a pie en muy pocas horas. Siempre hay algo, nunca hay nada. Ya lo conocemos desde niños, jamás hemos ido. No hay dónde estacionarse, el Metro siempre va lleno. Apesta a meados humanos, orines de gato, tiene todos los olores y se venden fragancias para hacer perfumes en casa. Es un resumen de todos los pretéritos, nunca se podrá modernizar. Está todo pintarrajeado, merece más retratos, cabe en un mural, no se ve bien en las fotografías recientes. Antes, llegaban los trolebuses hasta el Zócalo. Ahora, duermen allí campesinos, caballos o traileros. Antes, había árboles por todas partes. Ahora, se han visto pájaros muertos en cada esquina. Antes, era una excursión. Ahora, es un destino que parece condena.

Ángel Anáhuac se quedó aturdido por vivir en carne propia los párrafos anteriores, sentado en la orilla de la fuente de la Plaza de Santo Domingo. Había recorrido Brasil hasta Paraguay, bajó toda la Argentina —pasando por Haití, Nicaragua, Bolivia, Colombia y Venezuela— hasta volver por Guatemala al corazón de la Ciudad de México. Ni Simón Bolívar podría haberse imaginado el periplo que había dejado exhausto a Ángel Anáhuac, recién nacido a la aventura de redefinir su propio universo, recién redactada la primera jornada de su nueva biografía escrita en cuadernos cuadriculados con el auxilio de unos lápices de colores, sin el cobijo de un hogar ya fijo en su pasado, lanzado a la intemperie. Supo entonces que su cansancio sabía en la saliva más a agotamiento que a esperanza y empezó a buscar el primer hotel que cupiera dentro de su presupuesto. Parecía increíble que su atlético cuerpo y su recién liberada mente estuvieran tan cerca de desplomarse como edificio en terremoto al cumplirse apenas las primeras doce horas de su primer vuelo libre. Parecía increíble que, teniendo maneras para hospedarse medianamente bien, Ángel Anáhuac caminara de Santo Domingo a Perú y que, doblando a la izquierda en la Arena Coliseo, catedral del boxeo mexicano, santuario de la lucha libre universal, se acercara a un lote baldío en lo que queda aún de la calle Mariana R. del Toro y Lazarín y se acostara cómodamente encima de una tonelada y media de propaganda electoral que algún funcionario sagaz dispuso depositar en ese rectángulo ilocalizable. Increíble que todo el entusiasmo democrático, quizá no tan demócrata, de muchedumbre más que multitudinario que embelesa a México en ciclos precisos, no había sido compartido por Ángel Anáhuac, ciudadano anónimo, abstencionista, sin credencial de elector, ya con otro apellido y otra vida, prófugo del padrón electoral, reprobado por hoy en civismo, antisolidario, antisocial, antimotines, antígeno prostático, personaje perdido, acurrucado sobre los rostros plastificados de los sonrientes candidatos a la Presidencia de la República, al gobierno y sus gobiernos de la Ciudad de México, a las Cámaras de los Diputados y Senadores. Ángel Anáhuac acostado sobre el improvisado colchón de la democracia mexicana, pesebre perfecto para su alma con alas recién nacidas. Ángel Anáhuac que duerme el primer placer de haber tomado posesión de su propia aventura, el gusto o pesadilla de iniciar una nueva vida con todos los deseos sueltos y ante todo lo imprevisible, el día nueve de julio del año dosmilytantos, convencido de que jamás volvería a ver a su madre enloquecida y confortándose con la resignada idea de que la Diana quedó perdida en un pasado que ya no se percibe en la piel. El destino de las novias que se vuelven estatuas en el instante en que Ángel Anáhuac se eleva en un sueño donde la Ciudad de México se observa como una alfombra de colores desde la altura literaria de su propia imaginación.

Traficostras

"Habiendo entubado todos sus ríos, habiendo secado sus lagos, la Ciudad Monstruo ya sólo es surcada
por largos gusanos de luz. Un hilo interminable de
esferas en rojo, en contrasentido con la interminable
cascada de órbitas blancas. Millones de ojos de luz
que sirven para que los automóviles vean para atrás
y miren para adelante, para hipnotizar a los conductores ciegos, miopes, astigmáticos y daltónicos, para
paralizar a la Ciudad Monstruo con la ilusión óptica de su iluminación inmóvil, parpadeante. Ríos de
frenos enrojecidos, lianas de luces blancas, todos en
espera de un verde esperanza. Nadie se detiene con
el rojo sangre. Para algunos, la bilis amarilla; para todos, las luces incluso de día. Costras de tráfico tran-
sitan la piel de la Ciudad. Traficostras rojas y blancas
de un hongo espumante, pus de gasolinas y aceite,
saliva anticongelante, sudor de llantas, transpiración
neumática, dermatitis aguda de carrocerías oxidadas.
Traficostras en la constante desesperación de las prisas y el vértigo continuo de todos los coches, carri-
coches, camiones, calesas, peseros, microbuses, taxis,
motonetas, motocicletas, microbuses, autobuses, bicitaxis, bicicletas, tráilers, camionetas de lujo extremo,
todoterrenos, cuatroporcuatros, cochecitos, carritos,
diablitos, patinetas, patines. Entubadas como los ríos,
todas las luces rojas se dirigen siempre a un distante

océano de oscuridad. Como lagos de sucesivas luces blancas, todos los faros blancos se nos vienen encima. Nadie se detiene ante el peatón porque aquí nadie se mueve. Nadie se puede mover cuando queda venadeado por las luces que nos deslumbran. Luces que deslumbran. Todas, ojos que nos miran mientras nadie ve nada. Todos los neones parpadean en silencio al paso de las procesiones de luces rojas y los desfiles de faros blancos. Todas las estrellas se esconden de la vergüenza tras su paño interminable de terciopelo contaminado. Todas las luciérnagas se han apagado. Sólo quedan traficostras en el pavimento, sobre las banquetas, colgadas de los semáforos y de las farolas antiguas y de las lámparas nuevas. Traficostras en todas las paredes y los muros grises. Traficostras sobre cada pliego de la piel urbana y en los huesos rotos de los atropellados. Traficostras en cada puente del Viaducto por donde parece querer volver a salir el río por sus fueros, por goteo entre las grietas de sus propias traficostras. Costras de tráfico bajo el reluciente Segundo Piso del Periférico, monumento al Tsunami, igual de largo, igual de alto, igual de devastador. Traficostras son el desfile creciente de cruces que honran a las almas de los anónimos y traficostras los restos de todos los perros que se hinchan al Sol, pudriéndose con los hocicos abiertos y las entrañas que se vuelven costra de calles. Alfombras rojas para las llantas, tapetes estampados para retapizar asfaltos inmaculados. Traficostras, la anquilosada costumbre de sembrar corcholatas en chapopote fresco, como estoperoles para los pantalones negros de las calles olvidadas, como espejitos para el desfile de luces rojas y blancas, en espera del verde, esperanza de semáforos que nadie respeta. Todas las calles tienen caries, todas las avenidas padecen acné, todos los asfaltos se pican y se pudren, pústulas hinchadas, huecos y baches, hoyos y zanjas, grietas y tajadas. Traficostras. Costras abiertas de nuestro tránsito por esta Ciudad sin Vidas, nuestro tráfico constante, nuestro tráfago de todas las calles, recubiertas de traficostras."

A. A.

Cuaderno olvidado en un taxi, 2006

Uno procura sobrellevar su vida a pesar de los otros sobrevivientes que se cruzan con uno como un estorbo ruidoso. Otros intentan respetar su silencio, a pesar de que uno intenta contagiar obsesiones, insiste en sus ideas y comparte sus miedos.

Unos intentan agilizar el tránsito de coches con intransigente vehemencia, mientras que uno solo basta para estorbar el orden entero del Universo. Uno intenta estirar el transcurso del tiempo, mientras otros producen constantes retrasos en todos los horarios.

Uno quiere ser dos. Otros se quedan con la intención de encerrarse, olvidarse de uno mismo y dejar que los demás definan las soluciones del sueño. Uno se sabe acompañado con medir las distancias que marcan los otros.

Unos pagarán siempre los errores y abusos de uno solo. Uno no tiene la culpa por los atropellos y antecedentes que han fijado los otros en la memoria de los demás.

Uno cree que conoce las calles, reconoce las casas, al desconocer a los otros como si fueran personajes de tinta escritos en una novela. Otros nos reconocen cuando equivocan sus rumbos.

Uno se olvida de todo lo que cabe en la memoria de los otros. Otros comparten su imaginación con palabras que son nombres que se le olvidan a uno.

Unos dan la vuelta a la manzana, tomados de la mano, como si iniciaran un viaje trasatlántico y otros cruzan la ciudad de punta a punta, todos los días, cincuenta y dos kilómetros, de ida y vuelta, en lo que dura una siesta.

Uno nunca se puede extraviar en la Ciudad de México porque será siempre el único en el mundo que sabe exactamente en dónde está; otros se pierden para siempre delante de nosotros, al otro lado de la mesa y en la almohada de al lado.

Uno canta segunda voz y otros juegan en equipo. Unos comparten la comida de todos los días y uno se harta de comer un banquete solitario. Otros sobreviven cada día con el alivio de una tertulia y uno se harta de estar siempre solo, hablar en voz alta con nadie y pensar en nada.

Uno siempre llega a algún sitio por el solo hecho de partir. Otros encuentran con sólo buscar, aunque no busquen exactamente lo que encuentran. Unos pagan localizadores electrónicos que delatan sus mentiras y uno depende de la honestidad de un relato para hacer creíble una travesía.

Uno marca sus propios rumbos aunque otros lo entretengan con cualquier distracción. Otros cambian de camino porque a uno se le olvidó la dirección. Uno sigue veredas que se inventa sobre el pavimento y otros se guían por la sincronización de los semáforos sin tener que mirar nunca hacia las nubes o las estrellas.

Cuatro

Luciano Padierna se despierta todas las mañanas con la voz de los profetas. Cuatro apóstoles en coro de arcángeles inundan la habitación de Padierna exactamente a la misma hora de todas las mañanas para despertarlo con gregorianos cantos que él se sabía de memoria (aunque no supiese exactamente el significado de todas las palabras en verso) y con las notas de todas esas músicas que él tarareaba en la duermevela (aunque fuera sabido que Luciano era un monje desafinado). Música y letras, siempre las mismas, siempre cambiantes, para desenredarle los sueños a Luciano y devolverlo a la triste realidad de siempre, la que nunca cambia: un cuartito de azotea, en medio de un bosque de sábanas recién lavadas y prendas íntimas de servidumbre ajena que se ponen a secar durante la madrugada.

Despertar así, en un cuarto de azotea justo al instante exacto en que empiezan los coros digitalizados de los profetas sólo es posible por el raro milagro de que la Ciudad de México sea quizá la única ciudad en el mundo que mantiene religiosamente la programación —dos veces al día— del mejor programa de radio dedicado a Los Beatles en la historia de la humanidad entera. John, Paul, George y Ringo, profetas de Liverpool, todas las mañanas despertando a Luciano Padierna, que se robó el reproductor de *CDsRadioFM/AMcaseterayrelojdespertador* para precisamente cumplir con esa mínima ilusión de todos los días. Amanece Padierna sin saber nunca el día que será su último o el póstumo, sin importarle dónde realizará el robo o abuso que le permita sobrevivir otras veinticuatro horas hasta llegar a un nuevo amanecer que le llega siempre con un coro de greñudos entrañables.

A treinta kilómetros de la azotea donde amanece Padierna, Ángel Anáhuac había resuelto ser el auténtico salvador de la Ciudad de México, el Ángel Exterminador de Todas las Impurezas, el gran corrector de las galeras humanas que ensucian el honor de la ciudad. Habrá quien quiera atar un significado a la coincidencia, pues consta que esa misma mañana Ángel Anáhuac, más que caminar, danzaba sobre las calles del Centro Histórico por los auriculares de un iPod que se encontró en los baños del Hotel Majestic, que llevaban ya varios días alimentándole los oídos con quién sabe cuántos gigas de toda la música de The Beatles.

Ángel Anáhuac llevaba ya muchas semanas en vuelo, esculpiendo su nueva personalidad con definiciones calladas de todo lo que podría hacer por limpiarse de su biografía, limpiando la mugre y la mierda de las calles del Centro Histórico… pero eso, aquí, a nadie le importa. Consta que mucho menos a Luciano Padierna, que se echaba agua a la cara tarareando sin tono ni acento inglés un *I've got a feeling* que parecía recién grabado por sus evangelistas en los gloriosos estudios de otra azotea, allá en Londres. *A feeling I can't hide* entre la espuma de un jabón Zote color de rosa que huele a ropa fresca de albañil y luego, Luciano se talla las axilas y los pies con Fab Limón mientras Ringo le canta el jardín del pulpo y hay un corte para comerciales cuando decide chingarse la camiseta verde del vecino del 304 que nunca sube a la azotea porque dice que le dan asco las gatas.

Por enésima necia vez en la vida, el conductor del programa de Los Beatles comete el sacrilegio de la inútil traducción simultánea. Luciano se vuelve a encabronar, como todas las mañanas, y se dice que algún día le hará justicia, en su propio inglés como si fuera latín sagrado, a la Palabra de los Apóstoles que nadie debe intentar traducir. *Si yo tampoco entiendo ni madres, pero no ando por ahí dándomelas de maestro. Ha sido la noche de un día difícil y he estado trabajando como un perro. Que se chinguen los que no le entiendan. Ha sido la noche de un día difícil y debería estar durmiendo como tronco. Que se chingue el del 304… pero cuando vuelvo a casa, contigo, descubro que las cosas que tú haces me hacen sentir realmente bien si supiera el imbécil que su camisetita verde ya lleva una semana colgada. Ni la va extrañar… And I miss you… si supiera lo que voy a lograr con la gatita que le hace sus lavadas… en cuanto me vea con la camiseta de su patrón… I saw her standing there.*

Luciano aprovecha otro corte de comerciales para terminar de vestirse, como todos los días, con ropa que inicialmente era ajena. Basta una sola puesta para que todo vestuario se le vuelva propio y se viste sin saber a ciencia cierta cómo quedarán todos esos trapos al final de la jornada. Nadie puede predecir si se llenará de sangre el pantalón de mezclilla que parecía nuevo al amanecer y nadie será responsable de que una camiseta verde quede rota en jirones, agujereada por una bala perdida, rasgada con una tajada de desarmador afilado. Nadie sabe nada, y menos al vestirse por las mañanas, inundada la cabeza con cánticos proféticos y nostalgias en blanco y negro psicodélico. Nadie sabe si Los Beatles realmente viajaron a Oaxaca en plan clandestino para meterse en la saliva los hongos alucinógenos de María Sabina y escribir las letras del *Sargento Pimienta* que sólo entienden los niños cuando comen crayolas de colores y los selectos iluminados que empiezan todos sus días con el mismo amanecer musical donde se escuchan las voces de los muertos entrelazadas con los únicos dos apóstoles que quedan vivos sobre la Tierra.

Es más, nadie sabe qué se mete Luciano Padierna en cuanto termina de vestirse, pero algo mágico será... *Roll up to the Magical Mystery Tour* que todo se vuelve blando y risueño, que todo se derrite como pintura de Dalí, desde la azotea donde Luciano ve oscilar los primeros humos de la ciudad más grande del mundo con las primeras bocanadas de lo que parece, de lejos, un cigarro inofensivo. Luciano Padierna le da jalones lentos, con los ojos semicerrados, mirando hacia el vacío de la ciudad más poblada del mundo y se espera a que termine la hora de Los Beatles, como quien jamás se ha salido de un templo a la mitad de una misa. Aprovecha las escaleras para impulsar los efectos de sus pastillas multicolores con el resto de tequila que le quedó en la botella de ayer y enciende el primer cigarro, este sí de tabaco, de la cajetilla que le quedó en turno durante la madrugada.

Se deja envolver en el mismo humo que peinaba las melenas de sus profetas al cantar *You're gonna loose that girl*, cuando el mundo era de plastilina y la imaginación se comería al poder, cuando nadie podría imaginar la interminable vista de asquerosidades prometedoras que se abre a los ojos de Luciano desde la azotea donde contempla *The Long and Winding Road* que lo llevará al robo de todos los días, a sobrevivir como un náufrago las mismas calles, donde a nadie le importa que a esa misma hora deambula, más bien danza, anónimo y camuflado, el Ángel Anáhuac que se propone salvar a la ciudad del eterno tormento.

Luciano Padierna lleva ya en la saliva el utópico placebo de todos los días que le hace creer que vive en *Penny Lane*, aunque su calle se llame Benito Juárez. Con la dosis suficiente de yerba y Beatles en la cabeza, pastillas en la sangre y emociones confundidas —como para suponer que hoy sí deambulará por un campo de fresas—, Luciano se lanza sobre calles donde los peluqueros se saben de memoria los cráneos de todas las cabezas que han peinado y donde un hombre vende huevos a la enfermera del Seguro Social que trafica con amapolas, delante del banquero más rico de México que camina por las mismas calles como si nadie pudiera amenazar ni su cartera ni su felicidad.

Así que irrumpe su día y le duele la mente, y en sus ojos no se ve nada, ni huella de amor tras las lágrimas, llora por nadie, por un amor que pudo haber durado años o bien, despierta, cae de la cama y se arrastra un peine sobre la cabeza, encuentra su camino bajando las escaleras y se toma una taza y alzando la vista se da cuenta de que va tarde... *A Day in the Life* de Luciano Padierna y estos párrafos son para él, para todos los que creen en las letras y músicas de los cuatro profetas de Liverpool, para bien o para mal, para sobrevivir o morir. Estos párrafos son para todos y son para nadie... *For No One.*

A treinta kilómetros de distancia, en otro párrafo, Ángel Anáhuac se desconecta del iPod y quiere vislumbrar entre el trajín de esa mañana que parece insulsa el motivo exacto, el lugar preciso que le permita volver a engendrarse en Ángel Exterminador, limpiador de escorias, Defensor del Defe. Ve con ojos de sospecha a un joven que corre tras la bicicleta de un panadero, como si esperase el momento en que el joven se abalance sobre el equilibrista de pedales y en cuanto lo mire robarse un bolillo, lanzarse como auténtico ángel alado a la resolución del agravio, pero el joven rebasa corriendo al panadero y el momento ilícito que imaginaba Anáhuac se queda en puro humo. Quizás el mismo humo que sigue echando por las narices Luciano Padierna sin importarle que está prohibido fumar en los microbuses. Va pensando para sí mismo, como si él también trajera audífonos de iPod en las orejas, que le vale madre cómo lo miran los demás pasajeros y se regodea echando humo por las narices como si fuera la Morsa y *Goo-goo g'joob.*

Como todas las mañanas, sea en el microbús o en el vagón de cualquier Metro, Luciano va eliminando oportunidades de enriquecimiento instantáneo: podría sutil o no tan sutilmente echarle mano a la cartera del gordito que viaja distraído, aislado en el pasillo como un tonto en una colina, o arrancarle los aretes a la francesita —que en su mente no se puede llamar más que *Michelle*— y lanzarse corriendo a la primera casa de empeño. Padierna sopesa si podría simplemente pararse en medio de la Micro y declarar que se trata de un asalto y jugarse el albur de que nadie le diga nada, simplemente depositando en sus manos un pequeño capital de monedas gastadas y billetes arrugados para que el joven se baje en la esquina, como si no pasara nada. Pero Padierna anda de flojera, *tengo güeva* se dice a sí mismo con sus audífonos inexistentes, y decide mejor seguir en ruta sin dirección fija, hasta que el microbús llegue al final de su recorrido. Ya llegará la esquina que le permita la aventura digna de este día… y así es diario, a cada semana, *Eight days a week…* porque *I ain't got nothing but love, babe.*

Mejor bajarse del microbús, *abandonar la micro, ca'ón,* y *Free as a Bird.* Mejor que camine Luciano Padierna y pida en la esquina un jugo inmenso de naranja, tres tacos de suadero en el puesto de al lado y se largue corriendo sin que nadie lo pueda alcanzar, porque un ratero piensa fielmente que no tiene por qué pagar nada, en tanto no haya un capitalito incautado que justifique todo gasto. Mejor, lo peor: encaminarse al Metro y fingir que se dirige a un trabajo, a una fábrica de remuneraciones honestas o peor, lo mejor: encontrarse un monedero en el andén o un sobre con el pago de un predial que se le puede caer a cualquiera en un vagón del tren anaranjado, del mismo color que el jugo que se está echando a la panza parado en una esquina del universo. Mejor aún: *Across the Universe* y antes de bajar las escaleras que lo lleven al Metro se esconde en una esquina para encender otra bachita de mariguana, como el más digno de los postres para el suadero, y ya con la psicodelia encendida nuevamente en el hipotálamo, Padierna levita en descenso cada escalón que lo conduce hacia el andén. *All the lonely people,* allí al filo de los túneles, *Where do they all come from?,* hasta que llega sin ruido el tren naranja, con ruedas de hule sobre rieles lisos que apenas hacen ruido, *Where do they all belong?*

Padierna se sube envuelto en sardinas, todos apretujados, sin que nadie repare en la señora que se llama Eleonora, la que lleva arroz en los pliegues de su suetercito, no porque haya recogido arroz en el atrio de un templo donde acababa de celebrarse una boda, sino porque desayunó las sobras de lo que podría llamarse su cena de la noche anterior. Eleonora del Valle que cena sola, come sola, pero que por lo menos lleva ya varios años sin desayunar a solas, acompañada por los únicos amigos que le tienen cariño. La gran chismosa Eleonora, secretaria jubilada de una Secretaría que en otra vida pudo haber sido virreina de la Nueva España, sentada en silencio en el vagón de todos los días, sin que la vean todos los homónimos o sinónimos que van con ella en el mismo trayecto de siempre y sin que se le ocurra a nadie verificar si va dormitando o dando los últimos suspiros de una vida cansada, *Lives in a dream,* habiendo dejado su rostro intacto en un frasco que deja guardado junto a la puerta de su casa.

Dicen los que vieron a Luciano Padierna que luego de un recorrido incierto, que quizá incluyó algún otro trayecto en el Metro, salió a la superficie en la calzada de Izazaga con la clara intención de hacer el mal en las calles del Centro Histórico. Hay quien pudiera atestiguar que caminó por Isabel la Católica (sin la más remota idea de quién fue esa vieja en vida) y que en el cruce con Venustiano Carranza (que en su memoria quizá se proyectara como posible presidente de la República), Padierna jugó con la idea de robar una ferretería, pensando para sus adentros que si bien no habría mucho dinero en caja a esa hora, podría armarse de un digno arsenal de cutters, navajas, picahielos u otras joyas punzocortantes que sirvieran a su vocación delincuente. Pero desechó la idea, porque en su mente tarareaba lo de *I've got a good reason... for taking the easy way out...* y se propuso entonces, el *Day tripper* de azotea, lanzarse a lo grande. *Es decir, como quien dice, tirarse al abismo, pero de veras, güey. Sin miedo, mi buen. Chin el que se raje...*

La joyería Popocatépetl, casi esquina con Palma, llevaba apenas media hora de haber levantado su cortina y, aunque hubiera dinero efectivo en la caja registradora, Luciano sabía que el verdadero billete se hallaría en la caja fuerte. Su heroico lance del día tendría que realizarse a la hora en que pasara el carro blindado de la seguridad privada, con los guardias y el gerente abriéndole de par en par la combinación de la caja fuerte... pero a Luciano se le metió en la mente el verso profético de *I'll buy you a diamond ring, my friend, if it makes you feel alright...* y *se chingó la Francia*, como diría él mismo en silencio. ¿Para qué planear un atraco de caja fuerte, si con lo que tienen las vitrinas basta para más de un mes de *Magical Mystery Tour*?

Habrá entonces alguien que quiera cuadricular el azar y darle un significado circunstancial y esotérico a que en el momento en que Luciano Padierna cruzaba el umbral de la joyería Popocatépetl, nadie menos que Ángel Anáhuac había decidido detenerse ante la marquesina de collares de oro, anillos de esmeraldas, aretes de perlas, mancuernillas de lapislázuli, prendedores de avestruz y calendarios aztecas repujados en plata. Al angelito se le había ocurrido plantarse delante del escaparate de la Popocatépetl con el sueño de que quizá podría desandar los pasos de las pasadas semanas, volver al regazo de su loca madre con un collar de perlas para cada lágrima derramada o idealizar la mentira de que podría encauzar sus vuelos de arcángel anónimo hasta encontrar a Diana y regalarle un dije de jade que la volviera de carne y hueso, suya y abrazable para siempre. De hecho, por un momento que parecía de lucidez, Angelito Anáhuac ya sin audífonos escuchaba lo que podría llamarse la voz de su conciencia: *las mujeres, por más inalcanzables que sean, no son nunca estatuas… la Diana Cazadora del Paseo de la Reforma no es tu Diana… Tú no eres el Ángel…*

Quien asume un vuelo como el que ya había emprendido Ángel Anáhuac puede llegar a dudar de su razón y quizá estas páginas serían mejor novela si escribo que Angelito dudó de su locura, dio media vuelta y desescribió todos los párrafos precedentes de sus pasadas semanas, pero lo cierto, y consta en actas, es que lo único que se logró en instantes fue que se le nublara la vista a Ángel Anáhuac. Entre soñar que le entregaba un anillo de oro blanco a su Diana perdida e imaginar que su madre realmente pudiera portar un collar de perlas sobre su enloquecida tráquea de beata viuda, Angelito dejó de concentrar sus pupilas sobre las joyas del escaparate y su mirada traspasó el brillo de las gemas. Su mirada se fue muy lejos, por lo menos lo suficientemente lejos como para reconocer que en el interior de la joyería Popocatépetl había un hombre flaco de camiseta verde y pantalones de mezclilla que manoteaba con la izquierda quién sabe qué consignas, mientras su mano derecha hacía la ridícula finta de sostener una pistola en la bolsa trasera del pantalón.

Es una escena estúpida, aunque verídica: Luciano Padierna exigía que le pusieran en una bolsa negra de basura todas las joyas que le cupieran, y además, el dinero en efectivo de la caja registradora, *porque ya sé que la caja fuerte no la saben ni abrir*, ante la mirada de pavor y temblorina tanto del dueño de la Popocatépetl, como de los ojos que ya lloraban de la fiel dependienta de toda la vida. Padierna sellaba su abuso con la mentira de que tenía enfundada en las nalgas, en el filo del pantalón, *la pistola que no me hagan que la saque, que les pego de veras un fogonazo, así que flojitos y cooperando*, decía el desquiciado Padierna sin saber que, tras el cristal del escaparate, Ángel Anáhuac, victoria alada de los desposeídos, exterminador a domicilio, salía de su borroso estupor mirando fijamente a un enemigo, además imbécil: de espaldas a Luciano cualquiera podría comprobar que en el filo del pantalón sólo había metida una mano derecha vacía, con el índice señalando la raya de las nalgas delincuentes.

Los héroes lo saben bien: estas cosas se resuelven al instante y sin pensarlas. Sobre todo si son a todas luces escena de una estupidez. Anáhuac dio tres pasos hacia la entrada de la Popocatépetl, que abrió de un portazo angelical, y sin que Padierna tuviera oportunidad de reaccionar, lo embistió por la espalda con la fuerza de un ciclón prehispánico, lanzándole el cráneo directamente al mostrador interior de la joyería. Es probable que por tener Padierna la mano derecha atorada en el filo trasero de sus jeans, o por la vehemencia de la tacleada que sólo puede propinar un ángel enfurecido, pero lo cierto es que Padierna se abrió la cabeza con el filo del mostrador y murió, ciertamente con una sonrisa enmarcada con hilos de su propia sangre y filoso triángulo de vidrio incrustado en la yugular, entre los brillos relucientes de relojes finos y carísimas gemas esparcidas sobre la alfombra de color azul pálido. *Lucy in the Sky with Diamonds*. Luciano en el suelo azul cielo de diamantes.

Arquitexturas

"Los ancestros cultivaron la piedra roja del tezontle para que los templos fueran esponjas de sangre. La cantera gris se mestizó con las porosas piedras rojas para forjar la utopía española ya preñada con flores indígenas. Las paredes lisas son ahora la piel de los graffiti, donde los herederos del muralismo monumental no se cansan nunca de idolatrar la mirada asesina del Che y los ojos llorosos de Emiliano, los torsos desnudos de indígenas andróginos y las consignas huecas de todos los revolucionarios que se volvieron funcionarios. Las fachadas de cristal son espejos para la fácil opulencia de los nuevos ricos y ventanas para que toda la pobreza y desolación pueda ser vista desde un escritorio como si fuera la inmensa pecera donde flotamos todos los pobres peces de todos los colores. Voy caminando por todas las calles con las yemas de los dedos como ojos que tocan la piel de los edificios, para palpar las arquitexturas y leer en Braille toda la memoria de los edificios. Toco tu boca con la punta del dedo y juego al cíclope, Ciudad de México, desnuda y pintada, pintarrajeada y ojerosa, insomne y dormida, mujer que tienes la piel blanca de los mármoles porfirianos recién lavados y la piel morena de nuestra fe cifrada en los carteles taurinos que anuncian corridas de épocas pasadas y en los millones de carteles que anuncian conciertos de salsa y rumba

donde bailaron millones de muertos y en los miles de
carteles multicolores que anuncian la lucha libre y en
los miles de afiches y cartelillos en jirones que prome-
ten esperanzas electorales de políticos trasnochados y
en los muchos muros que parecen haber contraído mal
del pinto, vitiligo incurable, manchas de todas las
pinturas, pigmentos de sangre invisible, lágrimas de
todas las putas, escupitajos de siglos pasados, muñe-
quitos de goma que se adhieren a los muros lisos y se
deslizan a diez pesos. Arquitexturas de paredes sin
nombre, todas sombras, respaldo de puestos de fritangas, improvisados escaparates para los toreros que
se engañan a sí mismos como vendedores ambulantes
aunque nunca se muevan de un solo lugar. Arquitexturas de muros de cemento rugoso, cacarizos de un
acné posmoderno, dizque de la nueva arquitectura
mexicana que quiere ser eco de geometrías prehispánicas. Arquitexturas de horrendos edificios modernos
que sólo existen para contrastar la belleza aterciopelada de los antiguos edificios en peligro de extinción,
arquitexturas de los edificios que quedaron apiñados
como tortillas, como hot-cakes, pisos superpuestos
desde que el terremoto grande los apiló como barajas
frágiles al tacto de cualquier mirada. Espalda de piedras te acaricio con las yemas de mis dedos, con las
yemas de huevos que revientan contra los ventanales
de los bancos, con los puños de los enloquecidos que
salen de las alcantarillas para romper todos los cristales de los comercios y con los lomos de los quinientos
mil perros callejeros que se mean sobre todos los muros para que la arquitextura de la ciudad más canina
del mundo no se seque así nomás, con todos los gatos
que se pegan a las paredes para erizar sus pieles de al-

fombritas miniaturas, para que las marías que se recargan en los muros puedan dormir sentadas como si estuvieran acostadas y sus crías envueltas en rebozos que son como hamacas que sólo dejan de balancearse al contacto de las arquitexturas de los edificios que enmarcan sus limosnas. Piedra caliza, piel de cemento, muro rugoso, pared de porcelana, tela de madera, armadura de aluminio, caries de hierro forjado, dermatitis de hormigón, cristal antirreflejante, vidrio antibalas, adobe de mierda y paja, barda blanca sin anuncios."

A. A.
Cuaderno olvidado en un taxi, 2006

Él cree que Ella no lo olvida porque no ha dejado de pensarla. Ella dejó de soñar con Él en cuanto se le volvió una pesadilla.

Ella sigue enamorada perdidamente de Él como si se tratara de Otro. Él no puede dejar de pensar en Ella, incluso cuando se queda mirando a las demás.

Él cree que Ella no sabe todo lo que hace cuando se aleja, mientras Ella no tiene que decirle nada de lo que suceda en su ausencia. Ella conoce mundos que Él nunca ha imaginado y Él no comparte sus sueños con Ella.

Ella sabe que Él la entiende perfectamente sin palabras. Él no necesita llamarle para que Ella sepa exactamente en dónde está.

Él ha cambiado mucho desde que la conoció y Ella es idéntica a como era desde siempre. Ella, dicen, se parece mucho a Él, que se cree único.

Ella dejó de hablarle en cuanto Él hizo oídos sordos a toda conversación. Él habla con todos los demás, menos con Ella.

Ella llora sus recuerdos mientras que Él se ríe de sus planes. Él ya no tiene sueños o proyectos, pues Ella ha insistido en que sigan todas sus cosas iguales a como están.

Él quisiera ser Ella cuando le abruma su biografía y Ella quisiera ser como Él en cuanto aparece la abnegación. Él dice que cede todo el tiempo ante Ella, que no deja de tomar iniciativas en cuanto dice que Él explaya su apatía.

Ella tiene a su familia en la saliva que Él escupe en cuanto reconoce que se ha alejado de la suya. Él insiste en compararla a Ella con su madre, mientras Ella confirma que Él jamás será como su padre.

Él cambia los canales de la televisión como si ejerciera un poder sobreentendido, mientras Ella se sabe de memoria todos los guiones de las películas, todas las tramas de las telenovelas y todos los rumbos que tomarán los noticieros sin necesidad de adelantárselos a Él.

Ella lo idealizó como un héroe, el hombre de su vida, insustituible, honesto y cabal. Él la sigue soñando como musa, estatua incólume, curvilínea y perfecta. Él querrá siempre ser su arcángel de altos vuelos y Ella se contenta con volverse la encarnación del deseo, no necesariamente para Él.

Ella se mira en el espejo todos los días como si viera en el reflejo el retrato fiel de Él mismo, pintado al óleo con todo lo que Él ve en Ella. Él se afeita sin espejo y jamás se mira en las ventanas porque sabe que proyecta la vívida imagen de Ella, pues todos los otros lo observan tal como si la vieran a Ella.

Cinco

Nomás por dar la vuelta, *For old time's sake*, don Javier de Polanco y la simpática María de las Nieves Anzures le indicaron a su chofer que dirigiera la nave de cuatro ruedas hacia el Zócalo. Sin el tráfico de entre semana, un lanchón de lujo como el de la ejemplar parejita podría circular entre los mortales, sobre los viejos adoquines aplanados como alfombras o sobre los nuevos pavimentos como si fueran tapetes grises para un carro alegórico. Allí van de la mano, enamorados hasta la fecha, inseparables, fieles y felices, el matrimonio Polanco-Anzures, padres de once hermosos mexicanos, abuelos de veintidós nietecitos muy fotografiados, al filo de sus respectivos ochenta años, cabezas plateadas, honradez en cada peca de sus envejecidas manos, con las que han trabajado sin descanso —cada uno en cada cual— desde que descendieron del barco que los trajo del más triste de los exilios.

Doña María de las Nieves Anzures va suspirando toda la vida juntos mientras don Javier de Polanco no se cansa de añorar el antiguo esplendor del Centro Histórico de la Ciudad de *Méjico*, que los recibió cuando hablaban con acento, llorosos los ojos ya sin llorar, perdido el paisaje de España en el recuerdo, en el mareo interminable del Atlántico, sobre el inmenso carguero donde ambos se miraron por primera vez en la vida que siguen escribiendo juntos, sin tintas ni medias tintas, felices en un domingo que parece cualquiera. Como cualquier día, a la vista de todos, un honrado policía de crucero invierte sus horas en el sagrado ritual de la mordida, engrasando la invisible maquinaria que hace fluir el tránsito, lama sagrada de la pirámide social para que no se atoren los trámites, para que se autoricen todos los contratos, para que todos tengan permiso, todos inocentes… todos anónimos.

Don Javier de Polanco creyó reconocer a Hipólito Guerrero en el cruce de Avenida Juárez con Balderas, pero no recordaba su nombre y menos se iba a acordar si en ese instante doña María de las Nieves evocaría a la primera sirvienta que tuvieron en casa, que aseguraba haber sido novia de Alberto Balderas, *El Torero de México*, que murió cornado en el vientre por el toro *Cobijero* de la ganadería de Piedras Negras en pleno ruedo glorioso de *El Toreo* de la Condesa, allí mismo donde ahora es el estacionamiento de El Palacio de Hierro, *¿te acuerdas, cariño?*, le dijo Nieves y entonces Polanco se arrancó, casi al mismo tiempo en que su chofer obedeció al semáforo, con el magnífico párrafo entre castizo y chilango que bien podría resumir toda una vida de recuerdos, toda una manera de ser, toda una madera de viejo velero:

—¡Joé! ¡Cómo chingaos no me voy a acordar, si nadie ha logrado igualar esos chilaquiles, madre mía! Y qué me dices de su lealtad, si a la fecha sigo poniéndola de ejemplo en la empresa… ¿Cómo es que se llamaba esa mujer maravillosa? ¡Carajo, Nieves, ya se me van los nombres…!

—Nada de eso, Javi… A todos nos pasa. Yo misma ya no estoy segura si se llamaba Enedina, aunque estoy segura que el apellido era López.

El chofer sonríe en silencio. Sabe que la señora dice López porque ésa es precisamente la calle donde vuelve a tocarles semáforo en rojo, para que alguien quede recordado aunque sin nombre exacto y para que una pareja feliz de enamorados ancestros pueda contemplar desde el asiento trasero de un auto el inmaculado Palacio de las Bellas Artes, donde en algún remoto atardecer escucharon zarzuelas, fingiendo haberlas memorizado desde la infancia. Pero el esplendor de mármol blanco, en vez de evocar en Nieves algún recuerdo inevitable de París, obliga a don Javier de Polanco a fijar la vista en la manita morena que se acerca a la ventanilla de su nave imperial para pedir la misma limosna que le han pedido millones de manos desde que su exilio se convirtió en ingresos ganados con esfuerzos y trabajo de Sol a Sol. La misma limosna que Javier de Polanco jamás ha negado a ningún mexicano, como si intentara abonar la inmensa deuda de gratitud que siente por cada poro de esta geografía desde que descendió del barco, mirando que le seguía los pasos, la hermosa niña con su familia desconocida, que se volvería la mujer que ahora le pasa las monedas al tiempo que él mismo baja la ventanilla, sin importar que el semáforo ya se puso verde. Y se pone verde de coraje el taxista que pita al instante y se pone verde de esperanza el hambre del niño que ha pedido la limosna de domingo y se quedan fijos en el espejo retrovisor los ojos verdes del chofer incondicional de la pareja Polanco-Anzures, que de vez en cuando y hoy por ser domingo, decide darse la vuelta por el Zócalo, sin saber que ya amaneció Ángel Anáhuac a la primera semana de haber alzado el vuelo y sin que nadie registre las andanzas que ya acumulan sus párrafos.

—¿Qué le pasa a ese tío? —dirá don Javier de Polanco, apretando la mano de su Nieves, al tiempo que sube con prisas el cristal de su ventanilla.

—Ten cuidado, Manolo… —le dice Nieves a su chofer de ojos verdes, que en realidad se llama Manuel, y que no le importa que le digan su nombre como si fuera flamenco…

Están en el cruce de Juárez con el ahora llamado Eje Central Lázaro Cárdenas, aunque la parejita Polanco-Anzures ya no recuerde que se llamaba antiguamente San Juan de Letrán y aunque jamás podrán olvidar que fue precisamente el presidente Cárdenas el que les dio personalmente la bienvenida en cuanto pisaron por primera vez la Ciudad de México, en donde observan atónitos, sin semáforos de por medio, a un auténtico guerrero azteca, descamisado para revelar el torso perfecto, de las tetillas diminutas y morenas, músculos en adrenalina de calendario, arrancarle la bolsa a una mujer que grita enloquecida, como si el Caballero Águila le estuviera robando la vida misma en esa bolsa de cuero fingido.

Manolo, el de los ojos verdes, no puede evitar la curiosidad por el chisme y en vez de levar las anclas del yate de lujo de la pareja Polanco-Anzures, como se lo indica el Almirante y su hermoso mascarón de proa desde el asiento trasero, decide bajar unos centímetros el vidrio de su ventanilla y, antes de que el taxista con sus pitidos insistentes lo obligue a surcar la calle de Madero, alcanza a escuchar —testigo de ojos verdes— que se acerca un policía montado, disfrazado de charro, para aclarar el enredo.

Desde el caballo, el charro policía le grita a un gendarme de los de azul marino que sujete a la loca que grita por la bolsa. Desmontándose como jinete de películas en blanco y negro, da una palmada de felicitación en el hombro aeróbico del descamisado y entre ambos le entregan la bolsa a una pobre anciana que los ha alcanzado en pleno cruce del Eje Central con Madero, casi Juárez, frente a Bellas Artes, entre pedestres de domingo, pordioseros con domingo y por lo menos tres callados testigos que no saben que el héroe de la escena ha decidido llamarse Ángel Anáhuac, mártir en potencia, superhéroe de las causas nobles, arcángel ante la perdición de los anónimos.

A nadie le dirá su nuevo nombre este hijo de una loca perdida en el ghetto de la calle Varsovia que sigue absorta en letanías para pedir por el alma del angelito que lleva ya una semana enderezando entuertos y metiéndose en pleitos ajenos. El hombre sin alas que parece volar corriendo hacia la esquina de Cinco de Mayo sin que nadie le haya ofrecido una recompensa por haber correteado a lo largo de unos metros ya muy andados sobre la banqueta de Madero a una loca que tuvo la dominguera ocurrencia de arrebatarle la bolsa a una anciana que no tendrá que declarar nombre ni señales ante ningún juez ni delegación porque un charro policía, al montar de nuevo su corcel de película en blanco y negro, le sonríe la recomendación de que se *ande con cuidado y que afortunadamente sigue habiendo buenos ciudadanos como ese joven…* que ya se les escapó de la vista, sin que Manolo, ni el matrimonio Polanco-Anzures pudieran registrar que se llama Ángel Anáhuac, azote de los rateros, remedio de toda angustia, auxilio de las princesas prehispánicas, ancianas hasta ese domingo desamparadas, que todo el mundo ve caminar por las calles del centro de la Ciudad de México, sin reparar que, en realidad, van levitando a pocos centímetros del asfalto, sin una sola cana entre sus trenzas perfectas que pudiera delatar en público todos los siglos de sus vidas, hasta ahora expuestas al abuso constante y al robo en los momentos menos esperados, a pesar de que su ropa huela al azafrán con el que desean espantar a los malos espíritus.

Pasada la adrenalina, sin que nadie —ni Manolo de los Ojos Verdes— pudiera darles explicación, la pareja Polanco-Anzures se vuelve a acomodar en el asiento trasero de su carruaje imperial como si fueran virreyes ya nativos en feliz paseo por los palacios de la ciudad que los recibió como hijos adoptivos. Van compartiendo silencios. Van hablando con los ojos y se telegrafían palabras cortas, monosílabos y señales, con leves apretones de manos que sólo sus pecas de vejez saben interpretarse mutuamente. Van tarareando boleros que ya nadie programa en las estaciones de radio y sus miradas parecen ir observando por las calles de Madero un desfile de habitantes ya desaparecidos, fantasmas de sus muertos con vestuarios pasados de moda y ninguno de los dos se explica por qué Manolo atina a lograr que todos los semáforos marquen un alto en cada esquina, como si esas pausas subrayasen que no llevan prisa, que vienen de domingo y que, además, entrar al Zócalo en carruaje, a los ochenta años compartidos, con todas las aventuras de una esforzada vida a cuestas, demanda el mismo sosiego y paso de parsimonia con el que desfilaron juntos por el pasillo de una iglesia novohispana el día en que se casaron, exactamente hace cincuenta años, ese domingo no tan anónimo del año dosmilytantos.

Ciudádivas

"Ciudad Madre, concédenos la dádiva bondadosa de tus amaneceres y la limosna infinita de tus madrugadas. Danos hoy el neón de cada día, el paño de tu asfalto y todo el gobierno de tu vegetación invisible. Belleza intemporal, bondad incomprendida, verdad de siglos. Arde ya en el infierno de su amnesia todo apóstata y hereje que crea ser el único revelador de lo Bello, Bueno y Verdadero, si no reconoce en su conciencia que cada calle, colonia, habitante, fantasma, cadáver, ser humano y animal que te habitamos nacimos con el espejo que refleja y refracta lo Feo, Malo y Falso, que nos complementa. Eres de avenidas arboladas y callejones de sombras, barrios marginales y colonias de ostentación, empedrados de siglos pasados y asfalto galáctico. Eres de cantinas y de bares, fondas y restaurantes, merenderos y puestos callejeros. Eres de las alturas rodeada por la nieve y subterránea de fangos de cableados y fibras ópticas. Serás eterna y despoblada, sedienta e inundada, verdadera en tus mentiras, buena en tus maldades, bella en tu fealdad. Serás el recuerdo de los siglos por venir y la amnesia de todos tus pasados para concedernos la dádiva de volvernos eternos, la dádiva de ser invisibles, vecinales, condóminos, copropietarios, locatarios, expropiados, ambulantes. Nos concedes la dádiva de volvernos verticales en cada elevador y escaleras, horizontales en cualquier colchón, triangulares en todo noviazgo, cuadrados sin ángulos, circulares y redondos. Ciudádivas en cada esquina donde recogen limosna las marías y los inditos, los payasos y merolicos, los organilleros y limpiaparabrisas. Ciudádivas en los impuestos que todos pagan y que nadie declara por el uso de tus suelos, las aguas de tus entrañas, la luz de tus ojos. Ciudádivas la contribución que todos hacemos a tus basureros, al remanso de tus alcantarillas tapiadas, a todos los hoyos de tu piel porosa. Contémplanos Madre Ciudad desde los ojos de tus nubes con culebras, la espesa catarata marrón de tus pupilas, y concédenos la dádiva. Ciudad de tus silencios en medio de tanto ruido, el vacío absoluto en medio de todos los automóviles, el anonimato total entre un mar de gente, la personalidad de los objetos, la materialidad de tus sueños. Ciudádivas te pedimos, peregrina inmóvil, virgencita del valle, madrastra de las montañas, anfitriona de cerros sobrepoblados. Concédenos tus perfumes limpios con todos los olores rancios del desperdicio de todos los días y regálanos la sed perdida de tus lagos, las piedras con las que cambias de piel, las flores rotas de tus escudos, las barras de oro hundidas en tus canales, flujo de tus venas, palpitar de tus sienes, pulso de todos los días en que despiertas para dormir y caminas sin moverte del valle, cuna inmensa, pesebre compartido. Habla con tu silencio, escucha con tu piel de millones de habitantes, pisa leve sobre las palmas extendidas de tus siervos que sobreviven con la esperanza única de recibir tus Ciudádivas."

A. A.
Cuaderno olvidado en un taxi, 2006

novedad de hoy y ruina de pasado mañana,
     enterrada y resucitada cada día,
convivida en calles, plazas, autobuses, taxis,
     cines, teatros, bares, hoteles,
     palomares, catacumbas,
la ciudad enorme que cabe en un cuarto de tres
     metros cuadrados inacabable como una
     galaxia,
la ciudad que nos sueña a todos y que todos
     hacemos y deshacemos y rehacemos
     mientras soñamos,
la ciudad que todos soñamos y que cambia sin
     cesar mientras la soñamos,
la ciudad que despierta cada cien años y se mira
     en el espejo de una palabra y no se
     reconoce y otra vez se echa a dormir...
               OCTAVIO PAZ, *Hablo de la ciudad*

Cualquiera puede ser víctima sin aviso y cualquiera puede erguirse como héroe del momento. Cualesquiera de entre todos son culpables de terrores efímeros y todos pueden celebrar los aciertos de un cualquiera.

Cualquiera podría proponer ante los diccionarios la urgente definición del *ninguneo* y cualesquiera explicaciones del argot mexicano no alcanzan para retratar fielmente los perfiles invisibles de nuestro carácter y personalidad.

Cualquiera puede ahora declararse funcional, útil o indispensable por cualesquiera medios interminables. Cualquiera puede entonces descalificar, ponderar, pontificar y reprobar. Cualquiera puede sentirse crítico constructivo, árbitro de futbol, político en desuso, empresario en bancarrota, sacerdote sin liturgia, analista improvisado, terapeuta aficionado, o incluso, novelista.

Cualquiera podría ejercer mejor el poder que los políticos corruptos y cualquiera podría volverse un tirano en cuanto saboreara la licencia infinita de su autoridad. Cualquiera puede confundir la responsabilidad con el poder y trastocar en culpa toda obligación.

Cualquiera se pierde en la ciudad más grande del mundo y cualquiera entiende la señalización visual del Metro, sin necesidad de leer los nombres de las estaciones ni reconocer los números de las líneas.

Cualquiera puede sentirse único al confundirse entre una multitud y cualesquiera de todos los solitarios sonámbulos de la madrugada puede derrotarse ante el espejo de su mínima biografía, como si leyera la vida de cualquiera.

Cualquier hijo de vecino puede llegar a ser dueño de la empresa. Cualquier empresario millonario puede sentirse inesperadamente como un cualquiera. Cualquiera podría imaginarse millonario con las promesas de la Lotería Nacional y cualquier fortuna está expuesta a considerarse garantía para un secuestro.

Cualquiera puede llegar a ser figura del torco si se propone precisamente dejar de ser cualquiera y cualesquiera de los muchos futbolistas pueden llegar a ser canonizados por la afición si llegan a anotar un golazo que no sea cualquier gol y cualesquiera de las niñas en edad de merecer pueden llegar a convertirse en divas y diosas del espectáculo si dejan o no dejan que las traten o maltraten como si se tratara de una cualquiera.

Cualquiera que sea sorprendido será consignado ante las autoridades. Cualquier queja favor de acudir a la ventanilla correspondiente. Cualquier aclaración favor de comunicársela al gerente. Cualquier sugerencia será atendida en su momento. Cualquier donativo será deducible de impuestos. Cualquier parecido con la realidad es mera coincidencia. Dadas las circunstancias, cualquiera llega a sentirse tratado como una cualquiera.

Seis

Dicen que la tragedia de Tony Tlalpan quedó registrada en una película sobre el Mundial de Futbol de 1970. Quienes han visto el filme no se darán cuenta a primera vista, pues sólo con advertencia previa (y el útil recurso de pulsar *Pausa*) se puede congelar la imagen, el cuadro exacto donde se observa a Tony Tlalpan entre una multitud enloquecida sobre la cancha sagrada del Estadio Azteca, minutos después de que el árbitro en turno pitara el final de La Final. Todos los aficionados de verdad recordamos que el partido fue en realidad una batalla con balón, aguerrida por parte del equipo de Italia, coreográfica del lado de Brasil. *La Squadra Azurra* que logró honrarse con un gol inesperado ante la samba bendita del *Scratch du Oro*... Albertossi, Riva, Rivera... Gerson, Tostao, Rivelino, Jairzinho, Félix, Hércules Brito, Clodoaldo y Edson Arantes do Nascimento, *Pelé*... *O Rey Pelé*, que en la película de este párrafo se ve izado en hombros por un enjambre de enloquecidos mexicanos que le han quitado la camiseta *verde-amarela*, que insisten en colocarle un sombrero de charro sobre la cabeza, que se arremolinan frenéticamente en torno al ídolo de ébano sin importarles que alguien, alguno, uno solo de entre todos los fanáticos, ha colocado con la furia de un movimiento quizá accidental —incidental, circunstancial— un codazo feroz en pleno lóbulo temporal de un tal Tony Tlalpan, desconocido para la mayoría futbolística.

Los asiduos bebedores que se congregan casi todos los días en la cantina El Nivel, a unos pasos del Zócalo de la Ciudad de México, local irónicamente ubicado en el sitio exacto donde se fundara hace siglos la primera universidad de América, ya se saben de memoria la anécdota más famosa de Tony Tlalpan. Él mismo, en cuanto alcanza ese peligroso nivel de ebriedad que lo pone al filo de la amnesia, se encarga casi todos los días de repetir la desgracia de aquel desmayo. *Quedé como fiambre, manito... my body tirado sobre el pasto y luego me dijeron que las magulladuras y moretones eran de que me habían pisoteado encima el jarabe tapatío, man, hasta que la tira y unos santos me llevaron a la enfermería del Azteca...*

En algún jueves sin fecha, el propio Ángel Anáhuac había escuchado de viva voz del biografiado la autobiografía de Tony Tlalpan. Parecería que nuestro Angelito se quería volver asiduo contertulio de El Nivel, si no fuera porque medía sus apariciones en público a pleno Sol y se negaba a establecer afectos o cualquier lazo que pudiera pecar de amistad con cualquier mortal. Por eso es muy probable que ninguno de los asiduos bebedores de El Nivel pudiera atestiguar sobre la existencia, presencia o verdaderas andanzas de Ángel Anáhuac: a nadie de ese oasis, ni al cantinero de siempre, le importaba saber que nuestro Angelito era el mismísimo héroe anónimo que ya sumaba no pocos lances de salvamento en calles, restaurantes, callejones, fondas, cafés, rincones, librerías, papelerías y dos templos del Centro Histórico. Ni quién se fijara en que Ángel Anáhuac —a pesar de sobrevivir a duras penas con lo puesto, comer donde sea y como sea— se había forjado un torso digno de calendario, agilidad torneada en las piernas y ni quién pudiera asegurar si el angelito tiene los años que tiene o en realidad es un joven de belleza prehispánica, intemporal.

Sobre el vuelo de alas extendidas de Ángel Anáhuac se habían acumulado ya semanas que hacían meses. Es muy probable que, de vez en cuando, el Salvador del Cemento, Exterminador Instantáneo, hojeara algún periódico o captara al vuelo de alguna pantalla de televisión las noticias que van marcando el paso del tiempo, el ritmo de los días, la ruta de las desgracias que él y solamente Él podrá remediar, pero lo cierto es que Ángel Anáhuac se apoyaba sobre la barra de la cantina El Nivel en silencios amables, sin meterse con nadie, sin necesidad de decirle a alguien que empeñó en el Monte de Piedad los aretes que le regaló el dueño de la joyería Popocatépetl, en premio a un salvamento heroico. Que nadie se entere de que con ese dinero ha podido comer e incluso pagar más de una quincena de noches anónimas en hotelitos accesibles. Que nadie le pregunte cómo le hace cuando se le agotan las madrugadas en largos recorridos en busca de una aventura que justifique sus vuelos de arcángel dorado, auténtico Ángel de la Independencia, las cadenas rotas y las alas extendidas. Al contrario: que se callen ya estos párrafos para que Tony Tlalpan pueda repetir su autobiografía etílica, antes de que repita casi como recreación su famoso desmayo en el Estadio Azteca.

Y pos ya sabes, lo que pasa es que me pasaba desde entonces el problema de la cabeza, man... ya había yo tirado la toalla desde el 66, bróder, cuando se me

*ocurrió colarme al Azteca... si de veras, por esta que
es mi cruz, yo ni sabía quién jugaba... andaba yo en
aguas... llevaba días en la bebetoria, manito... pul-
quito, puro curado... pero ya tenía yo mal mi cabeza,
mai... si de milagro, verdá de Dios, estoy aquí pa' contarlo... y entonces fue que se saltaron todos a la cancha,
mai y que reconozco a Pelé y que me lanzo...* Y si acaso
alguien pudiera ver la película con *Pausa*, esa escena
no lo deja mentir al gran Tony Tlalpan, aunque vuelva a caerse desmayado y el garrotero en turno tenga
que recargarlo contra la pared que está junto a los baños de El Nivel, para ver si una vez más el olor de los
orines logra despertarlo a las dos horas o si una vez
más habrá que llamar al enfermero de guardia que
trabaja en la farmacia más cercana para que se lo lleven al zaguán donde parece ser que vive.

Tony Tlapan fue aspirante al título nacional de
peso pluma entre 1962 y el 66, que él mismo recuerda como el año en que tiró definitivamente la toalla.
Lo que no recuerda su conciencia es que el antecede-
te de su etílico desmayo sobre la cancha del Estadio
Azteca, a pesar de que la película registra el codazo
anónimo que lo noquea como en los viejos tiempos,
es un desastre neurológico que le tenía convertido el
cerebro en un mapamundi de aneurismas. Tony Tlalpan ya llevaba desde el 66, entre los pliegues de su
magra masa encefálica, síntomas muy prometedores
de epilepsia, amnesia, ausencia mental, trastocamien-
to notable de todas sus emociones y eso nadie se lo
imagina cuando, casi todos los días, hipnotiza a los
bebedores asiduos de la cantina El Nivel que le hacen
coro, invitándole cada vez menos copas que logran el
mismo efecto de los litros que antes era capaz de be-

berse Tony Tlalpan como si fueran agua en esponja, entre *round* y *round*.

Desde las diez ya no hay dónde parar el coche ni un ruletero que lo quiera a uno llevar; llegar al centro, atravesarlo, es un desmoche, un hormiguero no tiene tanto animal... Quizá fuera digna literatura urbana inventar en estas páginas algunos diálogos y situaciones enigmáticas que insinuaran la poética posibilidad de que Ángel Anáhuac consiguiera una panda de amigos incondicionales entre los fieles oyentes de Tony Tlalpan, mientras de fondo lo único que se escucha es la música constante de Chava Flores... *El que nada hizo en la semana está sin lana, va a empeñar la palangana allá en el Monte de Piedad, hay unas colas de tres cuadras las ingratas y no faltan papanatas que le ganen el lugar...* Sería incluso un buen guión cinematográfico inventar aquí —con escenas intercaladas del *Rey Pelé* y el Mundial de 1970— que Ángel Anáhuac buscaba en realidad encontrarse con su padre entre los asiduos bebedores de esa cantina, o de cualquier otro bebedero del Centro Histórico de la Ciudad de México, pero lo cierto es que ni modo: Angelito seguía sin ninguna necesidad de buscar a nadie, sin la mínima gana de recuperar a su Diana —que para él ya no era más que estatua erótica del Paseo de la Reforma— ni la menor intención de volver a los brazos jaculatorios de su madre enloquecida. Prueba de ello es precisamente que consta en los registros del Monte de Piedad el empeño de un juego de aretes ("pendientes de perla en oro blanco con pequeños diamantes") valuados en dólares, que bien podrían haber sido pretexto para desandar sus párrafos y volver con su madre loca, en el ghetto de las calles de Varsovia.

Es muy probable que Ángel Anáhuac, en vías de consolidar una evasión emocional que se crecía con el batir de sus alas libertarias, tuviera recurrentes accesos de realidad: leyendo en algún periódico sobre conflictos electorales y mentadas de madre entre políticos, viendo con sus propios ojos un campamento de fritangas y manifestantes que durante meses ocuparon toda la extensión del Paseo de la Reforma y todas las calles hasta llegar a su Zócalo, o bien escuchando en la radio las aventuras del mundo, las atrocidades de los narcotraficantes, el nivel de la alfabetización en los estados de la República o los vaivenes crueles del clima con cíclicos ciclones en las costas, periódicas inundaciones inesperadas, sequías de todos los años en los mismos desiertos de siempre... Es muy probable, pero no consta en ningún lado.

Lo que sí consta es el hecho —o para que conste, queda escrito en estas páginas— de que a Ángel Anáhuac lo veían, sin verlo en realidad o sin necesidad de reconocerlo o asociarlo con los chismes de sus heroicidades que ya se decían por muchos rincones de la Ciudad de México, esa pandilla de asiduos bebedores de la cantina El Nivel, coro de necios como cualquier otro de cualesquier otra tertulia consuetudinaria, que casi todos los días bebía a la salud de las viejas glorias de Tony Tlalpan. Hablo de Avelino del Bosque, taxista jubilado que sobrevive más o menos cómodamente gracias a una especie de pensión que le depositan sus hijas en una cuenta de débito y hablo de José Luis Lindavista que inexplicablemente mantiene su discreto puesto como jefe de Departamento en la Secretaría de Devoluciones Fiscales sin que nadie, ni la secretaria más chismosa de su dependencia, haya descubierto su alcoholismo cotidiano y constante. Allí está también, sin faltar nunca a la cita sin horarios, el famoso Pedro Aragón, que llegó a ser dueño de un circo (nada menos que El Circo Tres Estrellas de Aragón, por aquello de las tres pistas) y que desde la llegada del nuevo milenio vive más o menos bien con lo ahorrado por la venta de dos leones, un dromedario, siete chimpancés y un corcel de pura sangre en alguno de los edificios ahora en peligro de expropiación eterna del Centro Histórico de la Ciudad de México, que por lo pronto, siguen siendo viviendas de las llamadas *de renta congelada*.

Un día sí, y otro también, se acercan a El Nivel Evelio y Efrén, franeleros cuidacoches, expertos en lavar carrocerías completas en menos de veinte minutos, secando las láminas con franelas húmedas y jergas mojadas. Efrén y Evelio, sin apellidos, ni falta que les hace, que sacian su sed de todos los días con medidas contadas de cerveza tibia, *pa' la tos*. Que desfilen aquí todos los nombres del coro, con semblanza y apellido, para que conste que Ángel Anáhuac no se volvió invisible, aunque eso podría ser su secreto deseo. Que se sepa que ante los desmayos recurrentes de Tony Tlalpan, al lado de Aragón el cirquero, Lindavista el burócrata y el taxista Del Bosque, no faltaban nunca los Hermanitos Flores —simpáticos gemelos de clara tendencia homosexual, por lo que se ganaron el mote de "Las Flores"— y el nunca bien ponderado, mas siempre distinguido, Heladio Antonio Pedregal, que merece párrafo aparte.

Heladio Antonio Pedregal fue jockey campeón en el Hipódromo de las Américas durante los breves años de su juventud, hasta que una auditoría reveló que el "Chaparro" Pedregal formaba parte de una fructífera red delictiva, de corrupciones variadas, entre cuyas hazañas no sólo frecuentaban el acomodo fraudulento de las carreras de yeguas, sino el tráfico ilegal de todo tipo de esteroides y anabólicos equinos, amén de un jugoso negocio con la falsificación de boletos supuestamente ganadores. A pesar de su corta estatura, Pedregal supo levantarse de esa vergüenza (un descalabro que le costó algunos años de cárcel) y muchos podrían confirmar que Heladio Antonio Pedregal es un ejemplo de estoicismo volcánico: siempre serio, analítico más allá de su enigmática barba de candado, medido en el movimiento de sus manitas y admirado por cualquiera que lo haya tratado. Con mayor razón los contertulios de El Nivel, que le saben y celebran ser el único miembro del coro que ejerce una profesión de respeto, aunque nadie haya aceptado ser su cliente, pues sucede que el otrora "Chaparro" Pedregal tiene un consultorio con diván. No sólo eso, sino también con pacientes que le permiten gozar de los suficientes ingresos como para casi nunca faltar a la tertulia de El Nivel y, además, invitar más de una ronda a los asiduos bebedores. Lo que no saben sus semejantes es que Pedregal no estudió Psicología en ninguna universidad (como ha llegado a afirmar en algún desliz etílico). Tomó un curso de Autoestima por correspondencia, falsificó un título de doctor en Psicología con un viejo amigo de su época de jockey que tiene una imprenta clandestina en la Plaza de Santo Domingo, compró una bata blanca en un expendio de uniformes al mayoreo, mandó recortar a su tamaño la mencionada prenda, compró un retrato de Sigmund Freud en un puesto ambulante sobre una

banqueta de la calle de Guatemala, y con los primeros ingresos que obtuvo con su impostura, empezó
a pagar en abonos el diván (que él mismo utiliza en
las noches como cama *king size*) y no pocos libros de
tema psicoanalítico que lleva años comprando en la
legendaria Librería Porrúa, a unos pasos de El Nivel,
lo que le ha permitido emborracharse con los compañeros del coro sin que ninguno le entienda los párrafos, que casi todos los días lee en voz alta, cuando ya
volvió a quedar noqueado Tony Tlalpan sobre la lona
imaginaria de un campo de futbol sagrado en su recuerdo.

Bien visto, el coro de necios que rodea la locura de Tony Tlalpan, púgil perdido, campeón sin corona, podría leerse como sinónimo colectivo del propio
Ángel Anáhuac, victoria alada de los desamparados,
azote de toda maldad, pues por lo menos se confirma en este párrafo que basta una breve muestra de
la humanidad para inferir una posibilidad universal:
no todos los habitantes que pueblan una ciudad precisan de una biografía que rebase el breve espacio de
unas cuantas líneas, no todas las vidas de prójimos o
próximos necesitan largos párrafos para quedar retra-
tadas casi en su totalidad, no todos los mexicanos que
sobreviven la Ciudad de México necesitan verificarse
ante los demás con certificados de estudio, fotografías
de frente y de perfil, declaraciones de impuestos, cartas de recomendación, tarjeta de circulación, licencia
de manejo, permiso para portar armas, credencial de
elector, fe de bautismo, amonestaciones matrimonia-
les, constancia de estudios, título profesional, diploma universitario, cédula profesional, comprobante de
domicilio, recibo de teléfono, boleta del predial, me-

didores de luz y agua, registro de causantes, acta de nacimiento… o de defunción.

Quizá con esas ideas se nutre el silencio de Ángel Anáhuac, ya sea acodado sobre la barra de la cantina El Nivel o en pleno vuelo sobre las madrugadas de la Ciudad de México. Saberse invisible aunque sea visto, saberse anónimo entre todos los nombres, andar ligero de alas entre la pesada neblina de tantas vidas en desgracia. Uno entre millones que inundan todos los días la cancha azteca, dispuesto a subirse él mismo al *ring* para poner contra las cuerdas a todo aquel que mancille el honor de la Ciudad de México o resignado a elegir de vez en cuando la sombra más apartada del *ringside*, como mudo testigo de las biografías ajenas, callado arcángel, libre albedrío, aventuras en reposo, pausa para la hazaña que podría realizarse mañana.

Comidambiente

"Aliméntame Ciudad con toda la variedad de tus comidas. Comidambiente pollos rostizados que giran en su carrusel de lumbre, comidambiente en tacos al pastor con piña, pencas enrojecidas como santos sin altar. Comidambiente cada una de las torterías que son cornucopia de jamón con queso, huevo con chorizo, milanesa con quesillo, queso de puerco, paté de hígado, cubana con todo. Comidambiente el menudo y la pancita, las hamburguesas con chile serrano, los hot-dogs de carrito con tocino enrollado bajo la mostaza, los tacos de suadero, nana, buche, nenepil, costilla, bistec, longaniza. Comidambiente en cada uno de tus guacamoles, frijoles charros, cocteles de camarón, ostión, vuelve a la vida, Ciudad que me alimentas. Confesión de comidas con tan sólo las botanas de cantinas, chicharrón en salsa verde, cacahuates enchilados, queso fundido con chistorra, mollejas de pollo en sopa de fideo, papas a la francesa, chicharrón crujiente con limón y salsa Valentina, churrumáis con salsa Búfalo, cacahuates japoneses con Miguelito en polvo, Cazares con Miguelito en jugo, jícama en rebanadas de todos los colores, aliméntame Ciudad con piña dulce, mandarinas y naranjas, nopales con cebolla, cebollitas de Cambray. Comidambiente que cambia según el rumbo, con cada barrio, en cada calle, sobre mesas con manteles largos y largos tablones sin mantel con platos de plástico. Comidambiente de los que pecan con alimentos chatarra que se comen en inglés y con prisa, comidambiente de los que pecan con comidas chinas y japonesas que se comen con palitos, comidambiente de los que festejan banquetes en tus salones con música en vivo, mariachis que se sirven con mole poblano, mole negro de Oaxaca, carne de Sonora, papadzules de Yucatán, enchiladas potosinas, tortas ahogadas de Guadalajara. Comidambiente Madre de todas las calles que se alimentan sin hambre con toneladas de verduras y mariscos, todos los pescados del mundo, todas las frutas de muy lejos, todas las semillas del más allá, toda la leche y toda la carne que te llegan todos los días para tu abasto constante, de Sol a Sol, Madre Comidambiente que agradezco tu perdón, que me salvas del hambre aunque sea con las sobras, el migajón de todos los panes, las tortillas duras que envejecen cada veinticuatro horas para renovación constante de tu comidambiente. Te como en el hambre y al caminar tus calles vacías me alimento con tus luces y las filas de tus calles, percibo el sazón que tienen cada uno de tus parques y plazas, me pierdo porque sólo me encuentro en cada uno de tus mercados fantásticos. Ciudadcomidambiente en pirámides de aguacate, apiladas sandías, cerros de melón y colchones de mamey con chicozapote. Comidambiente, saliva de ciudad, sudor de tus sabores, pan de asfalto, tortilla que se camina sobre las llamas de un comal, nata hirviendo en la olla del valle que te cobija, Comidambiente Ciudad."

A. A.
Cuaderno olvidado en un taxi, 2006

Esos son siempre los otros que nos miran con odio para acusarnos de ser esos para ellos. Los que pierden el tiempo y se embotan las entrañas, nublándose la mente con borracheras eternas, son esos. *Éeeesos* ya quedó aprobado como saludo colectivo de la Ciudad de México.

Esos que dicen estar libres de culpas y cumplir con toda responsabilidad, son esos que luego bajan la cabeza cuando van amarrados a la celda de su cárcel. Esos que le juran fidelidad eterna a sus mujeres, el cielo y las nubes grises, son precisamente esos que se gastan la quincena en los burdeles, bajo un manto de estrellas y cielos negros.

Esos cincuenta mil coches decrépitos que no traen placas son taxistas piratas; esos que traen pistola sin uniforme son policías federales sin licencia. No confundir con esos que están mejor armados y organizados que son narcotraficantes ni con los taxistas honrados que tienen sus papeles en regla y sus coches al día.

Esos que esperan impacientes en todas las paradas del metrobús siempre llegan a tiempo a sus trabajos y esos que van mentando madres al volante de sus coches atorados en tráfico son los miles de capitalinos que siempre llegan tarde a cualquier cita. Esos que colman los restaurantes de lujo colman sus tarjetas de crédito con pagos a plazos, mientras esos que firman fortunas de carne caliente en un *table-dance* rebasan el crédito de sus tarjetas en una sola noche.

Esos que vemos allí, reunidos todos sobre una mesa de carcajadas, no son hermanos aunque lo parecen y esos que se abrazan en la fotografía del periódico de mañana en realidad se odian a muerte, se traicionarán mutuamente la semana que entra y dentro de un año, uno de esos lamentará el fallecimiento de uno de esos.

El hombre que sonríe en la pantalla del noticiero es uno de esos y el cura que se pone nervioso en cada homilía hace acto de contrición porque sabe que él también es uno de esos y el burócrata que cumple religiosamente con el tedio rutinario de todos sus días no tiene el menor inconveniente en que se le conozca como uno de esos.

El establecimiento de comidas caseras que altera sus precios y sirve algunos platillos podridos como si fueran frescos es uno de esos. El dependiente de la gasolinería que miente al decirle el total de litros al conductor que no ha bajado del auto ni mirado la bomba también es uno de esos. El joven que reprobó tres materias este semestre fue uno de esos y el alumno más brillante de la carrera de Ingeniería en la UNAM es uno de esos.

El que camina todas las noches sin rumbo, sin necesidad de rendirle cuentas a nadie con la intención de ayudar al prójimo, si el azar le dicta la ocasión, es uno de esos y esos que caminan a plena luz del día, quitados de la pena, empujándose entre risitas son también de esos. Los tornillos que se necesitan para volver a echar a andar la maquinaria son de esos y los libros que mejor han ampliado la imaginación de todo lector son esos que quedan allí entre esos estantes, donde parece que alguno de esos se acerca con ganas de leer de esos.

Siete

De noche se alargan las sombras como una mentira incómoda. Toda verdad, como esperpento, confunde entonces la vista; lo que parece un callejón no es más que un muro olvidado por todas las luces; las divas de la madrugada parecen ser todas hermosas y los niños que son obligados por sus celadores a seguir pidiendo limosna en horas extra parecen ancianos envejecidos por sus sombras. De noche la Ciudad de México parece habitable, apacible, silenciosa, vivible, civilizada, limpia, maquillada, reluciente, accesible, recorrible, andable, caminable, tan amable. Quizá por eso se sabe que Ángel Anáhuac elegía semanas enteras la deambulación nocturna, su vuelo sin Sol para mejor dormir de día en los hotelitos que le seguían siendo accesibles. Incluso, hubo algunos moteles y hoteles de paso donde Angelito conseguía dormir de día en los cuartos con inciensos trasnochados y olores de pecados insalvables, a cambio de trabajar allí mismo en las noches como espanto para cualquier posible trasgresor, cargador de borrachos, abogado de las chicas abandonadas, afanador afanoso o simple velador de silencios.

De noche se desinflan los globos que son nalgas inmensas de los limosneritos de crucero, parados en los hombros de sus hermanos mayores como arcángeles del Sol. De noche, Ángel Anáhuac aprendió que en la ciudad más grande del mundo es más fácil andar sin papeles. Todo mundo acepta que no son horas para cargar consigo comprobantes, credenciales o salvoconductos y, por lo mismo, son horas más accesibles para ganarse contrataciones en trabajos que no precisan contratos, que se pagan por horas, sin seguro médico ni compromisos sindicales: ayudante de taquero al pastor, como guardia silente de cada giro de la penca y cada sudoración de la piña coronada; dependiente en autoservicios gringos de veinticuatro horas con o sin ventanita de seguridad; copiloto encargado de mantener el insomnio de choferes de autobús, camiones para desvelados o cargador anónimo de frutas y verduras en cualquiera de los miles de supermercados, mercados, mercaditos, tiendas, tienditas, fondas, restaurantes, cafeterías, bares, cantinas o bodegas que surten sus entrañas precisamente en la madrugada de todos los días para que la Ciudad de México amanezca entre legumbres y verduras, frutas y mariscos, carnes y quesos que parecen recién ordeñados, cosechados, cortados o cultivados con las primeras voces del Sol.

Sería quizá indispensable agregarle a esta novela una crónica más detallada y una cronología más creíble de los meses y los días, los horarios y empleos que sobrevivió Ángel Anáhuac conforme trascurrían las páginas de sus vuelos y el avance lento pero irrefrenable de sus desvaríos, pero ni modo: estos párrafos sólo logran concentrarse en algunas de las escenas que podrían servir de claves, en algunos de los momentos en que consta —sea por la propia voz angélica o porque así lo canta el coro de necios que iban poblando la biografía de Anáhuac— que el Ángel volaba. Hablo de las muchas noches en que Ángel se dirigía con pasos ligeros sin mínima distracción a lo largo del Paseo de la Reforma con la religiosa intención de visitarse a sí mismo: elevándose emocionalmente hasta la punta de su esbelto pedestal para desde allí contemplar en medio de las aguas la evocación en bronce, desnuda e inmóvil, de su Diana; acercándose atrevidamente al ghetto de la calle Varsovia donde a esas horas su madre enloquecida quizá duerma las mismas letanías que le reza de día a su ausencia ya prolongada.

Ángel que invierte los horarios de su propia novela en horas largas que se prolongan al pie de su columna. Desde luego que hubo repetidas ocasiones en que sus peregrinaciones por Reforma le permitían ejercer su ministerio enloquecido de salvaciones instantáneas. Como quien bate las alas, está la noche en que una pareja que discutía acaloradamente en la esquina con Insurgentes fue sorprendida de pronto por la sombra de un Ángel, no de oro puro sino vestido de negro, que tomó a la muchacha del brazo, la montó en un taxi que él mismo paró para su hazaña y se encargó de poner en su orden angelical al enloquecido novio desconcertado que quizá, luego, tuvo que buscar ayuda médica; y está también la madrugada en que Ángel Anáhuac, más ágil que nunca sobre sus piernas aladas que torneaba con ejercicios constantes y calistenias personales, corrió como quien vuela sobre un largo tramo de Reforma hasta alcanzar increíblemente a un perro que se le había desbocado a su dueño como corcel árabe a la mitad del desierto y, efectivamente, el excéntrico paseante lo gratificó con billetes en dólares en cuanto Angelito regresó con la mascota jadeante, pero ésas y más hazañas no necesariamente deberían quedar escritas en estos párrafos, ni servir para el guión de una película que supuestamente se propuso filmar un enloquecido gringo que supo del calibre y vocación de Angelito Anáhuac la madrugada, al filo del amanecer, en que el héroe que parecía sombra con alas lo salvó de un asalto a mano armada, a las puertas mismas del hotel donde se hospedaba el cineasta.

Es muy probable que Ángel Anáhuac no supiera en sus contemplaciones de horas a quién se le había ocurrido mandar hacer el inmenso tubo con ángel de oro en la punta que corona ya no sólo el Paseo de la Reforma, sino el íntimo delirio de este hombre que apenas rebasa los cuarenta años de edad, que ha perdido toda la vida que llevó bajo el apellido de Andrade, que ha decidido sepultar incluso el recuerdo de su madre con el trastocado empeño constante de sentirse él mismo un Ángel de oros, alas extendidas. Durante horas, durante madrugadas, el hombre que había decidido llamarse Anáhuac, el que había signado un pacto con ropas negras como quien jura fidelidad a las sombras, ponderaba murmullos enloquecidos de una ética enrevesada, y quizá incluso se dedicaba a medir el hundimiento insalvable de su ciudad, la metrópolis que él y sólo él cree que puede limpiar con sus heroicidades anónimas e instantáneas, sin importarle medir los escalones que se añaden año con año, como cascada por goteo lento, al pedestal de su Columna idealizada. Bastaría ver las fotografías del día que se inauguró la Columna para verificar que los escalones y el prado inclinado que ahora parecen la playa del asfalto al pie de la larga flauta de cantera confirman que la Ciudad de México es islote sobre fango de lagos añejos, isla sobre aguas de amnesia, lentamente hundiéndose hacia sus propias entrañas como una lepra que va devorando la piel de sí misma, dejando incólume, inmóvil, incandescente, invisible, íntima, intrigante, intemporal la Columna sobre la que vuela Ángel Anáhuac en incontables madrugadas de su vuelo enloquecido.

Al filo de las noches se bañan los albañiles que le enseñaron al Ángel los ancianos beneficios del baño vaquero, la higiene corporal y casi instantánea que te permite limpiar todas tus verdades en plena calle, sin que nadie te vea desnudo jamás. De noche se alargan también las mentiras como si fueran una sombra incómoda. Como si no estuviese la conciencia oteando sobre los hombros, todas las ciudades de la noche son capaces de prolongarse con mentiras. Como si la verdad solamente se pudiera hacer visible a plena luz del día, todas las ciudades posibles de la noche se inventan las mentiras continuas de sus madrugadas. De cabo a rabo, en viajes inesperados de taxis samaritanos o automóviles de auténticos intrépidos desquiciados, Ángel Anáhuac lograba a veces aventones, viajes de caridad a destinos inventados, como si fuera un atlético hombre de negro que se ha quedado varado en medio de la noche, como si no fuese un ángel de alas de sombra que sólo quiere recorrer la geografía completa del inmenso territorio de su evangelio urbano para sentir que se transfigura, Ángel de su Independencia, en la encarnación irrebatible de la Ciudad de México. Por eso y más, Anáhuac sabe que de noche la Avenida de los Insurgentes no parece la calle más larga del mundo, sino la nervadura accesible de una espalda que cambia de pieles en cíclicos tramos que parecen no tener fin. De noche, es la calle que nace como carretera y concluye como camino, la que va siempre hacia Acapulco porque viene siempre desde el Norte de México, y la misma que se sale hacia el Norte con todos los sueños que se fermentaron en el Sur. De noche, el Paseo de Ángel por Reforma parece revelarle que hay otro eje transversal sobre el cuerpo de la ciudad, el que va del fundamentalismo guadalupano del Cerro del Tepeyac al posmodernismo globalizado de Interlomas, de la Villa de Guadalupe a la salida a Toluca, de los monumentos que nos dieron patria a los barrios lujosos, pasando por el zoológico y el Museo de Antropología, donde nunca se le ocurriría entrar a Ángel Anáhuac sin arriesgarse a reconocerse entre las figuras talladas en piedra de todas las culturas y todos los esplendores de siglos pasados.

Caballero Águila, Príncipe Maya, Calendario humano, corazón de sacrificios, conciencia perdida, Ángel Anáhuac saluda al Sol con las páginas pobladas por párrafos de madrugada. Se va volviendo el testigo de todas las sombras y auditor de millones de mentiras. Es falso que de noche todos los barrios de México se vuelven mataderos para perros callejeros y es mentira que todas las zonas residenciales cuenten con alarmas efectivas contra robos o incendios. No es cierto que los policías que patrullan de noche, sin sirenas ni luces, a la velocidad desquiciante de un dromedario sobre ruedas, sean auténticos guardianes de la ley y no es verdad que todos los hombres que caminan solos, al parecer sin rumbo, sean en realidad delincuentes al filo del peligro. No es cierto que todos los semáforos funcionen sincronizados de noche y no es verdad que todos los vehículos en circulación a esas horas vengan de juergas y despilfarros inenarrables. No es verdad cuando se afirma que las ciudades nunca duermen, pues la noche demuestra que el insomnio es un don selectivo y no es cierto que todos los habitantes que parecen estar en sueños durante las madrugadas estén en realidad dormidos en sus casas. Sin horario, a todas horas, desde tiempo inmemorial danzan desnudos en pro de sus demandas los llamados Cuatrocientos Encuerados, la grotesca contundencia de las carnes flácidas, las penosas tetas, las nalgas desinfladas, los pitos enclenques. Todo un sinsentido. Uno más.

De noche pierden sentido las calles. De madrugada no existen límites de velocidad. Al amanecer no todas las vidas se ponen en movimiento. De noche los panteones parecen más animados. De madrugada todos los bares tienen pretextos para celebrar. Al amanecer no todos los platillos son de desayuno. De noche Ángel Anáhuac parece un simple solitario. De madrugada parece encarnarse como una auténtica sombra capaz de volar. Al amanecer, nunca es cierto que se le vea la cara de derrotado. De noche, Angelito no define aún el rumbo de su propia novela. De madrugada, parece que redacta ya los inesperados capítulos finales de su propio libro, sin saber exactamente todos los hilos de su trama, y al amanecer, parecería que se contenta con leer sin letras, para dormir quizá los mismos sueños, la historia heroica, anónima, memorizada, inédita... de su vuelo en alas imaginarias.

Torsofismas

"Te ofrendo mi voluntad, mi empeño y cada pliegue de mi cuerpo para transubstanciarme en ti. Soy, Ciudad, tu hijo, y me entrego a ti en mis silencios. Te ofrendo mi sueño y te sirvo sin descanso. Te ofrezco mis piernas como instrumento de poder y movimiento, te doy mi espalda para que escribas tu mandato, te veo de frente con la conciencia ya limpia. Me purifico los músculos y soy hierático en ropas de sombra. Llevo el rostro intacto sin cicatrices, la piel alisada de tus elegidos. Soy Ciudad. Camíname sobre memoria y recorre mis sueños, marca el trayecto de las batallas que tengo que librar para limpiarte, Ciudad, de escorias y abusos. Miro las oscuras sombras de tus poseídos, el hambre de los perros que perdieron su dueño, huelo las lágrimas de las enfermeras que esperan transporte en medio de las madrugadas y conduélete de todas las recamareras, afanadoras, meseras, camareras, prostitutas, teiboleras, viudas, monjas, solteras, estudiantes, costureras, cocineras, maquillistas, pedicuras, lavanderas, planchadoras, contadoras, arquitectas y doctoras que me recorren incansables con sus miradas y transportes, con sus idas y venidas, para cruzarte Ciudad de punta a punta, de cabo a rabo. Compadécete de que me compadezco de los torsos engordados, de los pechos mutilados, de las fachadas de los hombres que no quieren ya llevar corbata, del frontispicio ejemplar de una mujer con los pechos al aire, del torso recatado de las ancianas, del pecho imperial de los caballeros sin escudo, de los bellos pectorales de los atletas morenos, de la piel aceitunada y los bronceados a domicilio tan lejos del mar, Madre Ciudad que te mueres de sed. Torsofisma de todo pecho recargado de medallas, condecoraciones vacías, por lo tanto, corazones huecos; torsofismas de todas las mujeres de senos impostados, tetas falsas, por lo tanto, incapaces de amamantar. Pecho inmóvil del deshonesto policía de un crucero: torsofisma de su propia corrupción. Torso anclado sobre espalda jorobada: torsofisma de un esfuerzo incansable. Torsofisma del falso aeróbico que reniega de la salud que derramas, Ciudad Madre; torsofisma del cardiaco que insiste en fumarte, sin respirar el vaho que nos destilas, Madre Ciudad; torsofisma del que deja caer ebrio sobre la mesa su pecho, sin beber el cáliz de tus días, Ciudad Noche y torsofisma del estudiante encorvado que se deja sufrir las exigencias de tus horarios, sin aspirar el aire de tus madrugadas. Tatuaje invisible de todas tus calles sobre mi piel, lunares para cada constelación de las estrellas que conforman el manto de tus noches; cabellera negra mis madrugadas en vuelo, mis piernas ya calzadas, mis brazos avenidas, mis entrañas tus propias entrañas, mi voluntad tu memoria de siglos, mi empeño los sueños que guardas en secreto. Soy Ciudad."

A. A.
Cuaderno olvidado en un taxi, 2006

Aquellos que se esconden son en realidad los que se dejan ver de lejos. Anónimos de la traición constante, mentirosos por oficio, terapeutas impostados, son aquéllos. Un problemón de *aquellos*.

Aquellos tiempos cuando se podía recorrer la ciudad en tranvía y aquellos tiempos en que parecía que había árboles por todos lados. Aquellos ríos y canales navegables y aquellos cines del dos por uno.

Aquellos manjares de manteca y aquellos tamales con atole y ahora, toda la comida chatarra, hamburguesas instantáneas, sandgüichitos desechables… toda la comida que nos contagiaron aquéllos.

Aquellos fueron los tiempos éstos, los mismos días y costumbres que no se pierden por decreto. Aquellos edificios que parecían escenografías de Dick Tracy son los mismos que han rehabilitado aquellos que escriben en La Condesa.

Aquellos desmañanados que desayunan a las tres de la tarde con cara de coreógrafos trasnochados son en realidad las reinas de la noche cuando salen a prostituirse en las avenidas. Aquellos que hacen ejercicio en el Bosque de Chapultepec con la adrenalina de unos pases de cocaína son en realidad policías judiciales que esa misma tarde ejecutarán su justicia.

Aquellos árboles milenarios que se alinean a lo largo del río Churubusco murieron hace cien años y

se sostienen erguidos de puro milagro. Aquellos soldados que custodian las bombas del Desagüe Profundo
son los únicos responsables de que no se inunde con
dieciocho metros de aguas negras el Zócalo.

Aquellos once estudiantes que insisten en pla-
nificar la utopía selvática de una revolución bolchevi-
que para el nuevo milenio se reúnen en una taquería
para fijar la hora en que aquellos once estudiantes
bloquearán el flujo del Periférico, ellos solos desqui-
ciando a veintidós millones de habitantes y un desmadre de *aquellos*.

Aquellos señores mantienen intacta su muy
honrada dignidad. No tienen nada que ver con aquellos fulanos, ni con aquellos que dicen hacer lo que
son incapaces de cumplir. Aquellos fraccionamientos
que se ven a los lejos eran hasta hace poco tiempo cerros despoblados que se volvían morados al atardecer... un auténtico paisaje de *aquellos*.

Aquellos billetes que conforman una mínima
fortuna, olvidados en los baños de una vieja cafetería
del centro de la Ciudad de México, son en realidad
sustento y prolongación para una utopía anónima y
aquellos lingotes de oro que se robó un político pode-
roso ya fueron derretidos, malgastados y devaluados
por aquellos narcotraficantes que parecen divertirse
en salones donde nadie los ve, ni ellos ni aquéllos.

Ocho

Si no fuera por su irremediable propensión a la flatu-
lencia sin avisos, doña Elvira Campestre podría alargar sin límites su tertulia sabatina. Según Teresita
Acolman, no es que se inunde con olores la conversación de las asiduas compañeras, sino que resulta ya
muy incómoda la convivencia en cuanto doña Elvira
Campestre empieza a pedorrearse.

—Lo que pasa, joven —dice Teresita Acolman—, es que, ¿cómo le dijera?, se nos revelan las
hipocresías. Desde que empezó doña Elvira con su
problema de gases, todas nos dimos cuenta… Digo,
todas la oímos, ¿verdad? Ni modo que no, pero desde el primer flato que se le salió en nuestra tertulia
sabatina, todas asumimos una especie de juramento
silencioso, en aras de la decencia, digo yo, y nadie se
atrevería nunca a decirle algo, recriminarle o echarle
en cara sus cochinadas.

—La pobrecita no tiene la culpa —interrumpió María Elena Peralvillo—; si luego luego se ve que
la pobre doña Elvira se muere de la pena y ¿qué se le
va hacer? No, joven, si uno nunca sabe cuándo va a
volver el problema del control de los esfínteres. Como
si volviéramos a la infancia, joven.

—¡Ya párale a tus cochinadas, María Elena! ¡Y
tú también, Teresita! —dijo entonces, más que molesta, la inconfundible Alejandra Nápoles, la más adine-

rada y ostentosa de las incondicionales de la tertulia sabatina.

—Bueno, ya… Tienes razón, Alejandrita —espetó Elenita Peralvillo—, pero a mí se me hace que lo que quieres evitarle al joven aquí presente es el contagio de la risa que siempre termina por ganarnos en cuanto tocamos el tema. Porque usted no está para saberlo joven, pero aunque jamás hablaríamos de sus flatos delante de Elvira Campestre, no ha habido una sola vez en que no terminemos cosidas a carcajadas las demás amigas en cuanto nos acordamos de sus aires. ¡Ay si le contara la vez que vinieron las señoritas Satélite! Se supone que habían sido muy famosas en su tiempo; tenían una academia de buenas maneras allá por Echegaray, y que las invita aquí mi amiga la Nápoles…

—¡Deja que yo le cuente! —interrumpió la propia señora Alejandra Nápoles, ya no tan recatada—. ¡Ay, de veras, qué risa! Ai tiene usted que, gracias a las relaciones de mi marido, pude asistir a varios cursos de las señoritas Satélite, sobre todo cuando mi marido fue subiendo de jerarquía en la empresa… Tomé los cursos de "Modos y Maneras", "Conversación Breve de Sobremesa", "Silencios de Resignación y Paciencia en Velorios"… en fin, muchos más…

—¿Le vas a contar o no? —interrumpió Teresita Acolman—, porque ya te andas perdiendo por las ramas y tus presumidas… y ya no tarda en volver Elvirita, y pa' qué te cuento si se diera cuenta que la estamos echando de cabeza aquí delante del joven…

—Bueno, bueno… calma, calma… Yo sólo quería subrayarle al joven, que ¡imagínese, las señoritas Satélite, con las que había yo logrado aprender alta repostería y, además, el debido acomodo de una mesa para invitados de lujo y que se me ocurre invitarlas a la tertulia de los sábados! ¡Y pácatelas! En medio de una hermosísima exposición sobre el debido intercambio de comentarios, que según las Satélite debe regir el concierto de una conversación con extraños… ¡y que se le va saliendo un *torreón* estentóreo a la pobre de Elvirita! Y que nos quedamos calladas todas… y la pobre de Teresa que hacía preguntas como para disfrazar al descalzo y yo que me moría de la vergüenza… y las Satélite, en unísona mudez, nomás se intercambiaban miradas… Ya después, cuando les llamé para disculpar la pena, las oía reírse a carcajadas, y terminaron por aprobar el muy decente acuerdo al que hemos llegado las amigas de Elvirita: según las Satélite, es una muestra de suprema cortesía pasar por alto un flato inevitable que a todas luces apenas y avergüenza a la víctima del desliz…

—¡Cállate que ai viene!— alcanzó a decirle María Elena Peralvillo, cuando volvía de quién sabe dónde la muy delatada Elvira Campestre.

Ángel Anáhuac pudo haberse rehusado a la invitación. No tiene lógica literaria ni justificación cómica meter en estos párrafos la incongruente escena sabatina en que un grupo de recatadas damas tuvo a bien invitar a un perfecto desconocido, no por ser un esbelto y apuesto hombre de más o menos cuarenta años, buen ver y convincentes apariencias de decencia en su vestimenta negra impecable. Lo invitaron en agradecimiento a que el Ángel Salvador de las Causas Perdidas, Aparente Arcángel de los Anónimos Incautos, tuvo a bien encontrarse olvidada en la butaca anaranjada de una cafetería Vips el bolso imitación de cuero marrón propiedad de la señora Alejandra Nápoles.

De estar en medio de otro tipo de novela, tendríamos que leer en estas páginas la azarosa bendición presupuestal con la que otro tipo de ángel podría haber abusado del olvido ajeno, pero consta que de ninguna manera, y menos en tinta, Ángel Anáhuac iba a adueñarse, con absoluta alevosía, saña y ventaja, de los dineros que llevaba ese día la señora Alejandra Nápoles: nada menos que el pago del predial, del recibo de teléfonos, del celular del marido (y además, el de sus hijos), el abono semestral para el pago del viaje a Disneylandia del año pasado, la colegiatura de la Nena en sus clases de natación y, para colmo, la contribución semanal al Orfanato de las Hijas de la Vela Perpetua.

De manera que si se le quieren buscar otro tipo de párrafos al vuelo de Ángel Anáhuac habrá que esperar si acaso en páginas adelante el Exterminador decide volverse diabólico. Mientras tanto, aquí consta que hizo una vez más lo que él y su conciencia consideraban el Bien y, contrario a su costumbre de evadirse con prisa, esfumarse a plena vista del mundo en cuanto concluyera con bien cualesquiera de sus lances heroicos, Ángel Anáhuac aceptó el ofrecimiento de la señora Nápoles y aquí lo tienen, ridículamente presente en la tertulia sabatina de cada semana desde que el mundo parece mundo, donde se reúnen —hasta que empiezan los pedos— la propia Alejandra Nápoles, María Elena Peralvillo, Teresita Acolman y la involuntariamente flatulenta doña Elvira Campestre, que ya volvía a la mesa de quién sabe dónde… aunque no se necesitaba conocerla bien de atrás tiempo para inferir que se había excusado al baño de damas, quizá para aligerar los primeros truenos que indudablemente darían por terminada, una vez más y como siempre, la tertulia sabatina.

Es de suponerse que Ángel Anáhuac, en una actitud digna de diploma firmado por alguna de las Academias Satélite, limitó sus risas ante las damas que le confiaban el secreto de los pedos de Acolman, pero además merece encomio que un héroe más o menos incógnito soporte durante casi tres horas la conversación en taquicardia constante del coro de periquitas, que en realidad, sólo se aguantan entre ellas. Podríamos imaginar que Angelito resistía el más raro de los sábados desde que había emprendido el vuelo de su aventura alada, precisamente alentado no sólo por el desayuno que mucho bien le hacía a sus cansados músculos y muy andadas piernas, sino quizá incluso por una suerte de nostalgia edípica, como si el coro de canositas —con todo y la pedorrilla— fueran el posible grupo de amigas que pudo haber tenido su propia madre en vida, de no haber perdido la razón con jaculatorias necias y de no haberse autoconfinado al ghetto de la calle de Varsovia. Pero ésas no son más que conjeturas, pues lo único que consta es que Ángel no podía negarse al honroso desayuno con la tertulia sabatina de las cotorritas consuetudinarias por el simple hecho de la recompensa en dinero contante y sonante que le entregaron en cuanto se presentó puntualmente a la cita convenida con la señora Nápoles.

—De manera que usted es un solitario —le dijo doña Elvira Campestre en cuanto volvió a acomodar su abultado *caboose* en el sillón del restaurante. Hasta el propio Angelito tuvo que hacer un esfuerzo sobrehumano, acorde totalmente con su personalidad de ángel encarnado, en cuanto se escuchó una ligera trompetilla entre glúteos flácidos, al tiempo que la Campestre repetía, como para disfrazar al gas: —Yo nunca he conocido a un auténtico solitario.

Entre la tos de Elenita Peralvillo, el llamado a la mesera que hizo la señora Nápoles, la risa de Teresita Acolman (que fingió dirigirla hacia un supuesto chiste que le había venido en ese instante a la memoria), Ángel no tuvo tiempo de responderle a doña Elvira Campestre, y ella prosiguió como si nada:

—Que usted se llame de veras Ángel Anáhuac se lo creo a pie juntillas, aunque no me pregunte si sé de dónde le viene ese apellido, porque así que digamos tipo de indígena no tiene usted. Más bien lo veo como el típico mexicano guapo... apiñonado... —y aquí, como si nadie oyera, se le salió otro aire—, digamos apiñonado.

Parecería el colmo y aunque podría indicar que la tertulia sabatina volvía una vez más, como siempre, a verse abruptamente concluida por la llegada de los pedos, doña Elvira Campestre tenía ganas de alargar su parlamento (quizá sin importarle que tendrían que tolerarle más pedos que nunca):

—Pues lo que sí le digo, joven, y no sólo en nombre de Alejandra Nápoles, sino en nombre de todas las mujeres decentes que seguimos siendo mayoría en este valle de lágrimas, es que el gesto de honradez cívica y decoro que usted tuvo con nosotras, porque aquí somos *Una para Todas y Todas para Una*, no se lo pagamos con la merecida gratificación que hoy hemos puesto en sus manos, sino con la garantía de que Usted no sólo estará siempre presente en nuestras oraciones y conversaciones… y subrayo: siempre presente —frase que motivó otro ligero pedito—, sino que queda la invitación abierta para que se haga usted presente cuando quiera y sin aviso —evidentemente, frase que se cerró con una ventosidad, que ya para ese momento pudo ser perfectamente escuchada también por los clientes ubicados a tres mesas de distancia.

Pero como el viento a Juárez, como si nada pudiera hacerle olas a su parlamento y como si no importara que la Nápoles y Peralvillo se levantaran en ese momento al baño, con la prisa por carcajearse lejos de la mesa, aunque la convenida hipocresía de la tertulia imponía la mentirosa suposición de que era pura coincidencia (por ir juntas al baño, por pararse en ese preciso momento), el caso es que doña Elvira Campestre, aun con la intercalación inevitable de sus flatulencias, le remató su bendición a Ángel Anáhuac con una parrafada que quizá solamente los lectores de su posible novela y él mismo con las alas extendidas entendemos en su azarosa significación:

—Lo que le digo, joven… es que esta Ciudad, que mi madre decía con orgullo Ciudad de los Palacios, ha perdido toda su dimensión humana de caridad y sentido por el prójimo. Yo ni viajo en transporte público, pero me doy cuenta hasta en el consultorio de mi cardiólogo: aquí ya no hay hombres que le cedan el asiento a una, aquí nos hemos inundado de pelados que van escupiendo en la vía pública como si estuvieran en una cantina y en todas las calles se ven ahora fulanas que van fumando y caminando al mismo tiempo. ¡N'hombre, qué esperanzas de que antes se dejaran ver fulanas fumando así en la calle! A menos de que fueran de las de tacón dorado y bajo las farolas… pero ya ni eso, joven Ángel… Y ¿sabe lo que le digo? La culpa la tenemos todos, porque nos quedamos callados en cuanto aflora la podredumbre maloliente que nos rodea… nadie le dice nada al gendarme que recibe a plena vista de todos una mordida de automovilista… ni quien se moleste en levantar la basura ajena y ni quien le diga nada a quien va tirando por ahí sus despojos… No, si le digo que estamos como estamos, porque somos como somos… Una bola de hipócritas, Ángel y ojalá hubiera más como usted.

Para cuando volvieron del baño la señora Alejandra Nápoles y María Elena Peralvillo, con los ojos enrojecidos por las lágrimas de sus carcajadas ya liberadas, Teresita Acolman ya había pedido la cuenta a la mesera y doña Elvira Campestre, ahora sí más incontenible que nunca, se despidió de beso de Ángel Anáhuac, y ya no de las demás incondicionales de su tertulia sabatina, pues evidentemente mentía al decir que se le había hecho tardísimo para encontrarse con su marido en la Librería Gandhi de Tecamachalco… aunque todas a la mesa, incluso todos los parroquianos de todas las demás mesas, el gerente del restaurante y tres meseras escucharon la ligera sonoridad locomotora que fue estallando rítmicamente hacia la puerta con cada paso rápido que imprimía doña Elvira Campestre, en urgente búsqueda de una salida.

Mentiravenidas

"Mentiravenidas de asfalto y terraplén. Habiendo expuesto toda la nervadura de tus venas, siglos de habitantes han mancillado todas tus corrientes sanguíneas, alargándote en calles falsas, cerrando en callejones tus antiguos paseos de bugambilias. Lunáticos en la niebla, epicentro del mundo, ombligo del Universo, estarás ahora ajada por mentiravenidas. La falsedad de las prisas y de las distancias. Voces en silencio, gritos sin cuello, habladurías, murmullos en coro. Que nadie proclame legitimidad sobre tu valle, que nadie te diga que te recorre los cabellos hasta los pies. Mentiravenidas que cierran en las noches para volver a broncear tu piel de chapopote, mentiravenidas que de día son pistas de carreras donde no avanzan los transportes, sino solamente los animales. Que nadie se queje de la eternidad de tus caminos, las arrugas de tus empedrados y el aroma de cada uno de todos tus edificios, como limbo implacable, mínima verdad entre tus mentiravenidas, a la espera del mismo sismo, del único y verdadero terremoto que derrumba todo lo falso para dejarte en pie como única convicción.

Intento ahora volar sobre todas las mentiravenidas, intento recorrer cada calle donde intuyo que alguien traiciona tu honor, me propongo dormir tus días y soñar tus noches y he logrado deambular sonámbulo entre las palabras que no pueden ocultarse sobre las mentiravenidas. Intento vestido de negro guardar el luto y homenaje por todas las víctimas de tus mentiravenidas, los muertos en matanzas de siglos pasados, los ahogados en tus lagos, los engañados miles en manifestaciones obsoletas, los deudores de todos los retrasos. Intento vestido de negro confundirme con las sombras de las conciencias de todos los ingenieros, arquitectos, albañiles, diseñadores, proyectistas y paracaidistas que han trastocado los pliegues de la piel urbana con todas las mentiravenidas que antiguamente no eran más que veredas, caminos andantes, flores del campo, piedras de sangre sacrificada, y se han vuelto alfombras de gusanos negros, asfalto espagueti, mentiravenidas sobre las olas del campo, por los costados de todos los cerros, hasta el pie de las montañas, en busca de una salida al mar, de la sal de lágrimas con las que se bañan todas las mentiravenidas con tu lluviácida, con el neblumo de las mañanas que flota ligero a bajas alturas sobre cada una de tus mentiravenidas, cubiertas todas con sabores e inmundicias, manjares y despojos, para multiplicación de los panes y los peces inexistentes que se venden en tus mentiravenidas sin alterar toda la variada arquitextura de tu semblante lunar, de piel solar, de tus nervaduras que se extienden como ramas de un follaje de habitantes interminables, que duermen a sus horas, comen frutas y verduras frescas, para recorrer con sus horarios inapelables, sus rutinas insalvables, todas las direcciones posibles que se dictan las cuadrículas, tangentes y círculos concéntricos."

A. A.
Cuaderno olvidado en un taxi, 2006

Aquellas que se cuentan todas sus vidas, mutuamente incondicionales, son hermanas aunque no conste en ningún acta. Aquellas que saben digerir el silencio, que se mantienen íntegras hasta cuando nadie las puede ver, jamás serán como *aquellas* mujeres.

Aquellas avenidas arboladas de otros tiempos son las mismas y diferentes que hoy mismo recorren aquellas niñas uniformadas que vienen de la escuela. Aquellas mujeres que van de la mano como imán conjunto para el mal de ojo ajeno, son amantes aunque nadie las entienda.

Aquellas viandas que se pudren en la mesa mientras prosigue sin caducidad el festejo y aquellas botellas vacías que se van alineando al filo de la pista de baile como soldaditos de vidrio son el mejor testimonio de que se ha logrado una fiesta de *aquellas*. Aquellas nubes que amenazan llover nos engañan y aquellas jacarandas que parecen enamorarse, también.

Aquellas palabras que nunca se dijeron y todas las ocasiones aquellas en que se pudo resarcir un arrepentimiento. Aquellas miradas de hartazgo y aquellas carcajadas fingidas. Aquellas confesiones en medio del vacío… son todas de aquellas cosas que nadie guarda en el armario de su biografía.

Aquellas amigas que parecen niñas llevan cincuenta años jugando al tecito con chismes y aquellas adolescentes que parecen guajolotear con cada elogio mutuo por sus ropas y la moda, son ya las ancianas que pueblan sus respectivos álbumes de fotografías digitales.

Aquellas posadas navideñas donde antes se cantaban letanías para cargar el pesebre y aquellas fiestas de quince años donde se bailaba entre chambelanes la entrada en sociedad. Aquellas tardeadas de domingo y aquellas carreras de carritos sin pedales y aquellas carreteritas que se dibujaban como laberintos de gis sobre el asfalto y aquellas partidas interminables del ajedrez, aquellas batallas en el desierto del patio escolar.

Aquellas justificaciones insulsas y aquellas promesas que llevan todos los políticos bajo las mangas. Aquellas desgracias que se pudieron haber previsto y aquellas heroicas hazañas ante los desastres inesperados.

Aquellas manitas que se juntan como alitas para rezar y aquellas manazas envidiables que cortan todas las verduras posibles con la velocidad hambrienta de una taquicardia y aquellas manos asépticas con las que las enfermeras parecen infundirle vida a los enfermos y aquellas manos mugrosas que cargan cajas todo el santo día de todas las santas semanas de todos los años endemoniados.

Aquellas fulanas se entregarán por dinero al primer desahuciado y aquellas otras, que se ven más bellas y esculturales, que recorren en pocos metros la acera de sus empeños, pues aquéllas son en realidad jóvenes y no tan jóvenes varones, atrapados felizmente en el galimatías de sus propios cuerpos.

Nueve

Si Ángel Anáhuac pudiera leer los capítulos que intentan narrar hasta aquí el vuelo de su aventura quizá podría rellenar huecos, alargar párrafos e incluso dirigir él mismo el decurso o desviación de su destino. Más que un ángel, sería un ave, un pajarito de la suerte, gorrión o canario, como los enjaulados que alimentan con balines entre el alpiste para que no vuelen más, condenados a la jaulita multicolor de donde sólo salen para atinarle siempre al dictado preciso de los papelitos del azar. Mas es sabido que algunos personajes …y entre ellos, Ángel Anáhuac… se resignan, incluso de manera inconsciente, al derrotero azaroso de una vida narrativa, que va quedando escrita con cada página que cambia, y no a una vida que ellos mismos puedan leer. De hecho, lo sabemos todos: uno vive al día aunque tenga sueños a cumplirse mañana y planes para realizarse después, y se viven los días como una redacción constante, de párrafo en párrafo, cuya trama, desenlace y final no dependen necesariamente de uno mismo, pero cuya lectura dejamos para los demás. Si uno se la pasara leyendo las páginas de su autobiografía inconclusa, corrigiendo entradas al diario del que ya nos arrepentimos, no quedaría mucho tiempo ni voluntad para vivir. O sobrevivir.

Así que vemos al Ángel Exterminador sentado en una mesa del Sanborns de los Azulejos, quitado de la pena, sin que él mismo lleve la cuenta de sus días en vuelo y la lista completa de sus pequeñas y grandes heroicidades. Pide café a la mesera como si llevara toda la noche en vela, volando por las calles aledañas y precisara el llenado de su taza constantemente, como si fuera una veladora que no puede extinguirse. Nueve en punto de la mañana y el angelito parece entretenerse con el fluir de los desayunos y conversaciones ajenas, a la espera de que alguien precise de su ayuda, atento a que en el momento en que cualquiera sea inminente víctima de una desgracia, él y sólo él bata sus alas invisibles y se dirija en picada...

—Como un Ángel Caído —dijo Estela Escandón, como siempre y todos los días, desconcertando a sus amigos de toda la vida.

—¿A qué viene eso, Estelita? Amiga mía, nadie ha mencionado ni por asomo el tema del Demonio, solamente estábamos comentando las desgracias que cada día abultan más y más los periódicos —explicó don Hipólito Guerrero, como todos los días y como siempre, en su calidad de batuta espiritual de un coro más de necios entrañables.

—Pues a mí que me traigan salsa de chile habanero, de la que pica como todos los diablos, porque hoy sí que le fallaron a los huevos divorciados... Parecen parejita en reconciliación —intervino el siempre interventor Balbuena—. Y no me lo tomes a mal, Estelita, ¿pero a poco sigues oyendo vocecitas?

—Lo único que oigo es que te metes siempre en las conversaciones con tus milagrosas coincidencias, Joaquincito, pero que no me tiren a loca: Digo que sentí, porque así escuché que debía cerrar el párrafo, que el Ángel Caído es de los que llegan batiendo sus alas, en vuelo en picada…

…Pues unas picadas veracruzanas tampoco estarían mal pa' acompañar mis huevos divorciados, ¿no cree, mi Rosita? —soltó Joaquín Balbuena, y en cuanto la mesera de todos los días se alejaba con el nuevo pedido, don Hipólito Guerrero volvió a su papel de siempre, de todos los días:

—Orden, orden —decía don Poli, ya no mirando solamente a la Escandón, sino deteniendo su mirada en los ojos de Eleonora del Valle—. Por favor prosigue, Eleonora, ya sabes que a Estelita le llegan voces del más allá…

—No, si en realidad no tengo mucho que contarles… —continuaba la Del Valle—. Digo que van varias veces que voy en metrobús, o en Metro, y siento que se me quedan mirando unos fulanos como si mi cara no fuera de verdad la mía. Como si me quisieran confundir con otra y, lo que digo es que me ha dado por convencerme de que voy rodeada de puras caras de soledad infinita que, en realidad, no se reconocen ni entre ellos mismos y decía que ahora mis trayectos parecen viajes por el espejo.

—Será el espejo de todas las almas, Eleonora —dijo entonces Estelita con ese críptico recurso tan suyo de colocarse la servilleta justo debajo de los ojos, como si estuviera espantando niños, y como si escuchara un violonchelo solitario como música de fondo, remató su escalofrío con el siguiente párrafo:

—Lo que siento es que entre todos los miles de infelices que somos ha de haber algún Ángel Caído que anda nomás buscando lavarse las culpas ante Dios, dizque auxiliando a los desamparados, para que lo libren de una vez de sus Infiernos…

—Querida amiga —dijo Carlitos Narvarte—, ya es oficial y publicado en los periódicos de todo el mundo: el Limbo no existe y punto. No me vayas a salir ahora con que te han convencido con el nefando culto que ahora se le tiene a la Santa Muerte en México… ¡Háganme el favor! Pulula la ignorancia, se dispersa una mentira, se deja crecer hasta que en las cárceles y en los callejones de todo analfabeta se fermenta la credulidad y, ai lo tienen ustedes: el nefando culto a la Muerte… ni más ni menos.

—De muerte está la nueva meserita, ¿no crees, mi querido Narvarte? —intervino como siempre Joaquín Balbuena—. No te me pongas así, mano… lo digo para disipar la neblina… Ya ni la amuelan, mentando aquí a los diablos. ¿Diablos? Los únicos gloriosos diablos que conozco son los Diablos Rojos del México, el mejor equipo de beisbol que ha tenido el Rey de los Deportes… y además, digan lo que digan, la nueva meserita sí está de muerte… ¿a poco no, mi Poli? Si cualquiera de nosotros la invitáramos a salir, nos moriríamos de un infarto… ¿De muerte, no?… ¡Shh!, ai viene llegando el 767 de Nueva York…

—¡Ay, Balbuena! —comentó riéndose Estelita Escandón y todos volvían al concierto de sus necedades encontradas, sin que nadie en Sanborns pudiese afirmar que esos entrañables contertulios discutieran, ni el propio Ángel Anáhuac, que desde la mesa más cercana escuchaba inevitablemente el diálogo enrevesado que sólo los fieles asistentes a esos desayunos de todos los días podían entender:

—Te digo que a veces les pongo miel a los nopales con azafrán —dijo Guadalupe Pensil—, pero hoy simplemente tenía ganas de cáscaras.

—Pues volviendo al tema de mis lentes —dijo don Hipólito Guerrero—, no deja de ser desconcertante que ya no vendan armazones de carey en forma redonda. Fui con el vale de mi pensión de jubilado a la óptica de aquí al lado y resulta que sólo te venden manubrios "de moda"... negros, gruesos y horizontales.

—Eso me recuerda al legendario Bobby Vedado —intervino Balbuena—. ¿No lo recuerdan? Era un negrazo cubano que lograba verdaderas hazañas en las carpitas pornográficas: negro, grueso y horizontal...

Eleonora, horrorizada, más tardó en tirar un sorbo de café por la comisura de sus labios que en soltarle a Balbuena un estruendoso ¿pero de qué estás hablando, caramba? A lo que el otrora campeón de los crucigramas respondió con el genial retruécano: ¿Pos qué dije? Si yo sólo me estaba acordando del gran boxeador Bobby Vedado, que cayó como plancha en la lona de la Coliseo, noqueado en el tercer round, para luego levantarse y rajarle toda la crisma al Tony Tlalpan... ¿qué ya nadie se acuerda de eso?

—Eres hábil, mi Balbuena —dijo entonces Carlos Narvarte—, más hábil de lo que crees. Si yo intentara darle unos rounds de sombra verbales a mi mujer, como los que acostumbras danzar aquí en la mesa... seguramente terminaría en la lona... pero de un juzgado para el divorcio.

— Pues, *Yo la peor de todas*... —volvió a cantar hablando la Pensil—, pero yo jamás me divorcié, porque en realidad jamás estuve casada —lo cual causó un verdadero estupor entre los asiduos de siempre, que todos los días esperaban con ansias sacarle más páginas a la biografía secreta de la Pensil, como si intuyesen que era milenaria. Pero de nuevo el aforismo: hay personajes que en realidad no se enteran de nada y van viviendo los párrafos como una lluvia de pura agua de azar, donde las coincidencias dictarán verdades ocasionales, pero donde sólo la secreta ceremonia de la lectura ajena podrá trazar conclusiones.

Si Carlos Narvarte acababa de insinuar que su feliz matrimonio con Adelina Portales pudiera llegar al divorcio (aun en utópicas condiciones) o si la Pensil volvía a sembrar la intriga (como si fuera un nopal asado con azafrán y miel de abeja), no eran más que noticias insulsas del mismo calibre de las que soltaba don Hipólito con sus gafas y sus trajes con chaleco, o los albures instantáneos que dominaba Joaquín Balbuena, solamente haciendo pausas en sus parlamentos para que sobrevolaran a lo lejos los aviones que se sabía de memoria. Quizá por eso Ángel Anáhuac no tenía por qué detenerse a escuchar lo que oía desde la mesa más cercana y su delirio podía seguir concentrado tanto en las repetidas tazas de café que le traía la nueva mesera del Sanborns de los Azulejos como en la posible heroicidad que tendría que realizar en cuanto él, y solamente él, detectase algún movimiento sospechoso y entonces sí, como un auténtico Ángel Caído...

—¡¡Batiendo las alas, ha de bajar a salvarnos!! —dijo Estela Escandón, y con un poco más de volumen en la voz y volteando hacia todas las mesas del Sanborns, como si pudiera detectar quién le dictaba sus párrafos al oído, remató con—: Digan lo que digan... y ahora no me interrumpas Poli... y ni se te ocurra hacerme un juego de palabras, Joaquín... Les digo que ¿quién les dice a ustedes que el mismísimo Diablo no viene a desayunar aquí mismo? Todos los días, a la misma hora... y ni quién lo reconozca...

—Pues yo sí que te interrumpo —dijo Eleonora del Valle tomando la mano de la Pensil, como si se armara de valor verbal—. Hoy mismo en la homilía, aquí enfrente, en San Francisco, el padre nos recordaba la suprema verdad: *al Diablo lo reconoceréis en todas las formas del Mal, y hasta en el mismo espejo donde laves tu rostro, en tanto te apartes del camino del Bien.* Así que deja de asustarnos con tus vocecitas y ni creas que ahora vas a convencernos de que nos leas la ouija... Además, Estela del alma, sabes bien que desciendo de las mejores familias virreinales de la Nueva España y en más de una ocasión he narrado que mi célebre ancestro don Joaquín de la Marquesa, tercer conde de Coyoacán, benefactor bendito del Convento de las Tridentinas Iluminadas, dejó testimonio narrado de su puño y letra, que además lo mencionan muchos historiadores, según me dijo un sobrino, de la célebre batalla que libró contra el mismísimo Diablo, cuando esta muy noble Ciudad de los Palacios no era más que villa apetecible para todo mal y libró a todos los habitantes, descendientes, y ni qué decir de sus familiares, de las garras eternas del Infame... Desde luego, con la iluminada ayuda de la Virgen de Guadalupe... ¡y Jesucristo bendito!

—Orden, orden —volvió a calibrar don Hipólito Guerrero—; no nos vayamos tan lejos. Entrañable Estelita, que tus voces y demás, yo te creo y te respeto como el que más... y a ti también, Eleonora

virreinal... pero no nos vayamos lejos y no enrede-
mos nuestra tertulia: en la Ciudad de México, el único Ángel Caído es el de la Independencia...

—¡Por los pinches gringos, ¿verdá mi Poli?
—intervino Balbuena, creyendo apuntalar—. Si cada
día son más los turistas rubios que desayunan aquí al
lado de nosotros...

—¡¡Calla, Balbuena!! —replicó Guerrero—.
¡No me refiero a eso! Hablo del Ángel de Independencia que se cayó de la Columna en 1957 por obra y
gracia de uno de los muchos terremotos —ésos sí dia-
bólicos y apocalípticos y de voces en la madrugada y
lo que quieran— que tanto daño han causado a este
valle de lágrimas...

—... *la región más transparente del aire*, dijo
el gran Alfonso Reyes, como que me llamo Eleonora
del Valle, y como que te pareces cada día más a él, mi
admirado Poli.

—¡Brincos diera, Eleonora del alma, pero tú
tampoco me interrumpas: Cuando se cayó el mentado ángel de oro puro me acuerdo que hubo muchas
interpretaciones... que si el Diablo, que si la Fortuna, que si México se acercaba irrefrenablemente a un
abismo insalvable y ¿ya ves? Aquí seguimos y seguiremos... vivitos y coleando...

—Pues si me permites, Hipólito... —dijo entonces Carlos Narvarte y como auténtico licenciado,
subrayó—: Con el permiso de usía: yo me acuerdo
perfectamente cuando voló el Ángel, pues ese mismo
día, quizás ante el pánico desatado y en vez de sumir-
nos en un derrotismo profético o en jaculatorias necias... que voy y que le pido la mano a Adelina... y
meses después, ai nos tienes ante el altar y en el Re-

gistro Civil, casándonos, sin saber que casi medio siglo después seguiríamos felices, juntos, con nuestros hijos y nietos ejemplares... y lo mejor: en un México que respira ya con pulmones de libertad y de democracia... No sé si les he comentado el orgullo que llevo encima desde que deposité mi voto en esa urna, como las que cuidó mi sobrina Paulita... esa urna perfectamente democrática...

—¡¡Democráticos, mis huevos!! —volvió a decir, como todos los días y como siempre, el incontenible Joaquín Balbuena, provocando el remanso de un buen coro de risas (hasta de Guadalupe Pensil)—. Ni divorciados, ni estrellados, sino democráticamente revueltos, como a mí me gusta... ¿Verdad, licenciado? Y déjenme que ponga mi granito de arroz: tienes toda la razón en evocar la caída del Ángel de la Independencia, mi Poli, y perdóname que haya creído que te referías a la constante invasión yanqui... pero para más simpleza, déjenme que le cuente a Estelita la Esotérica (que te adoro y lo sabes, amiga mía) del verdadero vuelo del Ángel de la Independencia... Quizá no estén ustedes para saberlo ni yo para contarlo, pero cuando por fin volvieron a colocar la estatua en la Columna, que por cierto, es otra estatua porque la que voló en el 57 quedó rota en pedazos... es más, creo que aquí en Chile 8 (y no es albur) tienen un cacho de la cabezota... el caso es que cuando volvieron a poner el ángel de oro, como siete años después, que se sube un fulano desahuciado y que se lanza al vacío... y que de milagro no le pegó a los coches y me acuerdo que un diario de la tarde tuvo a bien colgarse el encabezado de "Volvió a volar el angelito"... aunque luego se supo que se llamaba Ramón... Es más, hasta recuerdo que el volador vivía por las calles de Córdoba.

Claro que se acordaban todos y claro que, como todos los días y siempre, la hermandad de los desayunos no iba a romper el mágico hechizo de una tertulia de conversaciones deshiladas por el eco incierto, o el hecho misterioso, de que una voz inaudible le dictara misterios, como siempre y todos los días, a la entrañable Estela Escandón. De hecho, si de adrenalinas se trata y si acaso alguien siguió sintiendo escalofríos (aunque evidentemente, como siempre, lograba mantenerlos tan secretos como su propia biografía milenaria) fue nadie menos que Guadalupe Pensil, *la peor de todas* que todos obviaban y más cuando se enfrascaban en tiroteos necios de verdades insulsas. Mientras los demás devolvían el decurso de su tertulia, como todos los días, al remanso de las risas en coro, Guadalupe Pensil no dejaba de mirar al solitario personaje que parecía escuchar a ratos las sandeces de los necios de siempre, el joven vestido todo de negro que tomaba café, sirviéndose él mismo de la jarrita como si fuera un guardavías en espera de un tren expreso retrasado, el joven que ella misma creyó conocer en vidas pasadas, sin saber quién era ni que se llamara a sí mismo Ángel Anáhuac.

Callevasiones

"Me distrae andar por todas tus calles y ahora comprendo que en realidad no son más que el crucigrama sobre el que deletreo la evasión de biografía superada. Me concentro en caminarte a la vera de tus abismos, calavera de tus sismos, manto de estrellas, muros de cráneos sacrificados. Te camino entre murmullos y montones de piedras, pirámides invisibles y sacrificios sin sangre. Te camino entre todas las voces que oigo sin escuchar y entre las vidas que a veces escucho sin oír de qué color son sus rostros de máscaras.

Se pierden en callevasiones los maridos infieles y las esposas mentirosas, callevasiones los policías que no patrullan sino sospechas, los niños en callevasiones de sus tareas y los niños en callevasiones de las alcantarillas donde dormitan sus sueños de cemento inhalado. Callevasiones los cementerios de los taxis olvidados y los lotes de chatarras apiladas, callevasiones que conducen a los cerros de toda tu basura, millones de toneladas de riquezas inmundas para forjar las nuevas fortunas de tus pepenadores. Callevasiones por donde se pierden los novios que tienen prohibidos sus amores y callevasiones las pasarelas de las damas de la noche, vírgenes y mártires, madres y madrastras.

Callevasiones las rutas irracionales de los microbuses, donde me he colgado como guía de tus choferes y cobrador de tus viajeros; callevasiones por donde andarán de segundas manos todos los libros que leí para olvidarlos y todas las jaculatorias que rezan las locas que pretenden elevar a sus hijos a los altares. Callevasiones por donde huyeron los pavimentos y los escombros de tus terremotos y el oro de tus conquistas y las serpientes que poblaban este valle cuando aquí no había misericordias. Callevasiones que se abultan con la imbecilidad de los automovilistas que circulan sus abusos y todos los coches que se paran para estorbar y todos los autos que atropellan al pedestre y todos los carritos de moda que aceleran a toda la velocidad. Callevasiones convulsionadas y en calma, con puestos de fritangas y de todas las mercancías, callevasiones inundadas de pronto por el hielo o plantones a lo largo de toda tu espina dorsal o marchas por encima de cada una de tus manchas. Callevasiones de semáforos sincronizados, vueltas a la derecha continuas, luces intermitentes y vías para los trenes invisibles que ya no ruedan sobre sus rieles. Callevasiones desmadradas por los policías de crucero que confunden a diario la responsabilidad con el poder, los daltónicos polis de crucero que no reconocerán jamás el color verde, los necios de uniforme que dictan preciosamente el embudo de tus embotellamientos, para que los padres saquen a sus infantes a dar la vuelta en coche para que nos quedemos dormidos sobre callevasiones por donde correremos despavoridos en cuanto nos alcancen las demandas, los caballos de la policía montada que también cabalgan como tanquetas sobre el recurso infinito y cósmico de tus callevasiones."

A. A.
Cuaderno olvidado en un taxi, 2006

Muchos son los pocos que se adueñan de la memoria de todos. Muchos no recuerdan y pocos quieren saber algo.

Muchos mueren sin que nadie se acuerde de ellos y muchos viven sin la menor consideración de los demás. Muchos días del pasado no se vivieron en realidad y muchos futuros ya son cosa del pasado.

Muchos hablan siempre de todo y no escuchan nunca nada. Muchos mudos son sordos y muchos días en silencio de soledad pueden trastocar la razón de muchos.

Muchos amaneceres son baños de sangre en madrugadas lejanas y muchos caminos del mundo no conducen a ninguna parte y muchos momentos de una vida son en realidad eternos.

Muchos borrachos no lograrán recuperar jamás la sobriedad de su sosiego y muchos no precisan de una sola gota de alcohol para sentir la purísima ebriedad de la inspiración creativa.

Muchos zapatos y chalecos, muchos lentes sin dioptrías, muchas corbatas de colores y mucho ruido y pocas nueces y muchos Méxicos, México es mucho, muchos mexicanos, muchitos.

Muchos párrafos no serán jamás leídos y muchas novelas no tienen por qué volver a leerse, o leerse muchas veces en la vida y muchas historias permane-

cen inéditas y muchas películas no debieron haberse filmado y muchas telenovelas son verdaderamente
buenas.

Muchos arcángeles no saben que lo son y muchos diablos no saben de lo que son capaces y muchos
necios conforman un coro perfecto para muchos silencios y muchos demonios visitan la Tierra disfrazados de ángeles y durante muchos siglos nadie atinaba
a acertar el sexo de los ángeles.

Muchos cojos caminan obligados por los vientos y muchos esquizofrénicos se sienten perseguidos
por su propia sombra y muchos creen hacerle un favor
a las minorías con sus muchos y muchos proyectos y
ponderaciones inútiles.

Diez

Ha tocado usted diversos puntos, joven, y sus opiniones merecen mi respeto. No es la primera vez que lo
escucho defender aquí sus puntos de vista... sus silencios. Incluso, créame que le creo que su nombre y
apellidos son —como usted dice— un emblema que
usted mismo decidió adoptar con el honesto afán de
emprender una nueva vida, abandonar toda su biografía y hacer lo que usted considera que es el Bien...
pero, así como lo he dejado hablar, ahora déjeme que
le haga algunas observaciones... NO, nada de eso, no
lo tome así, yo no pretendo ser el padre de nadie, ni
mucho menos el que lleva la última palabra, simplemente quiero darle mi punto de vista, pues considero
que ha abordado usted diversos temas que son del interés de todos... y créame que tratándose de TODOS,
así con mayúsculas, pues no me dejarán mentir aquí
mis contertulios de siempre: no hay nadie que haya
abogado más por los demás que YO, como que me llamo Alberto Torres de Mixcoac, y además: soy abogado y, para más, litigante...

Se lo agradezco, joven Ángel... Si de veras se
ha llamado usted Ángel desde niño es tema con el que
me interesa iniciar mi solidaridad: para mí que usted,
como muchos otros buenos ciudadanos, es en realidad con sus afanes ...y las hazañas que nos cuenta...
un verdadero ángel y considere entonces por descon-

tado que aquí, con nosotros, a nadie importa si usted se llamó Rosendo en realidad o si hasta hace unos meses respondía al nombre de Juan o lo que sea... Dicho lo cual, querido Ángel, paso al tema de la soledad... usted afirma, hoy y en varias otras ocasiones, que ha vivido siempre solo, que la soledad es en realidad el aliento de su nueva vida como aventura en vuelo, pero permítame recordarle el tema fundamental del TIEM- PO: como que me llamo Alberto Torres de Mixcoac, que llevo cuarenta años desayunando y cenando todos los días de todos los años en perfecta y asumida sole- dad... le confiero, o más bien confío, que hay más de tres días a la semana en que logro comer acompañado, pero sépase que soy SOLO... y aún más: aquí don Ra- miro Vergel lleva sesenta años que no ingiere alimento alguno en compañía de nadie, ¿verdad mi Rami?, ¿o diré mejor: que lleva toda la vida sin poder comer de- lante de alguien?, y eso bastaría para apuntalar mi si- logismo: nadie es dueño absoluto del terrible ejemplo de su respectiva soledad y uno no tiene más remedio que aceptar que se es solo no por el abandono físi- co, sino incluso cuando por dolorosas hipocresías, se cree uno abandonado por alguien, cuando en realidad es uno el que se convierte en el abandonado de sí mis- mo. Hablo de los matrimonios que sólo disfrazan con ropajes y arquitecturas la infinita soledad que no han sido capaces de compartir como parejas, como dos se- res en comunión... y hablo de que incluso el más solo o solitario de los hombres en la Ciudad de México, quizá por el solo hecho de cohabitar en la ciudad más grande del mundo con otros veintidós millones de so- ledades, no necesariamente cumple con la tipología específica como para considerarse a sí mismo "El único solitario del Valle" o "La única o más única soledad del Anáhuac", como creo que usted mismo quiso definirse ante nosotros… pero bueno: no me tome a mal que le indique —como sugerencia— el necesario reconocimiento de las soledades ajenas antes de fardar o espetar, como originalidad o bendición, la propia…

Gracias, mi Rami… de veras, no gracias. Paso ahora al interesantísimo y vasto tema de la basura y contaminación que usted, mi querido Ángel, parece ponderar con incuestionable vehemencia, pero ciertamente una gran carga de ingenuidad: se necesitará un verdadero milagro, algo mucho más voraz que el batir de sus alas solitarias, para hacer cambiar entre los millones de mexicanos nuestro acendrado valemadrismo ante nuestros desperdicios… Recordemos que no hay una sola ciudad en el mundo donde floten en el aire más partículas de mierda que las que respiramos a diario en este valle de lágrimas… De veras, y si no me creen, me remito al estudio que realicé junto con mis colegas abogados de la UNESCO… y no se trata de que haya aquí millones de almas desahuciadas que no tienen mayor remedio que defecar al aire libre y orinar donde sea, sino que quisiera —sin ánimo de desanimarlo, mi querido Anáhuac— sugerirle que intente ser más realista en sus proyectos en torno a la basura: no será cosa de una sola generación lograr que los habitantes de esta metrópolis abracemos de veras la costumbre de YA NO TIRAR PAPELES EN LA CALLE… así de simple y, como que me llamo Alberto Torres de Mixcoac: si ustedes supieran el inmenso galimatías que tuvo que asumir la ciudad de Madrid con la bendición añadida de poder regar todas —absolutamente todas— sus calles y plazas todas —absolutamente

todas— las madrugadas del año… Allá en la llamada
Villa del Oso y del Madroño, mi querido Ángel, tuve
oportunidad de colaborar con el despacho Argüelles-
Estrella-Salamanca y Asociados y, amén de inolvidables rondas con Manolo Argüelles y su gentil esposa
Almudena, noches inolvidables en compañía del abogado Luciano Rosales, mucho flamenco en compañía de la distinguida magistrado Sonsoles Delicias de
la Concepción y tantos abogados-amigos más, pude
comprobar en carne propia el heroico esfuerzo con
el que se limpia Madrid mientras duermen sus habitantes —al menos la mayoría de ellos—. ¡Cómo
no recordar esas interminables jornadas bajo la Luna,
con el frío que pela como dicen allá, siguiendo con
bitácoras simples los recorridos de los modernos ca-
rromatos que van izando en andas, separándola debidamente, las muchas basuras de Madrid…!

... y le digo más, al filo del nuevo milenio
fui copartícipe —junto con el licenciado Leopoldo
Jacinto Palermo y su joven socio, Diego Armando
Rosaleda—, del inextricable problema municipal e
higiénico en el que había caído la amada ciudad de
Buenos Aires por descuidos, abusos y corruptelas de
los nefandos tiempos de Menem… ¿a poco cree usted, estimado Ángel, que haya ciudades que se limpien nomás por obra y gracia de la voluntad higiénica?
Lo que le digo es que es un tema de contratos, subsi-
dios, cultura del desperdicio y muchos enredos, que
le ofrezco de corazón abordar con usted cuantas veces
quiera, abriéndole las puertas de mi despacho y archivo y… contribuir a confirmarle que sus vuelos en pos
de la limpieza tendrán forzosamente que aterrizar en
el debe y el haber de la realidad desechable…

¡Claro que sí!, pero ¡desde luego, mi estimado Vergel!… y permítame que añada: todo lo que ha dicho usted aquí sobre la nefanda contaminación, efecto invernadero, polución microscópica, falta de ventilación, etcétera, etcétera, etcétera… mi querido Ángel, le cuento que fui yo el elegido por parte de México para trabajar en conjunto, nada menos que en la hermosa ciudad de Nueva York —verdadera capital del mundo, como que me llamo Alberto Torres de Mixcoac— en el Convenio Continental de Contaminación… y puedo también pasarle a usted fotocopias de los inigualables estudios en materia de *smog, greenhouse effect* y demás cochinadas pulmonares, que firmara nada menos el gran Wilfred Greenwich o el hasta ahora insuperado informe sobre contaminantes que presentó en La Haya el doctor Samuel East de Los Ángeles, California… Pero, bueno, creo que es tema que debemos dejar para otra tertulia, querido Ángel Anáhuac…

Paso ahora a lo que espero no me tome a mal… Se trata de exhortarlo —*te lo digo Juan para que entiendas Pedro*— sobre la constante filiación que debemos tener los hombres de bien, y más si somos auténticos solitarios de corazón, por ejercer la PIEDAD… Fíjense bien que no hablaré de más BONDAD o de HIGIENE o de SOLIDARIDAD… grandes palabras que no deben quedarse únicamente en eso… sino —si me lo permiten— quiero poner aquí sobre la mesa mi propio caso… doloroso… real… e incluso, diríase (entre paréntesis) desgarrador, de mi descubrimiento de la PIEDAD… ¡no seas bestia, Vergel! Desde luego que no me refiero a la estatua de Miguel Ángel… ¡Ya ni la amuelas, mi Rami!… Mejor pídete otra ronda y… calla, amigo mío… calla y escucha, que habla un abogado:

Quiero hablar sobre la PIEDAD, y que cada quien le busque sentidos morales o lo que quieran a mi propia historia... pero, como que me llamo Alberto Torres de Mixcoac, que al final de esta conversación —querido Ángel Anáhuac— estoy seguro de que a la vera de la PIEDAD usted mismo podrá sacar conclusiones útiles en torno a muchos otros temas, preocupaciones y desvelos que usted aquí —y en repetidas ocasiones— ha revelado como sus banderas de lucha... así que empiezo:

Pues bien, amigos... en agosto de 1967... 27 de agosto de 1967, para ser exactos, y mi actual esposa —cuando la conozcan— no me dejará mentir, tuve la iluminación inigualable de enamorarme perdidamente y a primera vista de la sin par Esperanza Sotelo, compañera de la Facultad de Derecho en la nunca bien ponderada Escuela de Jurisprudencia de nuestra Máxima Casa de Estudios... ¡Calla Ramiro, por favor! Creí que ya te sabías esta historia... Desde luego que no, ¡eso nunca!... si basta mencionar su nombre para que te des cuenta de que Esperanza Sotelo —aun siendo hasta la fecha el único gran amor de mi vida— no es, ni se llama igual, y no se llama igual simplemente porque no es mi incondicional esposa, tercera en línea directa ante el Registro Civil, que algún día conocerán ustedes y que se llama, para más luces: María Josefa Pedregal... y punto.

De la que quiero hablarles es de Esperanza Sotelo, ¡carajo!, la más bella, única, insustituible flor estudiantil que haya pisado las gloriosas aulas de la UNAM... y lo sabe mi mujer, Josefita Pedregal: Esperanza es y será la mujer más bella que he tenido el embeleso y privilegio de tener entre mis brazos... y

punto. Como que me llamo Alberto Torres de Mixcoac y yo, mejor que nadie, no me engaño ni me chu-
po el dedo: soy totalmente consciente de que Josefita
no tiene nada que hacer al lado de la belleza, el molde
como unidad de medida de la estética perfecta, que
fue y es para mí hasta la fecha Esperanza Sotelo... y
punto.

Como les iba yo diciendo: el 27 de agosto de
1967 se me abrió el cielo en cuanto cruzamos la primera mirada —ya enamorados desde ese primer momento, aunque no lo crean— Esperanza Sotelo y un
servidor... Bastaron unos pocos minutos de conversación primera para saber que en mi vida ya no habría
otra mujer igual... Creo, humildemente, que logré
transmitirle a mi vez las pocas virtudes que he culti-
vado desde niño gracias a la educación que me dieron
mis padres y que ambos, ya de la mano... salimos ese
día de Ciudad Universitaria, dispuestos a perdernos
por esas calles enamoradas del colonial barrio de San
Ángel con el estricto convencimiento de que nuestras
vidas empezaban a partir de ese día una bitácora en
plural... Podría decirse que Esperanza y yo paríamos
ya la felicidad humana y profesional de dos enamorados convencidos, que además seríamos dos auténticos abogados en comunión perpetua al servicio de las
mejores causas y legítimos litigios que nos deparara la
vida real...

Pues bien... acortaré cronologías para no abu-
rrirlos y sólo diré que la Navidad de 1967 y las primeras burbujas espumeantes del ya hoy enigmático
año de 1968 nos envolvieron en una suerte de felicidad que jamás he podido volver a experimentar, vivir... ni imaginar y punto. Fuimos —sin temores al

qué dirán— ridículamente inseparables… Desde luego, se imaginarán las urgencias que demandaban las calenturas de nuestros cuerpos, pero aquí es preciso subrayar que en aquellos tiempos no era fácil… Tú lo sabes mejor que yo, Vergel… En primer lugar, los noviazgos no eran de acostón inmediato, y uno no tenía dineros como para soñar con alquilar habitaciones de hotel… y todo lo relativo a *eso* no era tampoco fácil: llegar a un hotel y pedir cuarto y luego salir como si nada… y Esperanza no era de hoteles, como que lo digo yo… y quizá por eso ella insistía y luego desistía de presentarme ante sus padres… Aunque a menudo me hablaba de su familia, puedo jurar ante un tribunal —como que me llamo Alberto Torres de Mixcoac— que ya llevábamos meses de novios y yo no tenía ni idea de a qué se dedicaba su papá o de cómo era su madre, o si tenía a sus hermanos viviendo en la misma casa…

Lo digo porque, el tema es la PIEDAD, mi querido Ángel, y puedo ahora, con el paso de los años, aceptar dolorosamente ante ustedes que yo no era propenso a la piedad, a ninguna de las formas de la piedad y Esperanza en más de una ocasión me lo mencionó sin reproches, como si comentara en voz alta, en medio de nuestro enamoramiento, que yo era *un amante despiadado* que, por lo mismo no mostraba piedades ante los demás, ni prójimos ni próximos: me dirigía con desprecio, muchas veces delante de ella, a las meseras o camareros que nos atendían en las cafeterías; sobajaba a los compañeros más jodidos y me recagaban la madre no sólo los policías sino cualquier aviso de militares, no obstante haber sido auxiliados por un policía a las afueras del cine Cinco Estrellas un día que Esperanza se tropezó con unas cajas de refrescos… Y ella, mi musa que era de dulce, me decía siempre con sutilezas que *las apariencias engañan*, que *no todo lo que brilla es oro* y demás consejos con los que, en realidad, me exhortaba a más piedades en mi repertorio diario de actividades. Pero yo era más bien propenso al engreimiento, a la soberbia inmediata y en ese entonces no era capaz de sopesar cabalmente lo que me insinuaba ella, la santa belleza que ha sido y será el gran amor de mi vida…

En ese contexto, y a esto quería yo llegar… llegamos más enamorados que nunca al verano de 1968… Yo era un estudiante con sueños de jurisprudencia, pero ahora puedo confesar que con nula capacidad o conocimiento de políticas, y soltaba yo en cada oportunidad que se me presentaba lo que yo creía que eran sesudas opiniones y denostaciones, cuando en realidad sólo decía puras pendejadas… Me explico… ¡Déjame terminar, mi Rami, por favor! Digo que me explico: alguien comentaba cualquier cosa sobre la represión checoslovaca y la Primavera de Praga y yo, ni tardo ni perezoso, ya tenía una opinión al respecto, como si conociera la nieve… Digamos, opinión fluctuante: delante de los compañeros decía yo que viva la paz y abajo la invasión soviética, pero delante de algunos profesores acepto recordar que llegué a pronunciar con desfachatez que todos los movimientos estudiantiles que brotaban por esos días a lo largo y ancho del mundo no eran más que mariguanadas hippies financiadas por el comunismo internacional… Al día siguiente, ai me tienes cantando canciones de protesta y mentándole la mano al "sistema" y mentándole la madre a todos los militares del mundo… y

Esperanza, calladamente, intentando sembrar en mis vehemencias algo de mínima PIEDAD...

El caso es que Esperanza y yo vivimos el surgimiento del movimiento estudiantil de 68 más como novios que como militantes... los mítines, las marchas, andar volanteando durante horas por las calles o asistir a las conferencias de información eran más un pretexto para sobarle la mano a la mujer más bella del mundo que una sincera militancia o solidaridad con los alumnos que habían sido golpeados o encarcelados. De hecho, juro como que me llamo Alberto Torres de Mixcoac que yo ni sabía exactamente cuáles eran los puntos específicos que demandábamos los estudiantes... y hablo ya del mes de julio o principios de agosto del 68... Déjame terminar mi Rami... ahora yo pago la siguiente ronda... El caso es que hacia finales de julio —o quizá ya a principios de agosto— la familia de Esperanza organizó una comida en su casa —creo recordar que con motivo de la llegada de un primo segundo que venía de Puebla o el aniversario quién sabe cuántos de las bodas de sus padres—... Esperanza me invitó más que emocionada, y con cautela sobrehumana me insinuó que quizá tendría yo que extremar paciencias con su familia, en particular, con su padre... Jamás mencionó lo que para mí sería una de las sorpresas más impactantes de aquellos meses cuando nos recibió en la puerta de su casa su padre: un hombre alto de bigotito recortado, perfectamente vestido con un impecable uniforme de militar... Me cagué... No supe cómo saludarlo... No supe si cuadrarme o extenderle la mano... y el viejo lo notó —¡claro que lo notó, si era un verdadero lince!— y creo que de ahí salió la primera carcajada de la reunión...

El caso es que comimos todos felices y no se había mencionado para nada el tema de los estudiantes, hasta que ya de sobremesa, con lo que quedaba de unas rebanadas de pastel envinado, el viejo capitán Sotelo se me queda mirando fijamente y me dice —creo que con los ojos un poco inundados de mezcal— que *él nunca olvidaba una cara*... que me exhortaba a portarme como un caballero con Esperanza —y lo decía más bien, como "siga usted como el caballero que ha sido hasta ahora con ella, pues ella ya nos ha hablado de usted"— y jamás olvidaré que dijo, como hipnotista de mirada filosa: "lo que sí les digo es que no se metan en los desmadritos de la Universidad... ni se les ocurra andar por ahí de revoltosos... no hagan pendejadas... háganle como hasta ahora: mejor irse al cine o a tomar helados que andar gritando por las calles, arriesgándose hasta que les demos un buen sustito...". Y yo, que me seguía cagando, le juré que jamás habíamos participado en nada de esas cosas y, como que me llamo Alberto Torres de Mixcoac, no tenía ni idea de lo que se estipulaba en el pliego petitorio del Consejo Nacional de Huelga.

Desde luego que mentí... ¡cómo no íbamos a unirnos a las actividades, si además esas eran precisamente las mejores ocasiones para destilar nuestro amor empedernido!... Sí, sí, ya sé... pero déjeme terminar la historia: durante días, Esperanza y yo nos reíamos, a la mitad de una marcha o en pleno mitin, nada más de imaginar que su padre, el capitán Sotelo, suponía que en ese momento estábamos acurrucados en un cine o llenándonos la barriga con litros de helados en la Roxy de la colonia Condesa o sorbiendo ríos enteros de horchata de chufa en la Salamanca...

El caso es que parecía o nos parecía risible que el capitán Sotelo prefiriera imaginar que yo estaba fajándome descaradamente a su hija en vez de suponer que ambos andábamos precisamente en pie de lucha, o casi-casi, exigiendo libertades y democracias...

Veo que he logrado cambiarle los gestos, mi querido Ángel Anáhuac... Pídete otra ronda, y ora sí, aquí sí ni me interrumpas, mi Rami... porque llegamos al nudo, al epicentro volcánico que ha marcado mi vida —y repito: en cuanto conozcan a Josefina mi esposa, lo podrán confirmar—... Llegamos a la Plaza de las Tres Culturas en Tlatelolco, aquel 2 de octubre que tantos mientan... Llegamos temprano y aun con intenciones de irnos directamente a un cine o, como en otras ocasiones, encontrar un nicho milagroso que nos permitiera fajar durante horas en vez de sentirnos verdaderos militantes —cosa que se imaginaba el capitán Sotelo y que seguía causando entre Esperanza y yo más que traviesas risas—... Llegamos a Tlatelolco temprano, como a las tres de la tarde y, como que me llamo Alberto Torres de Mixcoac, nosotros no percibimos —simplemente porque no lo vimos— el nefando operativo con el que la policía y el ejército preparaban el cerco de Tlatelolco... Nos decían los compañeros, conforme llegaban a la plaza, que habían visto tanquetas en Reforma, soldados en filas interminables... y muchos sustos de los que se sabían asociados a cada una de las marchas, mítines y actividades de aquellos días... pero Esperanza, y más un servidor, estábamos concentrados en romper *el récord de ósculos*, según bromeaba con nosotros el profesor Plateros, verdadero genio del derecho internacional...

Conforme se llenó la plaza, que como que me llamo Alberto Torres de Mixcoac y lo puedo confirmar a la fecha, allí caben siete mil personas, apretujadas y a lo mucho, pero jamás los treinta o cincuenta mil mártires que siempre han querido conmemorar... y lo digo con PIEDAD: basta una sola víctima, sin tener que mentar miles, para denostar el horror que se desató en Tlatelolco en cuanto Esperanza, yo y los cientos de incautos con los que poblábamos la plaza vimos brillar en el cielo las luces de bengala, las que fueron la señal para que empezara toda la coreografía siniestra de los equivocados... Escúcheme bien, Anáhuac: el dos de octubre de 1968 —y si se quiere, de hecho me refiero a todos los hechos del 68, incluidas las Olimpiadas— todos, absolutamente TODOS, fuimos víctimas o testigos de una ronda infernal de Equivocados: se equivocaba el joven imbécil que creía asumir como pretexto para un amasiato las manifestaciones públicas al filo de la represión policiaca y se equivocaba la hermosa musa que creía dudar de las advertencias de su padre militar... se equivocaban los trotskistas y aduladores del Che Guevara, los maoístas y contradictorios fanáticos de los Rolling Stones... Equivocado máximo el presidente Díaz Ordaz y su gobierno completito... Equivocadísimos los periodistas extranjeros que ya habían llegado a México para cubrir las Olimpiadas... y equivocados todos los que creían que el Movimiento Estudiantil de México no era más que producto filial o por contagio de la Primavera de Praga, el tiroteo en Kent State, la guerra de Vietnam o los adoquines de París... y equivocados también los abuelos y los padres, los contadores y sacerdotes que se la pasaban afirmando que nuestro 68 no era más que pura alquimia del comunismo internacional...

Equivocado el señor de setenta años que creyó salvar vidas, gritándonos a los despavoridos de la plaza que era mejor quedarnos quietos... que nos echáramos al suelo... y equivocado un niño que no sé bien si le dispararon o si le pasaron encima trescientos pares de zapatos... y equivocadas las cientos de compañeras que corrían descalzas, dejando tacones dispersos sobre la plaza, y se equivocó la lluvia, que empezó a caer ya cuando nos tenían rodeados los soldados... si hubiera llovido desde temprano quizá se hubiese cancelado o por lo menos postergado la muerte... Se equivocaron los propios soldados, cuadriculando un fuego cruzado donde ellos mismos se disparaban a ellos mismos y se equivocaron, más que nadie, los demonios de guante blanco, la escoria que se hizo llamar Batallón Olimpia, asesinos puros vestidos de civil, guiados por la adrenalina de su odio desatado... equivocado.

Nos equivocamos todos, Anáhuac... y yo más que nadie. Tirada a mi lado, bocabajo, ya mojada por la lluvia... mi Esperanza parecía haberse refugiado y yo me equivocaba de un instante al otro: pensé que a lo mejor así le había enseñado su padre a taparse en caso de balazos, pensé que así la quería ver desde que la había conocido... incluso me le eché encima, como que me llamo Alberto Torres de Mixcoac, para equivocadamente creer que la protegería con mi propio cuerpo del impacto de alguna bala equivocada, pero sí —efectivamente, Vergel—, también me tiré encima de ella con el equivocado deseo de finalmente sentir que la poseía, que se nos había concedido —en medio de un Infierno— el sueño compartido de estar acostados uno sobre el otro.

¡No se equivoquen ustedes! Si no estoy llorando aquí y ahora es porque llevo ya casi cuatro décadas con el esfuerzo de no volver a equivocarme… medio siglo que ya no se puede llorar… ¡Cállate, Rami! Si esto se volvió una enfermedad… una manía irrefrenable por recordar constantemente, por tratar de entender, por este afán de andar diciendo siempre, siempre, se equivocaron la paloma y el poeta que la pintó en versos, se equivocó el mundo y el fusil anónimo, la bala equivocada que mató a mi Esperanza… En cuanto me di cuenta de que estaba allí, tendida bajo mi cuerpo como una alfombrita de pétalos, muerta… me volví a equivocar y me hice yo mismo el muerto… ¡claro que le seguí susurrando cosas al oído!, ¡claro que lloraba y le llenaba la cabellera con lágrimas!… era lluvia… gritos por todos lados y yo que creía convencido que dejarían a los muertos tirados… pero llegó la noche, equivocada, la noche muy pronto… parecía que se había hecho de madrugada, así de repente… y que de pronto, siento que me levantan en vilo… y que me iban a echar en una camioneta como un bulto de carne empapada… y el sardo que grita… que sigue gritándome equivocadamente en mis pesadillas hasta la fecha —y Josefina es testigo…

"Éste está vivo… aquí hay uno vivo… avísale al sargento…" y me hicieron incorporarme con toda la vergüenza y el peor miedo escurriéndose por los poros… y el soldado que me decía que les iba peor a los cobardes… *conque muertito, ¿no?… Pendejo… pinche estudiante pendejo…* Y yo que seguía equivocado, que no quería alzar la vista… y que me pinchan las costillas para que viera cómo aventaban el cadáver de mi Esperanza a la camioneta verde... y me llevaban de la greña y yo que ya no quería equivocarme no me despedí de ella, ya ni volteaba a verla... y que se para delante de los soldados que me llevaban sin ningún viso de equivocación nada menos que el capitán Sotelo...

Puedo jurar, como que me llamo Alberto Torres de Mixcoac, que ambos nos quedamos congelados... Allí se murió el mundo, señores... Cada quien lo sobrevive como puede... Yo, allí sí equivocado de nuevo, cobarde hasta en la temblorina de mis tobillos... y él, estoico, militar siniestro, pinche soldado de mierda, pinche suegro jodido, pinche pendejo equivocadísimo, pinche capitán Sotelo que prefería imaginar que yo andaba fajándome a su hija en un portal de pizzería, lejos del festival internacional de la juventud y de las libertades... Jamás olvidaré que me preguntó con absoluta sequedad, sin importarle que lo oyeran los soldados que me llevaban con los brazos enredados a mi espalda... "¿Dónde está ella?"... así sin llorar, hierático... y yo sólo pude girar la cabeza hacia donde salía la camioneta —no, que no Angelito, no iba cargada con miles de muertos, con cientos de mártires revolucionarios... que no se equivoquen: no se cuántos muertos iban ya en esa camioneta verde, pero lo digo con absoluta PIEDAD, allí iba mi Esperanza... la niña muerta que ni su propio padre quiso impedir que se llevaran...

PIEDAD o como le quieras llamar, Anáhuac: el capitán Sotelo, mando equivocado, padre equivocadísimo, estatua verde olivo, dio entonces la orden, no de que me soltaran, sino de "Éste déjenmelo a mí" que quizá los sardos, obedientemente equivocados, creyeron entender equivocadamente que su capitán me iba a fusilar en privado, allí al ladito del edificio Chihuahua… la equivocada noche de los equívocos… la madrugada de sangre… el dolor de toda la vida… La muerte de mi Esperanza.

Me subió al carrito de una moto… ¡Sí, Vergel, se llaman *sidecars*, pero déjame terminar…! Enfiló como si fuéramos a Nonoalco y yo, equivocadamente, creí que me llevaría al primer descampado de Azcapotzalco para torturarme con saña, fusilarme lentamente… y luego largarse, como debió haber hecho allí mismo en la plaza de Tlatelolco, a reclamar el santo cadáver de su hija… pero no: el capitán Sotelo me llevó a su casa y en la cama de mi Esperanza, en la cama con la cual yo había tenido más de un antojo erótico, me ordenó que me acostara y con la mano derecha apoyada sobre la cacha de su .45 me apagó la luz, diciéndome "Ni una palabra a mi mujer"…

Tres días después, luego de que me alimentara su madre como si yo fuera también su hijo, luego de que algunos parientes habían entrado a visitarme tendido en la cama de mi Esperanza, luego de que el capitán Sotelo mantenía el simulacro de que andaba buscándola por todos lados, que si preguntaba en los cuarteles y en la Cruz Roja, que si a lo mejor se había escondido —ella también— en casa de alguna familia piadosa… Tres días después, el 6 de octubre de 1968, me llevó él mismo a las inmediaciones de mi casa… y jamás he vuelto a saber de él, como que me llamo Alberto Torres de Mixcoac.

Hormonasterio

"Debería enclaustrarme en hormonasterio, con dosis constantes de la droga de la verdad, insulina contra mentiras, bálsamos para el desengaño y el semen consuetudinario que convenza a mis venas de que sólo los elegidos pueden volar por encima de la traición. Debería predicar mis alas por toda la geografía y fundar hormonasterios contra la hipocresía machista del mexicano y contra la amnesia generalizada ante el martirio constante de los anónimos. Hormonasterio para limpiar las plazas de las matanzas y las culpas infundadas instantáneamente, conventoscos para señoritas delicadas y solteronas recatadas y hormonasterios para varones de todas las edades, los caudillos que mandan con sólo mover las cejas, el señorsecretario que firma todos los decretos, elministroenturno que viaja por el mundo, la funcionariadisfuncional que gasta todo su presupuesto en regalitos, la directoradelsector que se cree muy hombre y el eminentelicenciado que en privado baila como mariposita.

Quiero sembrar hormonasterios por todas tus calles y que sean claustros sin muros, conventos ambulantes con votos de castidad y de silencio. Hormonasterios en cada semáforo y sobre las aceras del comercio ambulante, las calles que sólo se pueden iluminar con cigarrillos encendidos en medio de la noche y las mañanas claras de hormonasterios bajo la bruma de niebla, los volcanes nevados, el olor remoto de la sal de los mares. Hormonasterios en la palabra predicada sobre los andenes del Metro y apretujada entre los apuros de quienes se sienten sardinas en el metrobús, y los camiones que separan al pasaje por género para que las mujeres no salgan embarazadas durante los trayectos en que viajan rodeadas por pró-fugos del hormonasterio. Hormonasterios etílicos en todas las cantinas de tus entrañas y en las dulcerías que están a punto de extinguirse, golosinas de hor-monas y esteroides, tetas falsas, nalgas ligeramente sublimadas, dos costillas de más en la cintura, lifting de papadas, torneadas piernas de piel aceitunada, ma-nos largas de Coco Chanel, cuello elegante y anillado de la tráquea cercenada para que pueda recibir por un tubo su dosis diaria de hormonasterios. Quiero elevar a la máxima potencia la nueva biografía de mis pro-pias alas, caballero águila, ángel verdadero de la in-dependencia individual, forjado en el hormonasterio de mi silencio fiel, mi soledad incondicional, la tran-substanciación de mi sangre y de mi carne en ti, hom-bre hormonasterio de ciudad, Ciudad hecha hombre que habita para siempre en la eternidad de su pureza sucia el infinito hormonasterio."

A. A.
Cuaderno olvidado en un taxi, 2006

Oigamos, calle mía, el golpe de tu abrazo fuerte,
mi sueño y la memoria, el corazón y la pobreza.
Las casas han reunido sus armoniosas pesadumbres
olvidando severas la tentación de las distancias,
finísimos brocados de la nostalgia y de la muerte.
En la Calzada de Jesús del Monte, ELISEO DIEGO

Pocos minutos después de las diez de la noche de un lunes que parecía anónimo, murió de manera fulminante un hombre justo; pocos sabrán que en el instante de muerte sonreía. Pocos lectores saben que *la eternidad por fin comienza un lunes.*

Pocos saben del inmenso bien que le hacen a la humanidad con tan sólo vivir; pocos podrían reconocer el infinito mal que han causado a los demás por obra y gracia de su egoísmo acendrado.

Pocos años después de la separación, un hombre vuelve a quedar hipnotizado con tan sólo mirar una vez más el infinito mar de los mismos ojos. Pocos meses después de haber elegido una nueva vida, ella parece haberse convertido en otra persona.

Pocos pelos pero bien peinados, recitan los pocos calvos de antaño, pocos jóvenes aceptan pertenecer a una nueva generación que pierde pelo en sincronía cibernética con la modernidad tecnológica. Pocos suscribirían la vieja opinión de que Los Beatles eran greñudos y unos pocos ciudadanos responsables podrían destrozar los muros levantados cotidianamente por muchos.

Son pocos los momentos de una vida que se vuelven realmente inolvidables. Son muy pocos y menos los instantes que pocos seres alcanzan a distinguir como telones del infinito: pocos segundos donde la mente invisible es capaz de viajar en el tiempo.

Quedan ya muy pocos establecimientos donde se pueda comer fiado y quedan ya muy pocas señoras dispuestas a remendar calcetines ajenos y quedan muy pocos niños que no asuman la conciencia convencida de que el mundo se morirá por la contaminación ambiental.

Pocos edificios de la Ciudad de México podrían olvidar entre las grietas de sus entrañas estoicas los daños y los gritos que provocan los terremotos y pocos callejones oscuros siguen siendo testigos de amores eternos. Pocos automovilistas aceptan el albur de que cada semáforo sincronizado es un potencial portal para accidentes, choques y olvidos irremediables.

Entre los pocos espacios verdes que le quedan al paisaje urbano, pocos paseantes. Entre los pocos árboles que respiran aún en el bosque, pocas aves. Entre las pocas nueces que se lograron salvar de una botana, mucho ruido de conversaciones encendidas.

Pocos hombres reconocen que el sentido último de su trillado machismo es en realidad una delicada frustración por no haber sido ellos mismos madres. Pocos usuarios de los sanitarios de cualquier restaurante podrían considerarse Caballeros, como aún rezan los pocos letreros que intentan señalarlos y con muy pocos pesos cualquiera podría sentirse abastecido durante unas pocas jornadas, aunque la honrosa mayoría se resigne a calificarse a sí misma como masa de poca dignidad, pocas pretensiones, pocas ilusiones y pocas, pero muy pocas, soluciones.

Once

Si esta novela en construcción pudiese ser cinematográfica y filmada en blanco y negro, esta página debería convertirse en pantalla plana de manera instantánea y dejar que se poblaran sus párrafos en diminuto camarote de un barco trasatlántico. *El Titanic de Anáhuac* y su camarote de chistera por donde empiezan a entrar tres camareros, dos afanadoras, una viajera despistada, una fregatriz con el pelo izado en nudos, un plomero con siete metros de cañería, varias abuelas en busca desesperada de sus respectivos nietos y Harpo mudo al harpa, Chico italianizándose en chilaquiles verdes que llegan en charola con otras dos meseras, Zeppo hundido en un mar de intrusos y Groucho que bien podría salirse por el ojo de buey del camarote para lanzarse a la mar y no faltar a su desayuno de todos los días en el Sanborns de los Azulejos de la Ciudad de México.

El recurso podría servir para calmar la lógica exigencia de los críticos literarios que nada perdonan y para saciar con un poco más de datos las muchas incógnitas que le surgen a los lectores atentos y, así, el recurso de la Ciudad de México como inmenso camarote de un barco perdido en altamar podría además insinuar otra cara de la intimidad de Ángel Anáhuac, héroe en vuelo, confundido como una golondrina perdida en un aeropuerto. Aunque Groucho Marx no aparece en esta novela, aunque parezca habitante de cualquiera de sus barrios o colonias y aunque parezcan clones de él por lo menos dos de los muchos personajes, lo cierto es que el camarote que se ha insinuado en estos párrafos puede servir para desvelar una obviedad: los hombres solos duermen en habitaciones menudas donde debe caber en muy poco espacio la muy limitada totalidad de sus pertenencias. En un cuarto de azotea, en habitaciones de hoteles al paso, en rincones donde los ángeles pueden dormir por horas, Anáhuac vuela de noche o de día en espacios ilimitados, rodeado por todos los habitantes de la ciudad más grande del mundo, sabiendo que llegada la hora del sueño dormirá en una jaula pequeña. Para más señas, baste subrayar la neblina de sombras, el vacío sin luz, el espacio constreñido de cualquier habitación donde duerma un hombre solo. Aun siendo amplias, esas recámaras son testigos de los abrazos desesperados con los que se torturan las almohadas como si fueran la novia perdida; allí no se oyen coros de respiración ni compaginación de flatulencias ni ronquidos compartidos… ni caricias inconscientes o la milagrosa correspondencia anatómica que se logra con la horizontalidad en plural.

Es probable que hasta este párrafo ningún lector haya reparado en la desoladora realidad de que ya sólo quedan doce organilleros en armónicas funciones sobre las calles de la Ciudad de México. Creí que era importante subrayarlo aquí. También es probable que falte informar al lector interesado lo que lamentablemente no queda pormenorizado en estos párrafos: especificar la larga lista de oficios y empleos ráfaga que asumió Ángel Anáhuac para sobrevivir su aventura. Hablar de que fue ayudante de los taqueros de pencas rojas al pastor y gondolero de microbuses… Efectivamente, tienen un nombre esos enloquecidos cobradores que van colgados de las puertas de los micros, como si quisieran ser patiños de una nueva producción de *La ilusión viaja en tranvía*, pero ya quedamos en que estas páginas no serán de celuloide y pasemos mejor a recordar lo que se nos olvida: hay oficios e ingresos en cada poro de la ciudad que no nos detenemos a ponderar por las prisas, por el aislamiento que nos permiten las ventanillas de los coches, por la asepsia moral de no tener que ser testigos constantes del hambre y sus mecanismos de flotación: ayudante de organillero, cargador de mercado, cerillo de supermercado, danzante prehispánico con conchas en los tobillos, escarmenador de basuras y pepenador de piojos en peluquerías ya casi en vías de extinción, alquilador de bancas en la Alameda, improvisado guía de turistas noruegos en los linderos del Castillo de Chapultepec o supuesto conocedor del muralismo mexicano en las escalinatas del Palacio Nacional. Anáhuac se inventaba y reinventaba a diario, sea como mesero de un solo día en cantinas sagradas o ya como pedalista sustituto de los bicitaxis, *rickshaws* orientales en pleno corazón de la Ciudad de México… y al reinventarse, ya sabemos que el Angelito no dejaba de otear los rostros de miles de personas y las millones de caras que lleva la gente con el enloquecido afán de estar preparado para intervenir en contra de un desahucio, alcanzar al carterista que lacere el presupuesto de un jubilado, patear al pederasta que creyó oportuno pellizcarle el orgullo a una colegiala despistada, inutilizar con una llave precisa

de lucha libre a la salamandra delincuente que pretendía bajarse de un transporte sin pagar…

Aunque inverosímil, se sabe de un hombre que
sabe los nombres y apellidos de dieciocho arcángeles
ciegos que recorren en fila, todos los días de todos los
años, mano extendida hacia el hombro del frente y
el líder con bastón de vista extendido al frente como
víbora a tientas sobre una larga extensión del Paseo
de la Reforma, en peregrinación cotidiana y limosne-
ra hacia el Cerro del Tepeyac. Muchos creen que no
es cierto, pero lo cierto, aunque quizá inverificable, es
que en la medida en que Ángel Anáhuac se reinventaba los pasos de sus vuelos, se desinventaba en idéntica proporción la médula de su personalidad. A mayor
vuelo, menos calidad humana (aun ejerciendo el bien
angélico) y por ende, mayor anonimato desquiciado y mayor su desamparo. Ángel Anáhuac ya no era
el apiñonado joven apuesto que su madre quería elevar a los altares o el antojo del gremio secretarial que
lo veía, vestido de negro, como una suerte de gigoló
mexica en pasarela pedestre para saciar las urgencias
de la mejor postora; Ángel ya no era el silente y hábil
espectro que se esfumaba de las escenas como quien
desaparece de un párrafo y cada día hubo más y más
testigos de sus parlamentos, de sus locas disquisiciones en cantinas, cafeterías y tertulias. Hubo quien lo
vio bailar en pleno Zócalo cada vez que se montaba
el escenario popular y cantó los ritmos del Caudillo
del Son y bailó como alambre la música de Shakira e
intentó hacerle coro a los himnos de todas las ideo-
logías y credos… Ángel fue visto charlando en bancas con los que parecían sus semejantes o afines, y ya
no el solitario alado salvador de las causas perdidas…

Ángel dormía cuando podía en las últimas bancas de los templos y era capaz de volverse estatua barroca en plena Catedral Metropolitana nomás para que la homilía le alcanzara para reponer sus sueños, no porque escuchara las letanías y ruegos desde el altar, sino porque el que aprende a dormir bien en un templo se vuelve instantáneamente un beato, por lo menos en apariencia.

Pero de entre todos los refugios que salvaban a Ángel Anáhuac, el mejor nido o por lo menos el más recurrente y seguro que encontró nuestra ave descarriada fue el camerino del burdel Obsidiana, otrora salón de baile, cuyo nombre pretendía ocultar el patético giro negro de la trata de blancas decrépitas en las que había caído desde la nefanda ocurrencia, posmoderna, norteamericanizada, carísima de convertir todo burdel en los llamados *table-dance.* Habla Guadalupe Nochebuena, prostituta de la vieja guardia: "Todos los negocios *con-tables*, mi vida, lo único que hicieron fue dejarnos sin chamba a las gordas… y lo único que lograron fue regalarle las calles a los putos… a los travestis, niño, ¿qué no sabías que las de tacón ya no caminan la legua?… A menos de que te acerques a las calles del Monumento a la Madre…", y con una sonrisa chimuela, a medio maquillar, se le quedó mirando fijamente a su Angelito y remató con su mal chiste de la noche: "¡Ni modo de que todos los Edipos se toparan con machitos, allí en las mismas faldas de su Chingada Madre!".

Guadalupe Nochebuena, la Luna, la Magdalena y María del Socorro Nativitas se habían convertido en el irreverente convento de monjas pecadoras donde más gustaba de refugiarse Ángel Anáhuac. Al principio había llegado al Obisidiana con el afán de trabajar de cambiador o simulador de sábanas, surtidor de cubetas, distribuidor de condones, cobrador de bailes… pero el Angelito se ganó más que un trabajo la madrugada anónima en que la Nochebuena le vio cara de arcángel iluminado y le regaló el vuelo más sudado que pudieran insinuar estos párrafos. A partir de esa revolcada, cada vez que el Ángel tenía deseos de desahogarse se acercaba al Obsidiana y hasta parecería que salía al amanecer oliendo a galán, aunque el perfume fuera el de las putas. Salía bañado su torso lampiño y su cabellera negra se volvía una lacia crin al vuelo, pues era sabido que la Tacubaya era peluquera de día. Sin celos y en perfecta camaradería de bajos fondos, las cuatro sacerdotisas del pecado venidas a menos compartían sus calores con el Ángel, lo dejaban hablar y nublarles la noche con sus utopías pendejas y le hablaban al oído las cosas que su loca madre jamás habría podido decirle a su Angelito…

Dice la Luna que todos los sexobuscadores de la Ciudad de México han traicionado a las sexoservidoras cada vez que con el pretexto de andar pedos, de no darse cuenta de nada, por las prisas, por ir en coche, recurren cada vez más a los servicios de los hombres vestidos de princesas que al tradicional ritual de los tugurios como el Obsidiana.

¡Si hasta deberíamos ser homenajeadas en Bellas Artes, chingao! —dice la Luna, que en una época bailó en el Ballet Folclórico de Iztapalapa—. Si se supieran los pinches gringos la partida de madre que le pusieron a los mexicanos con sus pinches *tables*…, ora resulta que no dan calor las gorditas, y que aquí pura muñequita de sololoy… ¡y los precios, mi Ángel! A ver quién aguanta el ritmo de ese despilfarro de la chingada…

Dice la Tacubaya que a ninguna peinadora o peluquera le puede alcanzar para el presupuesto familiar si depende únicamente de cortar, peinar, depilar, luces, rayos, tintes, mechas, alaciados permanentes, chinos para boda, extensiones rubias, bucles para quince años y bodas de barrio, manicure con figuritas y rayita blanca en la punta, pedicure con masaje relajante, maquillaje profesional y secado con pistola… pero agrega siempre la Tacubaya que eso no quiere decir nada… Todas las demás tienen a su camote, a su fiel maridito, y si yo me metí en esto fue porque me abandonó el cabrón pugilista que me había prometido las perlas de la virgen y todas las estrellas del cielo en cuanto se enteró que estaba embarazada… además, no nos hagamos pendejas… a mí me gusta lo que hago y háganle como quieran.

La Magdalena le llama la atención al Ángel. Es con la que menos se acuesta y a la que más le cuenta sus proyectos de utopía urbana. Es la más bonita de las decrépitas, la más joven de las envejecidas, la menos solicitada por la cicatriz de navajazo que le cruza la cara desde la ceja izquierda hasta la comisura de sus labios siempre pintados con el bilé más rojo del mercado. La Magdalena, contrario a su apodo, jamás ha sido de las que lloran borrachas, ni la acomedida meretriz capaz de lavarle los pies al profeta y secárselos con sus propios cabellos; la Magdalena es una diosa a su manera, con su piel polvosa y sus manos que parecen siempre recién lavadas. Es la candidata a que nuestro Angelito abandone en alguna página de este libro sus desvaríos y, ya que no va desandar su aventura y volver a los brazos de su loca madre en el ghetto de la calle de Varsovia, por lo menos que se le ocurra escribir para su trama la posibilidad literaria de que todo termine con la Magdalena y el Ángel, juntos para siempre, en un autobús que se pierde en el horizonte morado que conduce al puerto de Acapulco... pero no: de hecho el Angelito sabe en lo más íntimo de su silenciosa personalidad de personaje literario que con la Magdalena pasa más tiempo susurrando entre sábanas que redefiniendo el Kama Sutra... De hecho, quizá ya lo intuía algún lector sin mucho esfuerzo: hay madrugadas a media luz, donde el neón de la calle que se infiltra por las cortinas mugrientas ilumina un fragmento del perfil de la Magdalena que cualquiera podría jurar que es fiel retrato de Diana, la novia perdida al principio de esta novela, olvidada desde antes del primer párrafo, que se ha convertido en la mente demente del Ángel nada menos que en la estatua descarada de la cazadora nalgona en medio del Paseo de la Reforma...

Alguien dijo que la Magdalena era en realidad hija de la Nochebuena, pero eso ni quien lo pueda verificar. Podría ser por las edades, pues la Nochebuena se ve mayor que las demás, aunque reconozcamos —sin brindis de por medio, ni comparaciones teiboleras— que Nochebuena tiene las curvas intactas, la cinturita de rumbera —efectivamente, hay inevitables pliegues de celulitis, pero con lentejuelas y entallada, cualquier arcángel alado se aventaría no sólo el baile sino el revolcón sudoroso con Guadalupe Nochebuena—. Agreguémosle ternura y esa sapiencia de pura intuición que tanto bien le ha hecho a las ma-

drugadas del Angelito… Efectivamente, Lupita Nochebuena es analfabeta y primitiva, autista en más de
tres temas comunes, propensa al coma diabético sin
avisos y a la embriaguez instantánea (sobre todo en
los días más flojos de clientela cautiva), pero es Lupita y no niega la cruz de su onomástico: manto de estrellas para el desahuciado, media Luna sobre todas
las serpientes, bondad eterna de piel morena, la falda
hasta el huesito, las manitas juntas para custodiar los
sueños de su exhausto amante en turno…

Que en otro capítulo se escuchen los parlamentos, pronósticos, elucubraciones o conclusiones en torno a Ángel Andrade y su huérfana carencia de la figura
del Padre. Que en otros párrafos se le acabe la saliva
a los psicoanalistas enanos o a los psiquiatras de baja
estatura intelectual que tienen todas las páginas por
delante para zurcirle al Ángel un perfil edípico, o el
juego de espejos que haría de su aventura un enrevesado Complejo de Electra, del desamparado en busca
de su pasado… pero ya lo sabemos: ésta no es novela de Pedro Páramos, ni la aventura alucinada de un
alado en busca de papá, y para efectos de este párrafo
subrayemos el inexplicable maternalismo entre sudo-
res sin ropa, cuando la Nochebuena le canta nanas a
su Angelito, canciones de cuna que el Ángel Exterminador de Males Acendrados creía recordar cantadas
por su madre, aunque con otros versos, más católicos,
apostólicos y romanos. Romana la Gorda Tacubaya,
que parece putona de *Amarcord* a punto de ahogar a
Fellini en un estanco de tabaco e italianísima silueta
de la Magdalena, que podría hacerle competencia a
la Diana Cazadora o a la Mónica Belucci, si no fuera
por la media luna de costra imborrable que le cubre

la cara como si fuera la frontera con Pakistán y diosa decrépita de cualquier santuario de la India, de la
India María y de la India de los marajás, la obesita
diosa de la Luna, Coatlicue condenada a ser descuar-
tizada todas las madrugadas por las garras abrasantes
del Sol, piedra lunar de piel seca, granos como cráte-
res, pisoteada por los viajeros al espacio, sueño de los
poetas enloquecidos, regidora de las mareas y responsable directa de todos los labios hendidos de los niños
mordidos por el conejo de la Luna.

Concluyamos: ella se sienta frente al espejo
con la cara recién lavada. Su piel es una tersa tela de
color aceitunado que brilla con la grasa natural de sus
propios poros. Su pelo recogido en una trenza larga
queda a la espera, en segundo lugar, para quedar peinado una vez que concluya el ritual sagrado del maquillaje, la máscara de la chingada, el antifaz de la
ajada, el tendajón de pinturas y polvos de arroz que
intentarán, una vez más, esconder los pliegues de una
biografía, anonimatizar su verdadero nombre y velar
dolores. Empieza por aplicarse una base cremosa de
color café con leche… pule su frente como si fuera un
mascarón de proa… va delineando cada fila de diminutas pestañas que bordean sus ojos… a veces, cuando hay de dónde, sus ojos han sido verdes y hoy casi
amarillos de fondo marrón por los lentes de contacto… y va depilando con una delicadeza de miniaturista las cejas que sobran al hilado que sirve de arco
para sus ojos… y enfatiza con sombras de ocres la
demarcación de los pómulos y las ojeras de todas las
noches… y vuelve a delinear el ojo derecho con una
precisión de cartógrafo de mapas antiguos. Se hace la
pausa de confirmaciones calladas… y se retoca con

un lápiz grueso las cejas, a riesgo de parecerse a María Félix, al filo de pasarse y quedar como payaso... y si quisiera, podría trazar una sonrisa exagerada sobre las mejillas, precisamente como payasa, pero se concentra en impregnarse los labios con el carmín, el rojo más rojo, sangre de sacrificios diarios, que se crece con una capa de brillo... y sus labios se besan solos, se restriegan el uno sobre el otro, como si fueran un muestrario perfecto y en miniatura de cómo deben embonarse los cuerpos sudados sobre una cama... y ya no se ven los pliegues al filo de su boca y una nueva capa de polvos, maquillajes, sombras, rímel, brillos, glossis, anteceden la orfebrería con la que una cuchara enchina las pestañas, el negro alambrado de las miradas perdidas. Podría atreverse a simular un lunar, al filo de esa boca ya de tentación etílica... o en las inmediaciones de esa nariz, que a falta de cirugía estética se respinga con la ayuda de un pasador firme, pinza nasal a las deshoras en las que duerme, para que a la hora de su pasarela diaria parezca una verdadera princesa huelepedos, delicada infanta pintada al óleo, tres cuartos y de perfil. Podría incluso evitar el perfume por hoy y esperar a que la calidad cambiante de la clientela determine si vale la pena o no invertir en aromas, pero hoy la reina quiere marear... quiere marearse y dejarse marear y saca el perfume que todas las demás locas del camerino toman como broma, el perfumero antiguo con dispersor de manguerita, el que parece bártulo de laboratorio de Frankenstein, con su delicada bombita en la punta para que las manos giren de lado a lado frente a su rostro maquillado, como si fuesen mayordomos de un palacio dando el último retoque a la mesa de un banquete.

Ella se levanta para contemplar en la luna su cuerpo aún reconocible y gira de medio lado para verificar el sentido de su corpiño rojo, y se ajusta las pantaletas que jamás sustituirá por esas tangas del *table*, y se eleva la conjunción de sus senos, arropados bajo las copas con alambre de su brasier antiguo... Se dirige a la puerta, que a falta de armarios, closets, o vestidores profesionales, sirve de retablo para colgar los ganchos, *esqueletos de murciélagos...* y elige el entallado de lentejuelas, el más entallado de sus disfraces y se vuelve a sentar frente al espejo, su tocador improvisado de casita de muñecas, y empieza la ceremonia de cepillarse toda la vida, como todos los días, y el alaciado parece aligerarle las ideas, cabellera bruna, a veces tinte negro zaino, a veces incluso rubia platinada, a veces incluso pelucas de todos los colores, a veces, la trenza que delata inocencias y hoy, como casi siempre, la cabellera suelta como Dolores del Río, la mata de pelo al vuelo y sus orejas a la espera de aretes largos, perlas falsas, diamantitos baratos y a veces los pendientes de la Popocatépetl que algún dinero han de valer y a veces las perlitas de mentiras con broche de alpaca, pero hoy serán los aretes largos que retintinean con cada paso de los tacones altos, y se inclina a abrocharlos como si fuera el último paso en la ceremonia de un cirquero, los zancos que retan el equilibrio de la ebriedad consuetudinaria, los taconazos que tuvieron que aprender a caminar, luego correr, luego bailar... y balancearse cuando la emperatriz cruza las piernas agobiada por el cansancio y la absoluta falta de clientes, una madrugada más, otra noche más, otra vida entera de nuevo en que se mira al espejo, maquillada como reina, disfrazada ya totalmente su biografía de delirante desolación, decrépita fortuna, personalidad perdida… aunque el espejo parezca decirle en voz alta… que sigue la vida, incluso más allá de las muertes… que todo pasa y todo cambia… que uno es uno y no necesariamente dos… que se joda todo el mundo, que no amanezca… que te llamas, Emperatriz de Todas las Estrellas, Guadalupe Nochebuena.

Traserosofía

"Puedo entrever el alma de tus mayorías con tan sólo leerles el trasero. Nalgas aplastadas de la mayoría burocrática, glúteos flácidos de todas las señoras sin actividad, pompitas redondas de las niñas y niños que ya respiran su pubertad perversa. Puedo leer los engaños y las prisas, los propósitos y las cuentas pendientes, la infinita hipocresía y la sincera honradez con la que caminan sobre tus calles y avenidas todos los traseros del mundo, adheridos a piernas de distintos largos, ajustados en faldas vinílicas, sueltos traseros bamboleantes entre los pliegues de pantalones de sastrerías. Puedo seguir fielmente el decurso de una biografía desconocida con tan sólo otear desde la altura de mi vuelo la oscilación incierta de su trasero. Puedo vislumbrar poesía pura en el ondular de unas nalgas firmes y puedo llorar de desolada tristeza ante el patrón genético tan generalizado de todos tus hijos sin nalgas, glúteos desinflados, traseros perdidos.

Puedo afirmar que el último refugio de la dignidad colectiva se ubica entre los pliegues de los traseros, mensajes del alma secreta de todas las cosas: a espaldas de Catedral hay esculpida una imagen en piedra del Infierno, a espaldas del salón de baile Cocoteros se encuentra el callejón donde tiran a la basura todos los ritmos de la noche anterior, en la trastienda de las farmacias se venden todas las drogas que jamás saldrán con receta y en los traseros de todos los policías viajan los reglamentos y las leyes. Los rateros intentan esconder sus armas en sus propios traseros y las musas que no necesitan ya hablar muestran descaradamente en bronce la redondez de sus traseros para que el mundo entero las admire y en la intimidad de los hospitales las enfermeras heroicas saben que el momento más delicado de un baño de esponja es cuando hay que lavarle a los enfermos sus traseros llagados por las sábanas.

La parte trasera del Palacio de Bellas Artes mira hacia el Teatro Blanquita, la parte trasera de Palacio Nacional parece ubicarse en el centro de las peores calles de Calcuta, las trastiendas de los comercios del Centro Histórico también han sido invadidas por el comercio ambulante, los patios traseros de las casas con jardín parecen jugar a la utopía de no estar también ubicados en la Ciudad de México, la parte trasera de las camionetas verdes carga a los muertos como si fueran carne de cañón, el trasero de los empresarios también genera dinero y los traseros de las damas recatadas jamás se posarán sobre asientos de un baño público y las nalgas de uno mismo parecen la última sonrisa, la última conjunción de mejillas milagrosamente vírgenes, aunque sobre ellas se han tatuado todos los viajes en Metro, todos los recorridos en camiones, todas las horas de espera, todos los paseos con prisa, todas las cansadas mañanas en que se nos obligaba enjutar las nalgas en posición de firmes para rendirle honores a la bandera."

A. A.
Cuaderno olvidado en un taxi, 2006

Ese que fallece en soledad fulminante no será nunca olvidado; ese otro que alardea todas sus intimidades no será nunca recordado. Ese pétalo que guardas en un libro ya cumplió cuarenta y cinco años y ese día que crees eterno es en realidad un solo instante de felicidad.

Ese carril es exclusivamente para que los trolebuses circulen en sentido contrario y ese carril se ha reservado exclusivamente para las góndolas del microbús. Ese hombre que se pasea nervioso por el andén del Metro Pino Suárez está a punto de suicidarse en cuanto llegue el siguiente tren y ese señor que parece ligarse a la jovencita es en realidad el abuelo de once nietos.

Ese platillo sería carísimo fuera de México y ese par de mancuernillas no las consigues ni en París. *¡Ése…!* es el gran saludo para el que es barrio y ése con énfasis puede servir de regaño para el niño que no sabe cuál de los dos es el control de la videocasetera.

Ese preciso instante, ese mismito lugar, ese que está en el aparador, ese que guardo junto a la cama, ese que dejé en tu casa, ese que venden en los baños, ese que venden en todas las esquinas, ese que leyó todo el mundo, ese que se quedó callado, ese que dijo que no venía, ese que siempre se aparece, ese que dice que ya no va a venir.

Ese monumento lleva un jinete anónimo y se le conoce sólo por su montura. Ese caballito que llegó tercero en la cuarta del Hipódromo de las Américas y ese caballito de cartón para que te tomen una foto de charrito montado en Chapultepec.

Ese edificio que parece de Dick Tracy es el que tapa la Casa de los Azulejos y ese hueco inmenso al lado de Palacio Nacional es el Templo Mayor, o lo que queda de él. Ese pinche pelón que camina como robot es el verdadero asesino y ese que tiene cara de mosquita muerta, de yo no fui, de tira la piedra esconde la mano, de a mí que me esculquen... pues ese merito es.

Ese de la dentadura perfecta y ese de los dientes podridos y ese del traje de sastrería y ese de los ternos remendados y ese que camina con botas y ese que va descalzo y ese que fabrica él mismo sus huaraches con llantas quemadas y ese que se roba libros, ese que no sabe servir una mesa.

Ese que paga todo con tarjeta y ese que debe hasta la camisa. Ese que te llamó ayer y ese que llama todos los días, ese que se estaciona en doble fila y ese que se cree el dueño del crucero para recibir mordidas a cada cinco minutos y ese es el que lleva el archivo en la Secretaría.

Ese que cumple en silencio lo que se propuso hacer al comenzar el día y ese que antes de dormirse da gracias por seguir en vida. Ese que se cree muy macho, chingando a todo el que se le cruce en el camino y ese que camina moviendo mucho las caderas, que en realidad quisiera convertirse cuanto antes en ésa.

Doce

La noche que murió don Hipólito Guerrero es muy probable que se haya extinguido alguna de las diminutas estrellas invisibles que conforman la constelación del Pegaso, que rige los cielos de la Ciudad de México. Es posible aunque inverificable que en el instante de su muerte fulminante se haya extendido sobre el Centro Histórico de la Ciudad de México un silencio inexplicable que duró nada menos que la eternidad de siete segundos limpios y es verosímil, aunque increíble, que durante esos siete segundos finales don Hipólito Guerrero haya recordado minuciosamente todas las conversaciones, todas las sobremesas, todos los chistes, todos los anhelos y platillos variados que se habían servido en su mesa diaria de desayuno diario en el Sanborns de los Azulejos. Lo que sí consta en actas es que murió con una sonrisa en los labios, aunque el forense no pueda confirmar si efectivamente nuestro difunto había dedicado su último pensamiento a la feliz bendición de saberse más que bien querido por su tertulia incondicional de todos los días.

Hipólito Guerrero murió a las 22:15, de doble infarto fulminante. Se le apagó el corazón al mismo tiempo que cesó de pensar su cerebro. Murió en compañía de su soledad y estos párrafos serían la crónica insípida de una defunción con asepsia burocrática puntual, de no ser por los inexplicables dictados del destino o la más pura agua del azar. Al llegar el cadáver de Hipólito Guerrero a la funeraria del Seguro Social, Carlos Narvarte iba de salida, del brazo de su mujer, acompañados por uno de sus hijos: habían ido a rendir su pésame a la familia de un vecino y, de milagro, Narvarte alcanzó a escuchar que un camillero dictaba en voz alta el nombre de su amigo. Argumentó entonces que Hipólito era jubilado de la Secretaría de Hacienda y Crédito Público, aclaró que él era su amigo de toda la vida y enderezó el funeral de su entrañable Poli que, de haber seguido en decurso de una defunción anónima, no hubiera podido convocar a los demás tertulianos de todas las mañanas. Dice Narvarte que intentó localizar a Guadalupe Pensil, pero el teléfono de la peor de todas era un número caducado en 1959; que llamó a casa de Eleonora del Valle e, inexplicable o anacrónicamente, le contestó una grabación donde se escuchaba, más insólita que nunca, la voz de la que pudo haber sido virreina de la Nueva España… De Balbuena jamás se supo que tuviera teléfono o punto para recibir recados… pero de Estela Escandón se sabía que pasaba las noches literalmente en vela. Más bien, en velas con esa necia costumbre de consultar a la ouija hasta altas horas de las madrugadas, leer las cartas y también los naipes, o escuchar voces hasta en la duermevela del primer sueño…

—Pues yo no diría que es primer sueño —dice entonces Estela, sabiéndose, una vez más, escrita—. En realidad yo sólo tengo un sueño, el mismo de siempre y a veces lo duermo, y a menudo lo vivo despierta… Así que de primero sueño, o de sueño primero, mejor hacemos un verso…

—Tienes razón, Estela —dijo Narvarte—, todo esto parece de sueño. Sólo puede pasar en las novelas, que invocándote en medio de la noche… Sin saber en realidad ni dónde vives… Llegas aquí como sonámbula… como si supieras que había muerto nuestro Hipólito entrañable…

—Vine porque así está escrito… —soltó Estela, con el pañuelo al filo de los ojos, como acostumbraba correrse el telón de la servilleta en Sanborns… y hubiera alargado su párrafo con ecos de violonchelo, de no ser por la ya clásica interrupción siempre cronometrada de Joaquín Balbuena.

—¡Entrañables, mis huevos! Mis huevos de todas las mañanas que, ya a partir de mañana, se van directamente a la chingada… Digo que Poli, más que entrañable era querido… muy querido y yo, a título personal, por lo menos, les digo que para mí ya se acabó el Sanborns… Hasta aquí llegamos y que cada quien se baje de la Nave de los Locos como pueda… Sin Hipólito Guerrero no somos ya coro…

—Calma, Joaquín… Calma, como siempre, calma —decía Eleonora del Valle, enfundada en su papel de viuda sin serlo, adueñada de un tono como de madre de los demás sin poder serlo en realidad e impostada su postura como si sostuviera en vilo a la callada Guadalupe Pensil, hipnotizada y silente, con la mirada perdida—. ¿No les parece milagroso que Carlitos haya tenido que venir a dar un pésame para cruzarse de bruces con nuestro Hipólito? Si yo creo que es la primera, o a lo mucho, la segunda vez que nos vemos de noche… Nosotros tan de mañana, tan de desayuno… Ya ni me acuerdo si alguna vez nos habíamos visto de noche…

—A todo esto, ¿qué se hacían aquí tú y la Adorada Pensil? —preguntó Balbuena.

—Pues nada, venimos de vez en cuando… cuando nos abruma el silencio… cuando ninguna tiene nada que hacer… —dijo Eleonora, apretándole el brazo a la Pensil—. Si sólo nos tenemos una a la otra… Además, la cafetería está subsidiada, no cierra en toda la noche, y para que te lo sepas, ya hemos salido de aquí directamente al Sanborns…

—Pues vaya revelación —dijo entonces Narvarte—. Yo sugiero que calmemos adrenalinas y concentrémonos en velar como es debido a nuestro Hipólito. Además, ya era hora de que conocieran a mi esposa… Así que formalmente: tengo el gusto de presentarles a mi Adelina Portales, juntos ya medio siglo… felices y plenos, ¿verdad, Amor?

—¡Ay Carlos, qué ocurrencias! —dijo la Portales, para ser escuchada por primera vez, como si verificara ante la tertulia incondicional de su marido la constancia fidedigna de su existencia—. Yo lo único que quiero decirles es que envidio su amistad con Carlos y que comprendo la pena que ahora pesa sobre ustedes, pero en particular quiero llorar a Hipólito a mi manera: dándole gracias a Alcohólicos Anónimos por haberle salvado la vida, y aplaudir con mis lágrimas sus cuatro décadas de sobriedad, su militancia sin mácula y de diario en el grupo… la razón principal por la que fundó su tertulia con ustedes: ¿sabían que venía diario a la junta y de ahí se iba al Sanborns?

Con una tos nerviosa, rompiendo en ese instante un anonimato que para él resultaba las más de las veces incómodo, Carlos Narvarte apuntaló el párrafo de Adelina:

—Es que, bueno, en realidad… Yo conocí a Hipólito gracias a mi Adelina, que también es alcohólica y ese bendito programa no sólo afianzó nuestro matrimonio cuando más parecía que zozobrábamos, sino que además me permitió conocer a mi entrañable amigo, quien siempre estará en nuestros pensamientos y nuestra gratitud…

Así que sólo en las novelas, ¿no? Pues si esta fuera una novela de *cinema verité* o telenovelita chafa habría quien podría criticar el insólito azar de cómo se juntan unos ciudadanos de la ciudad más grande del mundo, como si fueran barquitos de papel en el océano, pero que conste que todos tenemos trazadas unas cuadrículas irracionales, unos destinos desconocidos que de pronto se entretejen sin patrón y uno se encuentra en medio del Zócalo al amigo que jamás podemos localizar en su barrio de Coyoacán y uno se topa con libros de viejo el mero día en que se nos antoja leerlos, entre los estantes abigarrados y multitudinarios de las librerías entrañables…

—Como el día en que Hipólito y yo entramos a la Librería Madero —interrumpió, sin que nadie supiese por qué, Estelita Escandón—. Y allí estaba sobre el mostrador nada menos que el ejemplar de Bernardo de Balbuena, que precisamente andábamos buscando… y Poli le dice al librero esta coincidencia increíble y aquel hombre entrañable va y se lo regala…

—Pues ora resulta que entrañables son todos, ¿no, Estelita…? —dijo Balbuena—. Entrañable mi Poli, entrañable el librero de la Madero, y ahora sólo falta que digas que los taxistas y los taxidermistas también son entrañables…

—Y entrañable tú mismo, Joaquín —dijo, seca, la Escandón—. Entrañables todos nosotros y el que más: Hipólito Guerrero, que no tardarán en llegar sus compañeros de AA para que te quede claro lo entrañable que fue en verdad: la cantidad de vidas que salvó con tan sólo aparecerse en el momento preciso para disuadir la necia compulsión, la derrota cíclica, el antojo irrefrenable que envenena la sangre de quien, sabiendo que no puede-no debe beber, es capaz de flaquearse y dudarse... Entrañable Hipólito que entregó con honestidad intachable la oficina, y hasta el escritorio mismo, el día de su jubilación... Un funcionario que funcionaba, ¿raro?, ¿único? Yo digo que no: simplemente entrañable.

—No olvidemos —dijo Narvarte— que Hipólito fue además un excelente profesor de Lengua y Literatura en la secundaria vespertina de Violeta y les aseguro que mañana temprano viene una comitiva de sus ex alumnos o directivos del plantel con la herradura de flores que se merece...

Eleonora del Valle no se podía quedar atrás en el panegírico y agregó con su voz de maestra de ceremonias que Hipólito había sido un verdadero *gentleman*: sus pantalones con pliegues, a cambio de haber sido un hombre sin pliegue alguno; sus chalecos abotonados, como para ocultar los tirantes que lo mantenían en pie; los zapatos con hoyitos en el empeine como respiraderos para sus incansables recorridos por todas las calles posibles en busca de ayudar a un prójimo; las camisas impolutas, los cuellos y puños almidonados; las mancuernillas relucientes, el sombrero fuera de moda, la transfiguración perfecta de un Chesterton clonado con Alfonso Reyes...

—Pues eso digo yo, la peor de todas —habló Pensil desde ultratumba—; eso mismo es lo que habrá que recordar por siempre… en tanto se nos conceda volver a caminar de su brazo y reírnos con él… Hipólito el caballero, elegante hasta en la parsimonia de sus pausas, en el azoro ante lo cotidiano, en la conservación de las formas de siglos pasados… Entrañable.

—Entrañable hasta los huevos —dijo, evidentemente, Balbuena—, pero ¿a que no le sabían sus travesuras? N'hombre, no te pongas así, Narvarte, no voy a decir una guarrada… Digo lo que tengo que decirles hoy, que a lo mejor por eso estoy aquí… Si a mí nadie me ha preguntado cómo es que llegué, igual que ustedes, sin que nadie me avisara… Pues simplemente porque vine a dejar a un amigo… Un joven que se ha hecho mi amigo en meses recientes y ahora trabaja aquí en la funeraria… Pero, bueno, a lo que iba: mi Poli tenía sus travesuras, y ya que se nos fue de este mundo, pues creo mi obligación compartírselas…

Desde hace más de diez años, Hipólito Guerrero —nada menos y nadie más— tuvo a bien escalar edificios —por fuera no, Carlos, si no estaríamos velando al Hombre Araña—… Va de nuevo: Mi Poli hacía excursiones aleatorias que él llamaba Aventuras Ortográficas y se subía a los techos de los edificios —en elevador o subiendo cada uno de los pisos por las escaleras—, y es él, nadie menos y nada más, mi héroe Hipólito Guerrero, quien había venido corrigiendo faltas de ortografía, redacciones imperdonables, errores garrafales, gazapos constantes, majaderías descaradas… y demás, en todos y cuanto letrero espectacular o diminuto de publicidades imbéciles han colmado el paisaje de la Ciudad de México. ¿Increíble, verdad?…

Pues me consta: han de saber que mi Poli me confió su proyecto y, de hecho tuvo la suficiente confianza en mi asesoría por el hecho —que creo no es nada secreto— de que yo hace un tiempo logré realizar uno de los lances anarquistas más sonados en la historia de esta pinche ciudad... entrañable. No sé si Hipólito les haya contado, o si ustedes lo sabían por sí mismos, pero yo fui el que colgó una sábana de veintidós metros de largo desde la Torre Latino mentándole la madre a la Ciudad de México... y nadie se explicaba cómo un doctorado en matemáticas, un genio del número y de los crucigramas como su servidor y amigo había sido no sólo capaz de ese manifiesto —en el fondo inofensivo—, sino que además nadie se explica cómo me libré de no ser fusilado... o de seguir hasta hoy en la cárcel... Pues de eso yo no hablaré más, pero lo que sí les digo es que Mi Poli, una vez que nos quedamos los dos solos, alargando la sobremesa en el Sanborns de los Azulejos, hace como diez años... y que me cuenta su intención de corregirle el habla a las mayorías, o por lo menos, lograr que la Ciudad asumiera sus faltas de ortografía... como si todos los ciudadanos fuéramos alumnos...

Según Hipólito Guerrero, en la medida en que se lograra que la vía pública se expresara debidamente —en carteles y letreros, en las bardas pintadas o en los grafitis pintarrajeados—, la Ciudad de México sería más fiel a sí misma, resguardada ante la aplastante inundación del inglés por todas partes... ¡pinches gringos! Así que el mexica más inglés del Valle era nada menos que el misterioso fantasma que andaba corrigiendo por los techos y las azoteas, por las calles vacías y por debajo de los puentes, sin que nadie atinara a identificarlo o sorprenderlo siquiera, jamás… Dicen que en la tele hubo un reportaje hace como siete años y que en el noticiero de la radio el mismísimo Jacobo Zabludovsky elogió la labor, y dicen que hubo algún escritor de renombre —cuyo nombre no recuerdo— que sugería nombrar al Fantasma de la Ortografía miembro de número de la Real Academia de la Lengua…

—De eso sí que me acuerdo, Balbuena —dijo Narvarte, sin terminar de poder creer la revelación insólita—… ¿Pero por qué no lo confiaba en voz alta, por qué no decirlo en alguno de los desayunos?

—Porque así se perdería la adrenalina, Narvarte…

—¡Y vaya que tenía adrenalina! —dijo totalmente fuera de lugar y de sentido la gentil y simpática Eleonora del Valle, como si quisiera insinuarnos que había tenido queveres con don Poli…

El caso es que es cierto: Hipólito Guerrero dedicó cuatro décadas de su vida a sobrellevar con ejemplar buena voluntad la sobriedad con la que vencía, cada veinticuatro horas, al veneno de su alcoholismo y dedicó, por lo menos la última década de su vida, al ejercicio público, práctico pero clandestino, de todo aquello por lo que luchaba en las aulas como profesor de Lengua y Literatura. A él se debe la famosa corrección, con pintura verde fosforescente, del espectacular anuncio de las camisas Manchester (cerca del Metro Insurgentes), donde una fenomenal modelo rubia, sonriente y reveladora de un busto monumental, se abrochaba el último tercer botón de una camisa de vestir masculina bajo una gigantesca tipografía que decía HASTA QUE USÉ UNA MANCHESTER ME SENTÍ AGUSTO, por lo que el gran Hipólito Guerrero, brocha verde fosforescente en mano, ayudado por una escalera que le detuvo Balbuena, corrigió con ancho trazo DESDE QUE USO… y con un último brochazo separó A GUSTO, "como debe de ser, Balbuena, si no parece que la chica se sentía Augusto", según dijo Hipólito al descender de la escalera…

Es totalmente cierto, y no cosa de novelas, que Hipólito Guerrero —en muchas ocasiones auxiliado por Joaquín Balbuena— recorría las calles de la ciudad, los techos de las casas, las azoteas de los edificios, las paredes del Metro, los muros de los puentes y demás escaparates de la palabra pública con el humilde afán de hacernos leer mejor, y por ende, hablar mejor… en realidad, frustrante empeño, siempre a contracorriente de la imbecilidad generalizada, el analfabetismo funcional, la norteamericanización de los verbos y todas las gringadas posibles de la publicidad avasallante… pero, aun así, Hipólito corregía los carritos chocones en una esquina de Chimalistac que prometían "Divercion para su familia" y trazó con paciencia de madrugada "Lavado en seco" justo debajo de donde se leía "Dry Cleaners" en el cristal de una tintorería de Coyoacán y corrigió con pintura roja muchas puertas que decían "Enter" o "Pull" y marcó todas las erratas imaginables que se leen sobre las camionetas repartidoras de pan o leche, y colocaba con pintura roja los acentos que siempre olvidan ponerle a las *Esteticas*, que sustituyeron a las antiguas *Peluquerias*, y los letreros improvisados de las taquerías y los menús artesanales de las loncherías y los carteles taurinos y los programas de la lucha libre y los anuncios de conciertos de rock, punk, ska, tecnocumbia, reggaeton, funkyjazz y hasta los carritos que venden "Jot dogs" o los puestitos de "Jot Cais con miel de aveja" y a veces, es cierto, Balbuena le entraba a la heroicidad con sus ganas implacables de bromear, y está la vez en que —contra la voluntad de Hipólito Guerrero— trastocó las letras en una paletería para que rezaran "Favor de Cagar en la Paja" en vez de "Favor de Pagar en la Caja", y consta que hubo muchas noches y madrugadas en que Balbuena, como necio escudero, le criticaba y cuestionaba al Caballero Guerrero si realmente serviría de algo corregir las eses y los acentos, "como limpiando heces" respondía el incólume don Poli... y más o menos a eso salieron oliendo la madrugada perdida en la que se jugaron ambos la vida contra un perro de taller mecánico por andar corrigiendo el letrero que rezaba "Ojalatería y pintura de coches y pintura de casas a domicilio", y ya corregido a la mañana siguiente, ni quien se diera cuenta del cambio ortográfico.

...y la vez que escuchó en un trolebús que un niño le preguntaba a su padre si la palabra *horchata* iba con hache, a lo que el analfabeta padre respondió enfadado: "¡Pos claro, menso! Si no, sería *orcata*".

...y sí, parece ser que de algo servía enmendarle planas a los incautos que se juegan el destino u honorabilidad de sus comercios con la errata de vender prendas "por unica ves", abaratar juegos electrónicos porque "serramos por liquidasión" u ofrecer ricas tortas de "gamón y queso guajaca"...

...y la mañana ya anónima en que mi Poli se encontró con un viejo colega del trabajo y éste le contó que el médico lo había diagnosticado como "...asmático, ¿tú crees que será grave, Hipólito?" y él que le contesta tranquilo: "Desde luego que no; ¡es esdrújula!".

...y sí, parece cosa de encantamiento, de las escenas que sólo suceden en las novelas, pero es enteramente cierto que la noche que murió don Hipólito Guerrero se reunieron en la funeraria sin haberse puesto de acuerdo, sin haberse enterado por vía de un comunicado oficial, los amigos más íntimos e incondicionales que tuvo en vida,

y también es cierto que se apareció por puro azar don Carlos Álamos, también catedrático de literaturas variadas que lloraba sin llorar el último descalabro de su amigo y allí también llegó de madrugada el infalible Mejía Casablanca con su baúl de recuerdos, mejor dicho: con su portafolios rebosante de papeles, nombres, sabores, aromas, miradas, sonidos, texturas, anécdotas y la vera memoria de la ciudad más grande del mundo.

y llegó también la coreógrafa en arcilla Patricia Hordóñez —que en un ayer agradecía a mi Poli su cátedra sobre la H muda— y a su lado, llorando la pérdida, el pintor de Bolívar, Eduardo Téllez, a quien Poli ayudó ante el Catastro Ciudadano para corregir el gazapo de un burócrata que lo había inscrito bajo el muy equivocado nombre de Eduardo Tréllez.

y sí, efectivamente, parecía que toda una magia de madrugada envolvía el milagro efímero de que todos los deudos de don Poli se reunieran en su velorio para llorarlo como hombre bueno... ese buen hombre, en realidad anónimo, que por lo menos durante las horas en que transcurriera su última madrugada sobre la Tierra recibiera entre sollozos y largos silencios, como punto final para una despedida colectiva, el generalizado criterio de que Hipólito Guerrero había sido para todos un hombre entrañable.

Ortografiambres

"Bendita tú eres entre todas las ortografías y bendito el fruto de tus lecturas, Ciudad. Bendigo todas las letras de tus sagrados nombres y la compostura de tus sagrados hombres y maldigo a los ortografiambres que no saben hablar ni de lo que están hablando, maldigo a las legiones de tus políticos que nunca llevan un solo libro bajo el brazo y malditos los empresarios millonarios que no saben leer. Benditos los niños que escriben en prosa y las niñas de versos en cursivas, benditos los dependientes de farmacias de barrio que escriben con mejor caligrafía que la de los médicos que recetan a destajo. Bendita la ele que se forma con una parte de tu Periférico y eñe de tus enjambres y plazas, bendita la gramática de tu Viaducto y los murales clandestinos de tus grafiteros anónimos, bendito el fantasma que corrige todas las letanías en inglés que han querido imponerle a tus paredes y comercios y bendito es el fruto de tus anuncios pintados.

Ortografiambres son los rostros de quienes te caminan sin leerte y ortografiambres los que te leen siempre mal. ortografiambres las librerías heroicas que pugnan por vendernos más y más libros y ortografiambres los usureros que se oponen a la proliferación de librerías y bibliotecas, ortografiambres los millones de jóvenes, famosos y deportistas que balbucean puras pendejadas y empiezan siempre por decirte *Bueno, la verdad...* o los necios argentinizados que plagian y rellenan sus parlamentos con falsas interrupciones posudas y constantes de *Estó... Esté... Pero, bueno...* Ortografiambres las estúpidas niñas ricas que insisten en llamarse la atención con *Hello?* Ortografiambres los juniors y empresarios posmodernos que ahora dicen para todo *Al final del día* y ortografiambres los acólitos del *chido,* los misioneros del *no-mames,* los millones que muestran afectos con un ligero *cabrón,* la pluralidad unisex, bisexual y ya no sólo privativa del hombre de llamarnos entre nosotros *Güey, güeyes...*

Ortografiambres los pediatras que se refieren a los bebés como *el producto* y los dizque psicoanalistas que hablan de sus pacientes como *el sujeto* y los policías que nos dicen a diario *el detenido* y los políticos que dicen defendernos porque somos *el electorado.* Ortografiambres los académicos que sólo sueñan con dar clases en el extranjero y los escritores de *bestsellers* que siempre justifican que en México no se lee y los lectores que leen puros ortografiambres de literaturas chatarras y las millones de amas de casa que alimentan a sus hijitos con *nuggets,* y los empresarios de *joint-ventures* y las niñas *fashion* y los bares *retro* y los falsos *metrosexuales* y los del *sorry* para limosneros y las de *ciao* y los de *bye* y ortografiambres todos los millones de tus hijos, huesos y carne urbana, que te somos fieles en cada punto y coma, signos de tu interrogación, paréntesis constantes, guiones largos, puntos suspensivos... y punto y aparte."

A. A.
Cuaderno olvidado en un taxi, 2006

Nosotros, alumnos de todos los días y reprobados en la lectura general. Nosotros los que hicimos la tarea y las planas de ortografía. Nosotros los que entregamos mañana y preferimos examen oral a escrito.

No será de nosotros el fruto de los esfuerzos generacionales y no será de nosotros el error que lamentarán los siglos por venir. Nosotros somos todos y nosotros sin considerar nunca a los demás.

Nosotros, los nacidos y nativos. Nosotros los que llegamos de fuera, los exiliados y transterrados que también somos de aquí. Nosotros los hijos del padre que lo heredamos y nosotros los más allegados siempre a la madre que nos hereda.

Nosotros desconocidos y reconocidos. Nosotros conocidos entre sí y olvidados por los demás. Nosotros que fuimos tan felices y nosotros siempre juntos, inevitablemente, en el firmamento. Nosotros caminando sin horario por el Paseo de la Reforma y nosotros, solos, sin encontrar a nadie en las calles del Zócalo.

Nosotros en recorridos subterráneos del Metro y en viajes largos por la piel de Insurgentes. Nosotros sincronizados con los semáforos del Circuito Interior y nosotros perdidos sobre el antiguo óvalo del hipódromo. Nosotros en Coyoacán como si fuera provincia y atorados en Tecamachalco como si nosotros estuviéramos en Houston.

Nosotros que son ellos y los demás y aquellos y esos que no quieren ser como nosotros. Nosotros que somos alguien, que dicen algunos que somos como los otros que quisieran ser como nosotros.

Nosotros que podríamos volver a ser sede para una Olimpiada y nosotros que ya fuimos anfitrión de dos Mundiales de futbol. Nosotros de desfile militar y deportivo, de marcha del silencio, de blanco contra la delincuencia, de arco iris por la defensa de los derechos homosexuales. Nosotros los mineros desnudos que poblamos el Paseo de la Reforma con nuestras vergüenzas sin vergüenza. Nosotros los millones de habitantes que renegamos de nosotros mismos.

Nosotros náufragos en elevadores de edificios de cristal y nosotros, los fieles feligreses de todos los museos. Nosotros los que leemos el periódico y las paredes y nosotros los que no podemos leer la etiqueta de las latas de atún, los precios oscilantes de la tortillería y la lenta desaparición de las panaderías.

Nosotros en medio de dos lagos, sobre el lodo de siglos pasados. Nosotros en medio del valle de lágrimas, al pie de los volcanes nevados que escupen polvo y ceniza. Nosotros buzos de escafandra en el canal del desagüe y arcángeles entre nubes blancas de la región más transparente del aire. Nosotros en el ombligo del fuego con la tierra, los vientos y el agua de tamarindo, horchata, jamaica, chía, guanábana, naranja y fresa que tanto nos gusta a nosotros.

Trece

El doctor Ramiro Olivar del Conde no podría asegurar que se sabe de memoria los rostros y nombres de todos los alumnos que le siguen fielmente, semestre a semestre, su cátedra freudiana, ecléctica y existencial desde hace ya cincuenta años. Más que emérito catedrático de la máxima casa de estudios, el doctor Olivar del Conde se concentra en la exposición —dos veces a la semana— de los mejores frutos analíticos surgidos de su intelecto y jamás por el tedio burocrático de tomar listas, cumplir con el programa o aprenderse nombres. Es lógico: en promedio, la clase de Olivar del Conde recibe entre ochenta y ciento veinte alumnos inscritos formalmente y alrededor de sesenta oyentes que se saltan olímpicamente la matrícula, semestre a semestre, con la ya muy sabida ventaja de que el viejo profesor otorgará los créditos como quien regala pases de abordar en la escalinata de un crucero. Pero que no se diga aquí que el doctor Olivar del Conde es el profesor más barco del sistema universitario, aunque sus alumnos acostumbren decir que "están a bordo" en su clase, en vez de presumir que la cursan y pretenden aprobarla.

Para apoyo logístico y práctico ante todos los despistes académicos del doctor Olivar del Conde, la Facultad de Psicología tuvo a bien habilitar desde hace un lustro a la doctora Esperanza del Carmen como profesora adjunta. Es ella, en realidad, la que se encarga del papeleo, de conformar un sistema digno de calificación y, para efectos de estas páginas, más o menos memorizar quiénes son realmente alumnos inscritos u oyentes asiduos, y así mitigar la malsana costumbre de vendedores ambulantes, *dealers* de psicotrópicos baratos, agiotistas de bajo calibre, ociosos, facinerosos y güevones de todo tipo que tradicionalmente han encontrado refugio, solaz o santuario para sus sueños trastocados en aulas donde se impartan multitudinarias cátedras de infinito tedio. Escudados en que la mayéutica del doctor Olivar del Conde no permite la participación abierta de todos los alumnos (recurso pedagógico por demás imposible, tratándose de aulas que más parecen un pequeño estadio de balonmano), el ancho grupo de colados sabe que durante dos o dos horas y media, dos veces a la semana, se pueden apoltronar en la comodidad edípica de una banca, reconciliarse con preciosas horas de sueño (ronquidos incluidos) y estirar las cansadas piernas, sin que el profe repare jamás en su desatención, pero para eso está la doctora Del Carmen. Es ella quien llama la atención de los sonámbulos y quien pugna por un mínimo de atención y de respeto. Sobre todo cuando Olivar del Conde anda inspirado y recorre la tarima como un sabio sin toga, las manos elocuentes, la mirada fija en el horizonte del saber y la voz modulada de un verdadero parlamentario del psicoanálisis.

Queda claro que el doctor Ramiro Olivar del Conde no podría ni asegurar ni negar la recurrente presencia de Ángel Anáhuac en sus cátedras y lo más seguro es que de pedirle un retrato hablado del fantasma alado, el doctor Olivar del Conde describiría a un sujeto perfectamente confundible con una tipología promedio de sus alumnos, donde la edad del individuo no importa (debido a la conjugación constante de generaciones intercaladas), donde la estructura ósea, pigmentación de piel, brillo, forma y color del pelo no presentan variaciones significativas. Además, desde la estatura de su cátedra, a Olivar del Conde le parece que lleva cincuenta años dirigiéndose al mismo grupo de alumnos. Desde su hipnótico ir y venir sobre la tarima, ha visto siempre los mismos pares de cientos de ojos (la mayoría entreabiertos y catatónicos) y, si acaso, variables en los colores y formas de sus vestimentas. Quizá por ello, el doctor Olivar del Conde no podría confirmar en estos párrafos ninguna reacción o actitud manifiesta de Ángel Anáhuac durante el fructífero semestre en que el verdadero parlamentario del psiconálisis abordó con ingenio el tema "La ciudad en el diván".

De acuerdo con los apuntes del alumno Federico Zacatenco (de los raros inscritos y preocupados por ganarse los créditos a ley), ese semestre y, en particular, cada una de las cátedras de Olivar del Conde fueron (por lo menos para él) un verdadero festín de saberes, una real inmersión en la psique colectiva de la ciudad más grande del mundo y un vademécum invaluable de citas literarias, referencias clínicas, metáforas entrecruzadas y diagnósticos precisos que (por lo menos para él) no sólo perfilaban fielmente la esquizofrenia colectiva que padecen todos los habitantes de la Ciudad de México, sino que era "la mejor tomografía del DeFe... el retrato completo de nuestras neurosis compartidas... el aliento más confiable para estar siempre en pie de lucha por el saneamiento de nuestro hábitat", etc. Según Clara Terremotes, ese semestre fue "una locura delirante… pero deliciosa".

En contraste, los cuadernos de la dedicada alumna María Genoveva Acatlán (oyente por enredos burocráticos), ese preciso semestre de "La ciudad en el diván" no fue sino "la güeva más inolvidable de mi vida… puras pinches conjeturas donde el viejo interpretaba hasta el sentido de las calles en términos de perversión… y hablaba y hablaba horas y ni quién le pudiera decir 'oiga, ya párele'… Se la pasaba hablando de puras cosas que daba por hecho que nosotros ya dominábamos y la verdad, pus el único que entendía era él mismo… pero como ya se sabía que nos daba los créditos… nomás había que quedarle bien a Esperanza y aguantar vara dos veces a la semana… aunque yo nunca fui de las que se dormían", etcétera.

Según se desprende de los testimonios encontrados de sus alumnos (y si esta novela fuera más periodística podríamos insertar aquí un digno cuadro de entrevistas con una media representativa de alumnos para avalar una posible conclusión), se consta que durante el semestre en el que el doctor Olivar del Conde puso literalmente a la Ciudad de México sobre el diván psicoanalítico, no pocos aspirantes al título en Psicología viajaron verbalmente por un paisaje académico, enrevesado y quizá confuso, pero altamente confiable como posible acercamiento clínico a la megalópolis como enfermedad en sí misma, y a sus habitantes, como síntomas o bacterias de su sobrevivencia.

Más o menos, así hablaba el doctor Olivar del Conde: "tales recorridos constantes, del hogar al trabajo, de la casa al aula, representan en este contexto una generalizada búsqueda del Padre... En algunos casos, estamos ante un notable complejo de Electra... en otros, los que más, un enredado complejo de Edipo... La ciudad como sujeto evoca constantemente la nostalgia dolida por la Madre, mientras que sus calles y avenidas son el sistema nervioso central de una generalizada ausencia de la figura paterna... La ciudad en el diván hablará continuamente de su madre, la chingada, la máscara, la morenita del Tepeyac, Mamá, *Mami*, Jefa... y es tarea inalienable del terapeuta —con pausas, silencios y sólo medidas preguntas— intentar extraerle al sujeto la médula esencial de su neurosis... habremos entonces de conducirnos como Cicerones del Inconsciente, dejando que aflore la dicotomía colectiva... que salga como saliva todo ese odio al Padre, al ultrajador, conquistador, borracho, golpeador que la ciudad como sujeto no logra conciliar al lado de su Madre... Es una búsqueda constante, del trabajo al hogar, desde las aulas hasta las casas, entre fábricas y francachelas... ¿cómo puede ser que la Santa Madre que somos llevó en su vientre el apellido y la herencia del Santo Padre que hemos de negar?... apuntemos para una próxima disquisición el discreto y desconocido papel que tiene la figura de San José en los Evangelios y recuérdenme exponer —a su debido tiempo— una continuación posible al pensamiento de Octavio Paz, expuesto en el laberinto de nuestra soledad... Concentrémonos por ahora en la búsqueda continua del Padre... la orfandad colectiva que reniega del apellido... la desesperación ausente... la angustia consuetudinaria ante el nido semi-vacío, en el contexto innegable de una constante

vuelta al útero, al eterno regreso… fijemos la atención
en el ser ciudadano como espejo de la ciudad misma: evocativa de su ancestral cuadrícula prehispánica, hija de lagos, sobre-viviente en aguas, que encara
la constante amenaza de sus sequías con el conflicto
también ancestral de haberse poblado sobre un dame-
ro renacentista… precisemos el trauma de haber sido
ciudad-imperio de altos templos impresionantes, y la
cíclica destrucción horizontalizadora. Forma geomé-
trica idónea de todo lo que se desprende del verbo
chingar. Analicemos entonces el decurso desgarrador
de todos los días: la ciudad como sujeto y el sujeto multitudinario de sus habitantes en una constante
búsqueda por precisarnos el apellido, la personalidad,
la carga heredada de las culpas, la transmisión gene-
racional del inconsciente… seguiremos entonces, en
próxima sesión, con el entrelazamiento abismal de la
amnesia como contagio cómodo de sobreviviencia, la
propensión autodestructiva, la ecolalia urbana como
antídoto ante tantos siglos de silencio… el autismo
visceral —de viajeros del Metro, tanto como del asfalto en sí— y las recurrentes crisis nerviosas… obesidad colectiva y al tiempo, bulimia compartida… y
recuérdenme especificar las implicaciones de este inmenso cuadro clínico en el tema concreto de nuestra
muy confundida sexualidad urbana… el tema de la
Ciudad como Andrógino… la bisexualidad de nuestras inclinaciones arquitectónicas… ¿por qué insisti-
mos en festejar triunfos futbolísticos al pie de lo que
llamamos 'El Ángel', cuando está claramente a la vista de todos que se trata de 'Una Ángela'… y de aquí,
ponderar la importancia urbana y existencial que
tiene para todos los habitantes el peso mamario, las

glándulas alimenticias y su correlación estética, por ejemplo, con ramificaciones precisas hacia la cultura del mercado ambulante o la misma Central de Abastos... por ejemplo".

De aquí la importancia para estos párrafos de que, si bien el doctor Olivar del Conde se puede concentrar en sus disquisiciones y aislar de su percepción el perfil, nombre y media filiación de sus alumnos, a la doctora Esperanza del Carmen le consta que durante el largo semestre de la cátedra "La ciudad en el diván" Ángel Anáhuac asistió de manera puntual a esas clases, concentrado en la diminuta letra con la que llenaba no uno sino incluso dos cuadernos atiborrados de conclusiones, interpretaciones y vocaciones propias, aunque se sabe que no copiaba o transcribía textualmente los parlamentos de Olivar del Conde.

Universidiablos

"He vuelto a tus aulas para estudiarte ya no sólo en el magisterio de tus calles y avenidas, Académica Ciudad laureada. Tuyos son los cánticos de nuestros exámenes y el silencio de los saberes, tuya la memoria de la historia y la incontrolable lista de reprobados. Universidiablos los millones de licenciados deshonestos, compradores de títulos, copiadores de exámenes y universidiablos los miles de profesores que alimentan a tus huestes con ignorancias constantes, violadores de tu legado y trascendencia. Universidiablos los miles de analfabetas que desfilan con togas por tus aulas y los millones de callados sabios que no verán en vida el fruto sacrificado de sus estudios incansables. Universidiablos quienes se alimentan en las aulas de Veterinaria y universidiablos los honestos albañiles que invertirán sus vidas enteras en Arquitectura; universidiablos las legiones enteras de Medicina que terminan al volante de los ciento cincuenta mil taxis piratas y universidiablos los abnegados contingentes de Contabilidad que terminan dictando precios a través de los altavoces de los supermercados extranjeros. Universidiablos los abogados que apuntalan la delincuencia de tus venas y universidiablos los filósofos escasos que sólo encontrarán trabajo en las tiendas de videos y discos compactos.

Universidiablos mis antiguos compañeros que ya no me reconocen, avalando el título doctoral que me has concedido con tus madrugadas y universidiablos en Ingeniería que deshacen sus cerebelos en la búsqueda desesperada de las fuentes de agua que aliviarán tu sed y tu sequía. Universidiablos, azul y oro, blanco y rojo sangre y universidiablos todos los arco iris de los estudiantes privados, los institutos laicos, las escuelas religiosas, los colegios protestantes, las aulas por correspondencia, la universidad a distancia, la telesecundaria, la enciclopedia por Internet, las calificaciones por correo electrónico, los títulos a imprimirse en Santo Domingo, en la propia impresora digital. Universidiablos los alumnos que crecen en su responsabilidad y universidiablos los que tropezarán con la inundación de tus burocracias. Universidiablos los catedráticos de tus cantinas y los profesores de pulquería, los sabios silentes y abstemios, los necios borrachos de los pupitres del parque. Universidiablos los endemoniados acosadores de la calificación y los ángeles anónimos que sólo queremos aprender, aprehenderte, aprehendidos en brazos del silencio y de la noche, en conversaciones de conocimiento sin ley ni títulos.

Universidiablos los que cargan toneladas de frutas y verduras todos los días y los miles que siguen escribiendo oficios, dos copias al carbón, en máquinas pesadas de escribir. ¡Cantemos, Madre Ciudad, el himno académico desde las alturas, contra todos los reprobados, los impostores de títulos, los licenciados a título personal, los médicos sin licencia, los terapeutas improvisados, los filósofos de la mentira y todos, todos los universidiablos que te traicionan y contaminan!"

A. A.
Cuaderno olvidado en un taxi, 2006

A la menor provocación, el centro de la
　　　ciudad muestra sus encorvados dientes
　　　de acueducto.
Es el ombligo de la tierra que nos tocó pisar, y
　　　lo sabe, y es el epicentro de un corazón
　　　podrido.
Por abajo lo cruzan vagones de aguas negras
　　　y osamentas de chavos con semen
　　　cementero.
Por arriba lo pisan quienes nunca volverán a
　　　quererlo con el estrés de la primera
　　　infancia; con aquellos ojos habituados a
　　　otros crepúsculos y a distintos alientos
　　　expulsados de otras bocas nocturnas.
Naturaleza muerta con perro en el centro,
　　　　　　　Francisco Hernández

Otros dirán siempre lo contrario y otros vendrán pronto para celebrar lo mismo. Otros heredarán los errores y pagarán las culpas de los otros que ya se adelantaron. Otros creen exactamente en la fe opuesta, la reforma de la ley, la actualización de la norma y la abolición del patrón.

Otros ciudadanos optaron por vivir en un bosque y otros manifestantes manifestaron sus demandas sin necesidad de ir vestidos. Otros iban de corbata a los gimnasios y otros más chiflan en los conciertos de la filarmónica.

Otros edificios horrendos serán inaugurados en donde se erguían los antiguos palacios y otros mercados de abasto intentarán salvar el naufragio de la Central de Abastos. Otros grupos guerrilleros se rebelarán en las sierras y en la selva, sin jamás haber pisado las calles de la Ciudad de México.

Otros cultos invaden los templos con santos agnósticos e imágenes de la muerte, beatos del narcotráfico y mártires de la peor música popular. Otros cultos intelectuales prefieren comprar sus libros por Internet en librerías virtuales del ciberespacio a crédito. Otros capitalinos jamás han visitado el Zócalo, mientras que los otros serán siempre los otros.

Otros recursos se tendrán que buscar siempre; otros proyectos tendrán que evaluarse; y se buscan otros lugares para la construcción del nuevo aeropuerto en pleno corazón de la ciudad más poblada del mundo. Otros egresados de las universidades buscarán abrirse camino en otros horizontes.

Otros poetas jamás buscan el engaño de los reflectores y el acomodo en puestos públicos; otros narradores jamás entregan sus originales a la imprenta y otros cuentistas escriben sin importarles las limitaciones inobjetables del mercado editorial. Otros laboratorios venden la misma receta bajo otro nombre comercial, otros farmacéuticos te lo venden sin receta.

Otros rincones olvidados, otros antiguos paseos, otros modos de entender la fiesta de los toros, otros modos de asumir la nacionalidad, otros jugadores tendrán que ser importados o naturalizados o nacionalizados para apuntalar las aspiraciones del equipo de México.

Otros taxistas decidieron legalizar sus barquitos piratas y otros transportistas amenazan con interrumpir la circulación de las vías principales con otros medios. Otros noticieros informan a través de comunicadores pintados de payaso, mujeres de amplio escote, locutoras que opinan de todo y que aparecen en otros programas con otro concepto.

Este producto es el mismo pero con otro concepto; esta pareja es un ejemplo de amor apasionado y fidelidad a la vieja usanza, pero bajo un nuevo concepto en las relaciones interpersonales. Otros arquitectos te lo hacen más barato con otros materiales de construcción y otros albañiles. Los mismos que nos aquejaron durante un siglo, los mismos que causaron la debacle y los mismos responsables de todo aquello, son ahora totalmente otros.

Catorce

¿Conque rayando tus cuadernitos, no? Pendejo…
pendejísimo… Quesque escribiendo y queyonoliago-
dañoanadie… Pinche pendejo… Mira lo que le hago
a tus cuadernitos, puto… ¿qué prefieres: alimento de
las llamas o tapadera de caño?… Mira, mejor la hacemos democrática: la mitad la echo yo mismo en la
letrina o dejo algunas hojitas sueltas para que se limpien con ellas los demás detenidos y la otra mitad la
quemas tú mismo… Ándale, putito… ¿no que muy
salsa heroica?… Pa' mí que eres puto… Putón… y
llórale, cabrón, que de aquí no sales hasta que te tenga bien madreado, pendejo… pinche pendejísimo…
de cagada… de veras: se necesita ser pendejo, manito… ¿quién te manda? A ver, a ver… ¿quién manda,
güey? Yo soy tu padre y aquí te chingas, pinchemari-
ca jodido… si de veras, se necesita mucha pendejez…
Con que le querías salvar el honor a la señorita, ¿no? Y
te pusiste con Sansón a las patadas… Si el Jefe quería
meterla en cintura, es cosa de ellos ¡pendejo! Y no pa'
que un pinche maricón de suéter negro y botitas de
tacón se meta de metiche… Y conste que te lo advir-
tió el Jefe y ai vas de cabrón… si de veras te digo que
eres pendex… pero aquí te va quedar claro quién es
tu padre, hijo de la chingada… y no lo vas a volver a
intentar y no te la vas a acabar y ni te vas a enterar, pinche ojete lilo de mierda… ¡Agáchate, cabrón!… Así

me gusta, lila, que te resistas… ¡Agárramelo, Tacuba!
¡Que no se menee tanto! … … … Ándele nena, pinche angelita… ¿Verdá que sí? ¿Verdá que sí? ¿Quiú-
bole, mi reina? ¿A poco no? Así, así… gritándole…
gritándome que soy tu padre y al ratito te presento a
tus tíos, pendejo… Y no creas que te libras de otros
buenos chingadazos, pinche metiche de mierda… Si
cuando el Jefe quiere poner orden, donde sea, no se
mete nadie… NADIE, ¿me entiendes, muñeca? Pinche
Ángelita chismosa… seguro que hasta te crees que
tenías alas, ¿no pendejo?… Le hubieras visto la jeta,
pinche Tacuba… No mames, en cuanto el Jefe dio
la voz de alarma y que nos le vamos encima… ¡Pinche susto! ¿Verdá, güey? Seguro te cagaste, cabrón…
y ahora vas a ver cómo vas a cagar, pinche putito…
por andarte metiendo donde no te llaman… por andar haciéndole al héroe… para que te lo sepas, pinche
escoria: esa vieja ya van tres veces que se la madrea
el Jefe en restaurantes y me consta que le fascina a
la muy pinche perra… ¡Ah, pero tenías que apare-
certe!… ¡Ey, Tacuba: ¿te quieres cagar de la risa?…
pos que le llego corriendo pa' soltarle el primer patín
y que le oigo decir, aquí al pendejísimo, que le dice
a la nena del Jefe "Yo soy el ángel y basta ya de abusos"… ¡Hazme el chingao y mamón favor! ¡Levántalo
y límpialo, que todavía le voy a dar otra pasadita! …
… … … ¡No mames, pinches mames! No me vayas
a salir con un desmayo, mi reina… a ver… a ver…
¿quién es su papi?… ¿quén la quere?… Llora, mama-
cita, pero no te me desmayes que te levanto con un
tehuacanazo en la nariz… Pinche Tacuba, ¿qué no te
digo que lo levantes? Pinche trapo ni pesa nada… ni
aprietas nada, nena y eso que te la dabas de muy ca-

brón, ¿no?... Ay, mi ángel... aquí tú papá... aquí tu papi, pendejo... ¡Mírame a los ojos! ¡Agárrale la jeta! A ver... a ver... otro besito, putito... pinche pielecita tersa... pinches nalguitas... ¿de quén chon, mami? A ver mi Tacubo, colócamelo en la silla... A ver mi héroe, ¿qué tanto escribes en tus cuadernitos, mi Rey? Puras letritas, ¿verdá? Y mira cómo se van rompiendo, putis... para que se limpien la cola los verdaderos reos... A ver: ¿cómo escribes una carcajada, pendejo? A ver: imagínate esto... Ja-ja-ja-ja-ja-ja-ja... ¡no mames, mai! Juntaste letrita tras letrita para que la lean las nalgas de un homicida o el escroto de un violador, ¿qué te parece, mi poeta?... Ándele mi musita, ¿en qué quedamos? Ora usté va ayudarme a quemar la otra mitad de su cuadernito... Ándale mi nena, no sea malita... ¡Porque soy tu padre, pendejo!... ¡Deténmelo, Tacuba! Éste no aguanta ya más de tres patadas, pero vas a ver de cuáles le coloco al hijo de la chingada ... ...

¡Tacuba! Échale agua a este pendejo... ponlo solo... hazme caso, pinche Tacuba... que se quede en la celda de allá atrás y en cuanto veas que se recupera me lo mandas de regreso... Le va a dar salida el comandante Bondojo... Échale agua y ya llévatelo... ¡pícale, pinche Tacuba! Ya me están entrando ganas de darle otra pasada... ¡Que te lo lleves!... ¿De qué te ríes, pinche Tacuba? Deja de reírte cabrón, o a ti también te doy tu recetita, pendejo... ... ...

… … … … … … … … … … … … … … … …
… … … … … …

¡Qué mal lo dejaron, joven! ¿Dice que todo
esto fue de aquí? ¿Que fue anoche? Imposible, joven… Usted tiene por lo menos tres días aquí… Lo
dejamos dormir porque lo vimos muy jodido… Yo
tengo informes de que usté llegó ya bien madreado…
cuando lo trajeron… pues perdón por la confusión…
aquí tengo yo escrito que lo habían levantado de una
pelea en vía pública… ¿Qué me está diciendo? Eso es
muy grave, joven y, si me permite, no le conviene hacer acusaciones de ésas, y mucho menos aquí… No
me levante falsos… A todas luces, falsos… Aquí todos
andamos uniformados y debidamente identificados…
¿se siente usté bien? Digo, ponga en orden su desmadre, joven… Es imposible que usté haya recibido abusos de ningún tipo en estas instalaciones, y mucho
menos de parte del tipo de animales que me dice… y
además, sin uniforme… No, si los chismes cunden y
luego-luego todo el mundo se la cree de que seguimos
en jungla sin ley… eso era antes, joven… por favor,
mejor serénese… tranquilo y yo mismo puedo firmar
su salida… comandante Ismael Bondojo, para servir-
le… ya ve: no tengo por qué ocultarle mi nombre
ni mi rango… y si quiere complicar más cosas, pues
levantamos un acta y habrá que esperar entonces…
Pero si lo que quiere es ya llevársela calmadita, serénese… Es altamente lamentable… ¿cómo le podría decir…?, es reprobable lo que me cuenta, pero créame
que aquí llevo años de experiencia, joven, y lo que usted quiere ahora decirme como su recuento de hechos
no puede menos que ser una alucinación… es más,
pa mí que es producto de la misma madriza que se

aventó usté en la calle… y conste, joven, que aquí no estamos investigando ni interrogando… no nos interesa saber los pormenores del pleito… usté fue traído y, es más, rescatado quizá de algo peor… de acuerdo, hubo confusión… pues hay confusiones a cada rato y ¿qué quiere que haga? Que le diga que sí a todo y que nos inventemos juntos el cuento de que aquí lo violaron y golpearon unos sujetos vestidos de civil, pero ¡por favor! Imagínese dónde quedo yo… y en dónde quedamos todos… No, joven, yo soy, y le repito, el comandante Ismael Bondojo… he salido en los periódicos, he participado en operativos trascendentales para el bienestar común y defensa de mi Patria, he luchado como nadie en la gesta contra el narcotráfico y en particular el narcomenudeo que azota a nuestras escuelas y ahora me va a salir con que yo salga con el cuento ése… Mire, joven… déjeme que le diga: el que se confunde es usté… y es lógico: se le ve clarito que ha pasado por una golpiza de aquéllas… lo entiendo perfectamente… escúcheme: no todo lo que dice la gente es cierto… no todo lo que se ve, es en realidad… Aquí está el oficio, y estos papeles no le mienten a nadie… Nomás firmo y listo… A su casa y mejor olvidarlo todo… Déjese de memorias… Ai'stá mi firma… entregue la copia en la reja de salida… ¡y a volar, paloma!

Urbanódulo

"Padeceré en la piel y en mis entrañas el urbanódulo de todos tus dolores y caricias. Urbanódulos clonados de las pústulas de tu asfalto y los baches de todas tus calles disparejas. Llevaré en la cara la cicatriz de los urbanódulos con los que han querido abatir mis alas y sembraré entre los silenciosos traidores el urbanódulo de su propio contagio. Urbanódulo el árbol que crece en el piso 14 de un edificio que nadie conoce y urbanódulos las macetas y jardineras que mudan de flores en los paseos y en las avenidas. Urbanódulos todos los vehículos abandonados y los carros oxidados que participan en tus desfiles. Urbanódulos de Urbanódulos las toneladas de comidas que llegan siempre de lejos, los millones de litros de leche provenientes de campos y granjas lejanas y los miles de millones de litros de agua con la que terminaremos muriendo de sed, ahogados en mierda.

Urbanódulos todos los ciegos, miopes, astigmáticos, daltónicos y estrábicos. Urbanódulos todos los diabéticos, obesos, hipertensos, bulímicos, famélicos, neurodermatíticos, hiperglucémicos, bipolares, neurasténicos, neuróticos, optimistas, alcohólicos, cocainómanos, codependientes, artríticos, somnolientos e insomnes. Urbanódulos los contribuyentes, evasores, ejemplares, notables, lúcidos, oligofrénicos, autistas, sordos, mudos, ambulantes, fijos, rampantes, fugados, identificados, extraditables, nacionalizados, naturalizados, exportables, importados, autóctonos, folclóricos, existenciales, bucólicos, perdidos y hallados.

Urbanódulos los bártulos y cachivaches, las letrinas y las golondrinas, los pardos pájaros sin nombre y los gorriones muertos, las chivas que bailan con gitanos, los osos perdidos de los circos, las vacas en manifestaciones agropecuarias, los mosquitos cíclicos de todos los calores. Urbanódulos tus hijos encontrados en la perdición, ciudad de urbanódulos constantes como pecas sobre tu manto de estrellas, como luces sobre tu pelo inmaculado, irrespirable. Urbanódulos que enredamos la trenza de todos tus días, la cabellera negra de tus madrugadas en flor, la espalda intacta de tus lagos sumergidos y el rostro maquillado de una reina que oculta sus urbanódulos para cantar un bolero satinado de la belleza inmaculada."

A. A.
Cuaderno olvidado en un taxi, 2006

Todas las páginas de los diarios se alimentan de criminalidades diversas y todas las programaciones diarias de los noticieros por televisión giran en torno a la exposición de diversas crueldades. Todas las opiniones más o menos coinciden en que no hay solución y no tenemos remedio.

Todas las amas de casa, madres de familia y abuelas entrañables abogan por el convencimiento de que no las hemos perdido de todas, todas. Todas las noches aparecen confirmaciones de que no se han agotado todas las alternativas disponibles y todos los días se llenan los escritorios con todas las posibles salidas.

Todas las calles llegan a celebrar aunque sea un solo día en que parecen la vía más hermosa del mundo y todas las colonias tienen su propia personalidad. Todas las ventanas se limpian y abren para probar, no siempre, aire fresco y luces claras. Todas las personas salvan sin saberlo al montón de gente.

Todas las injusticias y atropellos de los políticos están registrados en la memoria colectiva y todas las hazañas, heroicidades y ayudas quedan en el archivo compartido de los sentimientos. Todas las niñas de la Ciudad de México son bellas; absolutamente todas.

Todas las tareas pendientes, todas las faltas de asistencia, todas las salidas en grupo, todas las graduaciones y todas las calificaciones. Todas las actas, todas las promociones, todas las ofertas.

Todas las prostitutas prefieren ahora la venta por Internet, los salones cerrados, los antros y los *table-dance*. Casi todas las vestidas que dominan el mercado de la carne en la vía pública de la Ciudad de México están operadas. De todas las personas que se someten a la cirugía del cambio de sexo, cuarenta por ciento se arrepiente al poco tiempo. No todas.

Todas las actrices piensan seriamente en cirugías estéticas de todo tipo y todas las maravillas de la cirugía plástica conllevan el riesgo de la despersonalización. Todas las terapias de pareja aceptan con resignación inicial que no tendrían sentido de haberse fraguado alguna forma, aunque mínima, de la felicidad compartida.

Todas las historias de la Ciudad de México se entrelazan y desenvuelven sobre una trama infinita donde caben todas, y más. Todas las novelas sobre la Ciudad de México son legibles y respetables, verídicas e inverosímiles, increíbles y veraces, entrañables y perfectamente dispensables.

Todas las caras conforman un rostro. Todas las caras no necesariamente corresponden a todos los rostros. Todas las personas saben que llevan sobre la sombra treinta y tres fantasmas de gente muerta hace siglos. Todas las supersticiones corren el riesgo de volverse creencia y todas las conjeturas abonan la posibilidad de volverse verdades.

Quince

Si la cronología de esta novela intentara guardar fidelidad exacta con la cronometría precisa de los acontecimientos que aquí se narran, tanto el lector como el posible editor de estos párrafos tendrían que suspender la lectura durante quince o veinte días. El tiempo que más o menos tardó en recuperarse Ángel Anáhuac del peor naufragio de su aventura en vuelo. De hecho, no necesitamos de la ponderación de un crítico literario ni de la fulminante opinión del mejor de los guionistas cinematográficos para intuir que no bastan ni dos meses, si no es que dos años o dos vidas enteras, para que una víctima de las peores pesadillas pudiese afirmar su recuperación y si esta novela pretendiese ser leída como documental erizado de *realTV* con *extreme close-up* con cámara fija habría que insertar aquí la toma sin paneos ni *travelling* donde el lente se concentra fijamente en el rostro de Ángel Anáhuac mientras una voz profesional en *off* resuena con ecos electrónicos la ya sabida frase: *De un infierno... como el que vivió Ángel Anáhuac... No se recupera nunca... ningún ser humano.* Tamborazos de fondo, *fade-off* a negro, corte a comerciales.

Lo que sí consta es que toda la pesadilla que partió literalmente las alas de Ángel Anáhuac, si bien mitigó el tono atrevido, los descuidos y el desparpajo de sus lances, no logró caducar ni en el más mínimo ápice la convicción de sus vuelos. Más alerta y cuidadoso de las circunstancias que al principio de su novela, Angelito siguió interviniendo en auxilios menores y uno que otro salvamento significativo... prosiguió en su empeño por desvelar instantáneamente a cualesquiera transgresores de la calma colectiva y conforme recuperó confianzas (en gran parte aliviado por el afecto maloliente de Guadalupe Nochebuena, La Luna, La Magdalena y María del Socorro Nativitas), sabemos que el Angelito volvió a ejercer el magisterio de sus puños y la coreografía letal de sus patadas orientales, aunque también se sabe que ahora actuaba con una particular preocupación por hacer el bien del momento lo más lejos posible de la presencia de policías, soldados, uniformados o bien sujetos sospechosos de andar armados. Por lo mismo, consta que el Ángel Exterminador de Escoria Urbana cogió una irreversible aversión por cualesquiera agentes del llamado orden público. Un odio indeclinable que en más de una ocasión le hizo soñar que podría multiplicar la trascendencia de su heroísmo vengándose de cada una de las víctimas de siglos enteros con el consuetudinario, metódico y calculado proyecto de ir torturando, uno por uno, a cada uno de los policías, judiciales, guardaespaldas, sicarios y demás malevolentes que se le revelaban reptando por el asfalto urbano en cada uno de sus viajes justicieros. Con todo, por lo menos hasta este párrafo, no se sabe que el Héroe de las Sombras haya optado por tal locura, aunque consta en ciertas actas que sí tuvo a bien encerrar en el sauna Colonial a dos patrulleros que habían decidido enjabonarse al vapor en plena hora de servicio.

Con la desgarradora experiencia que había padecido Ángel Anáhuac —un horror que mereció raro capítulo aparte de esta novela, aunque breve en páginas—, deberíamos confirmar aquí que el Vengador Alado había probado de la peor manera posible la presencia innegable de la Injusticia. A partir de estas páginas le sería claro que la palabra Injusticia ya no sólo cubría la acepción cotidiana de las mujeres que no logran parar a un taxi aunque vayan apuradas y cargadas de bultos; Injusticia dejaba de ser únicamente la definición común ante las malditas burlas que acostumbran lanzar como dardos los niños en las escuelas contra compañeritos obesos, amanerados o niñas bizcas con lentes chuecos; Injusticia dejaba de aparecer en el diccionario mental de Ángel Anáhuac como exclusiva explicación a los abusos en los precios que remarcan a su antojo los comerciantes o en las tarifas estratosféricas de todos los teléfonos de México o en la descarada mansalva de los impuestos o en la imperdonable costumbre racista con la que se segrega constantemente a indígenas y desposeídos... Ahora, en la Enciclopedia Emocional del Ángel la palabra Injusticia se abría hacia horizontes mucho más amplios y contundentes: en particular, Angelito pasaba a ser de los habitantes de la ciudad, de esos ciudadanos específicos, que asumen de la manera más dolorosa la cualidad más enigmática que contiene toda forma de la Injusticia, eso que él mismo bautizó como "ecumenismo aleatorio" de no tan fácil explicación, aunque de generalizada confirmación. Según el Ángel, el "ecumenismo aleatorio" de la Injusticia consistía en desmenuzar el siguiente axioma o silogismo: es evidente que una golpiza propinada al margen, aunque al amparo, de la Ley es una Injusticia, y que las víctimas no tengan oportunidad ni reducto ante su desamparo es, evidentemente, una Injusticia. Pero de acuerdo con el criterio de "ecumenismo aleatorio", según el Ángel, es Injusticia Mayor y Mayúscula, Injusticia Magnífica y Monumental, Metrópolis y Mundial, la recurrente confirmación de que jamás padecerán Injusticia los verdaderos demonios del Mal, los auténticos sicarios de la muerte, los agentes policiales del desorden, los judiciales aliados al narcotráfico.

Conforme le pasaban los días sobre su cicatrizado cuerpo y más se le enredaban las ideas, Ángel Anáhuac llegó a confirmar en tertulias de cafetería, charlas de cantina y madrugadas de burdel que su definición enciclopédica de la Injusticia no era exclusivamente propiedad de su sentir. Son cientos y miles los que jamás accederán a tolerar o comprender el trato humanitario que se les dispensa a homicidas y violadores en los juzgados, las cárceles y la prensa; son miles y cientos los que jamás comprenderán y tolerarán la defensa de los derechos humanos de los pederastas, mataviejitas, envenenadores de asilos, caníbales poetas, asesinos de maestras en pleno patio escolar o descuartizadores de ancianos. El Ángel de las Causas Perdidas veía y escuchaba una progresiva sintonía de adrenalinas afines a su postulado del "ecumenismo aleatorio" y confirmaba a cada vuelta de la esquina el deseo popular y ancestral de "colgar de los testículos a los violadores de niños en el asta bandera del Zócalo", sin que mediara la racional cuadrícula de que tal recurso precisaría desatar todas las formas de convivencia y soltar las riendas de la barbarie... la misma barbarie que fermenta el concepto inicial de Injusticia. En

boca de Ángel, todas las jaurías ciudadanas enfureci-
das que se tomaban la justicia en propia mano —lin-
chando rateros en el acto, quemando vivos a policías
corruptos, etc.— no eran más que una ramificación
de la bilis amarga que envuelve al "ecumenismo aleatorio" de la Injusticia: en una megalópolis donde todos quedan expuestos a los infiernos del horror, no
deja de provocar envidia (y alivio solidario), intriga
(y confianza ciega) el hecho de que no TODOS son o
serán víctimas de la Injusticia... y en sus desvaríos,
cada vez menos inofensivos, Ángel Anáhuac ya andaba pontificando en voz alta, sea en cantinas o en los
churros o en la cafetería del hotel Guillow, frases por
demás enrevesadas del tipo "Todos los ángeles son víctimas, aunque algunos ángeles son más víctimas que
los demás".

Para cuando Angelito espetaba ese tipo de axio-
mas, es importante citar aquí la justa refutación que
le ofreció don Moisés Lomas, sobreviviente heroico del
campo de exterminio nazi llamado Auschwitz, mexicano desde hacía cinco décadas de incansable y encomiable trabajo y esfuerzo, hombre cabal y honesto que
—como lo predice la Cábala— no sabe ni está consciente de su condición de Justo, precisamente porque
vive su vida como debe y cree vivirla. Al escuchar una
mañana en el Café La Blanca que un hombre delga-
do y atlético, vestido de negro, lanzaba la frase de que
"Todos los ángeles somos víctimas, aunque algunos
son más víctimas que los demás", don Moisés se cal-
zó el sombrero como quien rindiera respetos ante un
templo y con la dulce mesura de una voz sabia le diri-
gió directamente al cerebro de Ángel el siguiente párrafo, más o menos textual, a la letra:

"Permítame que le diga unas palabras… Me llamo Lomas, no por la zona habitacional que ustedes imaginan, sino por una mala transcripción de mi apellido polaco cuando llegué de milagro a Ellis Island, al filo de la Estatua de la Libertad, en Manhattan… pero ésa es otra historia. Lo que quiero decir es lo siguiente: basta que uno solo ángel… uno solo ser humano sea víctima de cualquier horror… para que toda humanidad —buenos y malos juntos— seamos víctimas… y digo en serio, como dice la Escritura, que basta que uno solo hombre se proponga salvar la vida de uno solo prójimo para conocer que en realidad está salvando a humanidad entera."

Y en el silencio que dejaron sus palabras hubo emoción como de neblina e inclusive, ganas de aplaudir… pero al tiempo en que don Moisés Lomas se alejaba del Café La Blanca, no podemos negar aquí que en la mente del Ángel persistía una inevitable confusión de dicotomías. *¡¿Puede salvar su alma el verdugo que, cansado de matar, decide de pronto perdonar una vida?! ¡¿Podría la Ciudad resucitarse a sí misma a pesar de los siglos y siglos de su paulatina muerte?! ¡¿Podría alguien confundir mi apostolado del bien por alguna forma velada de la propia Injusticia?!*

En consecuencia directa, a Ángel Anáhuac le dio por amainar sus peligrosas filosofías y aceptar que sus aforismos o silogismos podrían ser no más que sofismas o puras pendejadas y, desacelerando el batido verbal de sus alas, el Angelito se resignó a la convicción de que le era absolutamente injusta la desproporción de sinsabores, abusos, maltratos, violaciones, robos, secuestros, extorsiones, calumnias, etc., ya no bajo el criterio combativo y confuso de que sólo a los

jodidos les va mal, o de que siempre les va peor a los
que menos culpas tienen, sino bajo la luminosa resignación de que toda forma de la Injusticia es impredecible, efectivamente aleatoria, ecuménica y universal
en tanto azota a cualquiera, sin distinción de clases,
ingresos, raza, religión o participación en la sociedad,
tal y tanto como puede azotar a cualquiera de nosotros... y a los demás, también.

Para contraste o confirmación de lo dicho, quizás el verdadero desenlace a la horrorosa pesadilla
que padeció Ángel Anáhuac —y, de paso, la posible
conclusión a sus enredos en materia de Injusticia—,
se manifestaron durante la madrugada de un nueve
de julio del año dosmilytantos, aniversario exacto de
sus vuelos. Como ya era su costumbre, Ángel Anáhuac buscaba solaz y serenidades variadas en el calor
en coro de Guadalupe Nochebuena, la Luna, la Magdalena y María del Socorro Nativitas. La madrugada
que nos ocupa a partir de este párrafo es la escenografía inexplicable en la que el Angelito supo contener
sus iras heroicas (en mucho debido al freno emocional que logró transmitirle la Magdalena, con rítmicas
caricias sobre su cabellera negra). Es de subrayarse el
hecho: tres clientes intempestivos, en evidente estado
de cocaínas desbordadas, haciendo alardes innecesa-
rios de prepotencias se instalaron en una mesa del Obsidiana, demandando viandas de caviar y botellas de
champán como si supieran que insultaban la propia
bajeza del tugurio. En el Obsidiana jamás se ha visto
champán alguno y mucho menos caviar de cualquier
lata. Con alaridos constantes y continuas procacida-
des, que incluso sonaban incómodas en pleno epicentro de un burdel de mala muerte, el trío de nefastas

monstruosidades demandaba músicas, mariachis, luces y más luces precisamente en un tugurio de sem-
piterna medialuz, mínimas bocinas condenadas a la
reproducción eterna de boleros nulos y la tradicional
total ausencia de mariachis.

Ángel —acurrucado en el seno de la Magdalena— dejaba pasar el huracán insólito y, aunque
parecía que Lupe Nochebuena le hacía guiños para
despertar en él su alma heroica y alada, de Vengador
Nocturno, consta que Ángel Anáhuac se mantuvo incólume, ajeno e incluso distanciado del trío infernal.
A la postre, se supo que se trataba nada menos que
de la Merced, el Jamaica y el Sonora, hacedores de
uno de los más ingeniosos fraudes o robos en la historia de la Ciudad de México, connotados distribuidores
de todo tipo de psicotrópicos en el exclusivo mercado
parvulario de nivel pre-escolar y kindergarden, rateros legendarios de cajeros automáticos, famosos asal-
tantes de toda línea de microbuses y demás joyas de
un palmarés de delincuencia notable, cuya leyenda
en realidad se debía única y exclusivamente a la fama
y azoro que habían acumulado con el mencionado
superrobo del infinito ingenio. Que otros acumulen
resonancias con atracos comunes o en el desfilade-
ro infrahumano de los secuestros que acostumbran
cercenar partes del secuestrado a manera de bono de
garantía, pues es cosa que a el Jamaica, el Sonora y
su inseparable madrina la Merced tenían sin cuidado; ellos se propusieron un robo inusual, basado en
la picaresca siniestra de su ingenio, y gozaban —con
alaridos en cocaína y demandas de champán— al saberse protagonistas de un abuso, al parecer insuperado, actores principales de un guión real que ha sido

premiado con la elevación chismosa y popular al nivel de "leyenda urbana".

El aura de intocables en el mundo del hampa y su majadera fama legendaria se debe a que una mañana anónima de los últimos años del siglo pasado, al filo del nuevo milenio, la Merced, el Jamaica y el Sonora... hartos del tedio de sus desmanes, aburridos de la repetitiva manera de sus atracos y quizá ansiosos por descubrirle nuevas formas a su adrenalina delictiva, decidieron —a tono con lo posmoderno y el ánimo generalizado de la llamada calidad total— buscar nuevas e ingeniosas formas en su ejercicio del Mal. Se dice que fue la Merced quien tuvo la ocurrencia de seguir un vehículo de lujo, que circulaba despreocupadamente por las calles del Zócalo, y que sobre la marcha, entre los tres, fueron delineando la perfección de su estrategia: el auto en cuestión era un Ferrari Testarossa del año (luego, la prensa reveló que era la primera vuelta que el dueño del vehículo se había animado a darle a la Ciudad) y, gracias a que el bólido mantuvo una cómoda velocidad de crucero, los Tres Chiflados a bordo de un decrépito Volkswagen pudieron seguirlo sin muchos aceleramientos durante su recorrido por el Centro Histórico, para luego enfilar tras el rojo milagro a lo largo de todo el Paseo de la Reforma y subir hacia la lujosa zona residencial de Santa Fe. Manteniendo una discreta distancia, que lo mismo les permitía pasar desapercibidos que pulir el diseño de su ingeniosa maldad, el Vocho de los Tres Chiflados se detuvo a quince metros de la puerta automática por donde vieron entrar, flamante e imperial, el Ferrari Testarossa del año en cuestión.

Tocó entonces a la Merced apearse del Vocho (mientras el Jamaica se mantenía al volante y El Sonora al ojo avizor) y con notable discreción anotar la dirección exacta, código postal incluido, de la portentosa residencia donde se acababa de guardar el millonario Ferrari. Acto seguido, el Jamaica enfiló directamente a las oficinas del rotativo *Milenio* y en compañía de sus compinches redactó el siguiente anuncio a publicarse en tamaño media plana:

> VENDO
> FERRARI TESTAROSSA 1992
> $2,000.00 U.S. Dollars
> (Dos Mil Dólares)
> Emergencia personal
> (Sólo pago en efectivo)
> Única oportunidad
> Teléfono: 0445550684897

Aunque el gentil dependiente de la Sección Anuncios Clasificados del rotativo *Milenio* tuvo a bien corregir alguna falta de ortografía, consta que no reparó ni le llamó la atención la descabellada veracidad de la oferta que, además, siendo idea del Jamaica, tampoco entendían del todo bien los otros dos Chiflados. Acto seguido, los Tres Mareados se dirigieron al distinguido Salón Victoria y empezaron a escanciar las mieles etílicas de lo que ya celebraban como el atraco del siglo. (Entre paréntesis) hay que anotar que la media plana del rotativo, de por sí cara, salió aún más costosa por el tipo y cantidad de letras que eligió el mofletudo Jamaica, quien además insistió en que FERRARI TESTARROSA 1992 y Única oportunidad aparecieran impresos en tinta roja. Lo pagaron con los ahorros acumulados por la gran venta de autoestéreos y medio kilo de heroína falsa, cuyos réditos cargaba la Merced en un morral de Oaxaca.

Lograda la borrachera deseada y subidos en la montaña rusa cocainómana, ese sube y baja de ebriedades en trío, la Merced, el Sonora y el Jamaica esperaron en la madrugada siguiente la salida del horno de los primeros ejemplares del rotativo *Milenio* y, una vez confirmada la publicación de su anuncio, se dirigieron sin prisas a la zona de Santa Fe, mismísima puerta de la residencia de lujo donde dormía su Ferrari. Cabe señalar que, en el trayecto, sonó el telefonillo celular de el Jamaica donde se escuchó como jingle de millonarios la voz incrédula de algún desmañanado lector (quizá incluso alguien muy allegado al periódico, pues de lo contrario no se explica la temprana hora de esa primera llamada) que preguntaba atónito ¿Es en serio lo del anuncio? ¿Me puede dar la dirección para verlo en persona? ¿Habría inconveniente si me acompaña mi abogado? ¿Tenemos todos los papeles en orden?… a lo que el Jamaicón respondía con melosa voz de millonario advenedizo que *Sí, claro; la dirección es (…), pero le ruego que me permita un tiempo para bañarme, vestirme y desayunar*; *Ningún inconveniente en lo absoluto* y *Claro, tenemos todos los papeles en orden.*

Con calculada parsimonia, fue el Sonora quien llamó a la puerta (quizá por ser el de aspecto físico más presentable y más, después de la borrachera que traían) y ante la sorpresa de la sirvienta que acudió a la puerta, aún sin amanecer, le mostró bajo la elegante farola del portón el anuncio a todo color (o dos colores) que cubría la media plana del periódico del día y la exhortó a que despertara a su patrón, llevándole el diario para más señas.

Al bajar y abrir la puerta el muy confundido incauto, le salieron como Reyes Magos en Posada Borracha el Jamaica, la Merced y el Sonora, con tres pistolas dignas del viejo Clint Eastwood que no tuvieron que fardar demasiado para que sirvieran de entrada a la mansión e inauguración de su fiesta delictiva: salvo a las dos sirvientas (a quienes pidieron la elaboración de un desayuno abundante), dos perros insignificantes y una niña de brazos, los Tres Chiflados amarraron personalmente al dueño del Ferrari, su delicada esposa y dos varones gemelos... ¿Que porque no tomaban las llaves del bólido y se largaban de una vez por todas? ¡Ah, aquí la sustancia que los convierte en leyenda urbana! Simplemente porque se apoltronaron en la sala de la mansión, recibiendo cada diez o quince o incluso cinco minutos llamadas incrédulas de compradores potenciales, mismos que fueron citando al hangar del Ferrari y conforme llegaban ataban también de pies y manos, hasta que al filo dc las tres de la tarde el Sonora tuvo la ocurrencia adicional de mandar llamar al infalible Pedro de los Pinos (considerado santo entre los miembros del gremio de robos en casa-habitación por su inmaculado historial en atracos con mudanza). San Pedro de los Pinos llegó a la mansión de Santa Fe alrededor de las cuatro de la tarde, y con una discreta flotilla de tamemes silenciosos se encargó de vaciar la casa: electrodomésticos, televisiones, computadoras, lámparas, relojes, joyas, ropa, zapatos, batería de cocina y batería musical de los gemelos, cuadros al óleo y acuarelas, seis alfombras, trece tapetes persas, dos mesitas de caoba, adornos varios y, por pura hambre, cuatro cajas de cereal que tomaron los tamemes de la alacena. Todo ante las miradas atónitas y suplicantes del dueño del Ferrari, su familia y los treinta y dos ingenuos dizque compradores del bólido rojo que, siguiendo las instrucciones que habían recibido por teléfono, se habían ido presentando en la mansión de Santa Fe con sus respectivos dos mil dólares en efectivo...

Así que aquella madrugada en el Obsidiana, Ángel Anáhuac tuvo que contener sus ímpetus de redentor de justicias ante la presencia física aunque increíble de la Merced, el Sonora y el Jamaica, protagonistas del legendario robo urbano: sesenta y cuatro mil dólares en efectivo, todo un hogar en mudanza completa y, de pilón, la despedida emocionada —sin haber herido a nadie— al volante del flamante Ferrari Testarossa 1992 que esa misma tarde vendió el Sonora por la módica cantidad de medio millón de dólares.

Dedicábamos este capítulo al tema de la Injusticia y abríamos con la mención de la enrevesada filosofía que profesaba Ángel Anáhuac en torno al tema, luego de haber sufrido en carne propia uno de los horrores más execrables que pudieran imaginarse dentro del decurso de esta novela y uno se pregunta aquí, al filo de no sé qué página de sus vuelos, ¿cómo era posible que aquella madrugada en el Obsidiana se mantuviera en calma el Ángel Otrora Imbatible? ¿Sería posible que estemos ya ante un derrotado libertario que ha decidido describir sus propios párrafos? ¿Será que el calor de la Magdalena realmente sofocase la atrevida urgencia por imponer el bien?

Al final y en conclusión, que cada lector determine la interpretación que más le guste, pues se sabe que al filo de las cinco de la madrugada del nueve de julio de dosmilytantos, aniversario exacto del primer vuelo de Ángel Anáhuac, la Merced, el Sonora y el Jamaica murieron acribillados a siete metros de la puerta principal del Obsidiana, sorprendidos en medio de la refriega entre dos pelotones de narcotraficantes y pandilleros de Tijuana, de paso por la Ciudad de México, que nada tenían que ver ni jamás habían oído hablar de la ridícula leyenda urbana sobre la que fincaban su fama los Tres Chiflados ya ensangrentados, descoyuntados por las ráfagas, más que bien muertos... sin que a la fecha se sepa el refugio exacto donde podrían haber guardado la insolente fortuna que supuestamente habían logrado a base de ingenio y sutil delincuencia.

Desde la cama de la Nochebuena, como si hubiera predicho el ajusticiamiento involuntario y quizá creyéndose dueño de insólitos poderes de telequinesia, Ángel Anáhuac no hacía más que sonreír... y de plano, soltar la carcajada cuando su musa sudorosa remataba la escena con un suspiro y la muy ignorante afirmación de que *Mira cómo son las cosas... De que tenían pinta de maleantes, ni qué decir, ¿verdá?... De que andaban desatados, pus ni modo... Hasta tú les tuviste paciencia, mi vida... Pero salir a la madrugada, y sin deberla ni temerla, caerse muertos como pinches perros... ¿No te parece una injusticia?*

Hipocresillas

"Hipocresilla el mancillado asiento del presidente de la República y cada una de las curules inútiles de tus trescientos diputados y cien senadores. Hipocresillas las bancas de los parques donde se revela un engaño o se revela un secreto y las últimas filas de los cines que muestran una traición en pantalla. Hipocresillas en la nevería y en la paletería donde los novios se pierden en un silencio y en las cafeterías donde el machismo es incapaz de reconocer su homosexualidad. Hipocresillas en las taquerías que venden al pastor la carne de perros perdidos y en los lujosos restaurantes que no saben ya qué hacer con tanta cucaracha. Hipocresillas en los tribunales y juzgados, en la Suprema Corte de Justicia, aunque las acomoden en círculos francos. Hipocresilla donde se sienta el locutor que no sabe si dar la noticia tal cual u opinar constantemente sobre los hechos e hipocresilla la del maestro que se vuelve a presentar ante sus alumnos en perfecto estado de ebriedad perdida. Hipocresilla la del peluquero que no confiere al cliente la revelación de un sangrado tras la oreja e hipocresilla la del salón de belleza que, por más que le buscan, no habrá manera de embellecer la fealdad asidua.

Hipocresillas, las de cemento de la Plaza México y las de lámina en el Estadio Azteca donde millones de aficionados sobreviven convencidos de que somos un país de campeonato mundial y las de madera en los templos viejos donde se reúnen todos los días las dementes hipnotizadas por jaculatorias recurrentes. Hipocresilla la banca del Paseo de la Reforma donde contemplo la prostituida imagen en bronce de una musa que fue mi novia e hipocresilla la del conductor de microbús con cocaína que acelera endiabladamente creyendo que cumple una honesta función. Hipocresilla la giratoria del médico que exagera los síntomas y confiesa posibles consecuencias terribles para que su enfermo se someta sin necesidad a una cirugía costosísima e hipocresilla la del delincuente que sopesa un nuevo atraco mientras finge leer absorto un viejo cómic. Hipocresilla la del tendero que vende leche podrida y la banca del relojero que se roba piezas de mecanismos finitos y la ergonómica de la secretaria que jamás cumple con su deber y la anatómica del dentista que perfora muelas sin piedad donde jamás hubo caries y la posmoderna del intelectual que afirma haber leído todos los libros del mundo y la clásica en madera con cuero del banquero millonario que confiesa vivir preocupado por los pobres y la de plástico de colores en neón donde un empresario advierte que su empeño se reduce a combatir el hambre y las enfermedades. Todos tus hijos, madre Ciudad, de todos los giros y niveles, de todos los puntos cardinales, estamos dispuestos a sentarnos en la mentira más cómoda, en riesgo de apoltronarnos sobre el engaño que nos venga más a modo, en peligro de petrificarnos... sentados todos en hipocresillas."

A. A.
Cuaderno olvidado en un taxi, 2006

No lo sé, pero creo que en ninguna otra ciudad del mundo se palpan, como en ésta, las almas de las gentes que la habitan por las fachadas de las casas, por la decoración de las paredes, por la disposición de las ventanas y puertas, y por el aspecto, en fin, que no es sólo físico, de los barrios. Por eso parece natural la desorientación arquitectónica, porque es una desorientación espiritual.

En defensa de lo usado,
Salvador Novo

Algunas mujeres enloquecen literalmente por obra y desgracia de algunos hombres necios y algunas mujeres se vuelven presencias tan potentes que convierten en niñas a sus hijos y algunas mujeres se quedan solas para siempre.

Algunas noches no son más que femeninas en sí mismas y algunas mañanas, masculinas, parecen renegar de su feminidad. Algunas calles son señoritas y algunas avenidas parecen señoras avejentadas.

Algunas amas de casa se disfrazan por las noches de cupletistas y algunas niñas-bien fingen convertirse en prostitutillas de preparatoria y algunas meretrices de veras son auténticas damas de la decencia.

Algunas canciones del repertorio clásico mexicano se pegan en la memoria como sonsonete perenne y algunas partes de las mejores óperas de Verdi parecen cantarse en las millones de voces de mexicanos que se enredan en el tráfico de algunas ciudades.

Algunas librerías insisten en vender libros y algunas escuelas siguen premiando a los alumnos que leen por encima de los millones que memorizan y algunas ediciones de grandes novelas salen al mercado con pliegos en blanco, páginas que faltan, párrafos perdidos.

Algunas brujas aseguran que la Ciudad de México dejó de existir hace cuatro lustros y que lo que

238

vivimos no es más que la larga pesadilla hecha sueño apacible de un viejo indígena encerrado en una
cueva. Algunas profecías señalan que la Ciudad de
México hizo voto de silencio junto con el indio Juan
Diego, en cuanto lo confinaron a la celda eterna en el
convento de Santiago Tlatelolco.

Algunas corridas de toros son memorables y
algunas jugadas que se han realizado en el Estadio
Azteca son realmente de nivel universal y algunas
personas recuerdan la gloria del pasado beisbolero de
la Ciudad de los Palacios y algunas memorias jamás
olvidarán los tiempos en que no había boxeador que
no viniera a México a defender su título y algunas tri-
bunas vacías aún resuenan con los gritos de millones
de aficionados muertos.

Algunas mujeres abusaron de la situación de
emergencia y desahucio que se vivió con el Gran Terremoto de 1985 y algunas mujeres pusieron en su lugar a los militares y pedestres que querían robarle sus
pertenencias a los damnificados y algunas madres jamás podrán olvidar que sus hijos nacieron en pleno
temblor y fueron rescatados bajo toneladas de cemento y hierros retorcidos.

Algunas mujeres son la encarnación de *Lady
Madonna* con dieciséis niños a sus pies y algunas
monjas son la fiel representación en la Tierra de la
Madre de Dios y algunas niñas muestran en su rostro
la cara que llevarán de adultas y algunas locas traves-
tidas fueron en su momento los hombres que mejor
cumplían con la letra del Himno Nacional, dispuestos a cualquier heroicidad, aunque sólo se les recono-
cieran algunas.

Dieciséis

El más bajo de los instintos podría revelarse entre los pliegues de una locura insalvable, e incluso el psicoanalista de muy baja estatura o el psiquiatra más enano de todo el mundo podrían diagnosticar que una demencia silente y solitaria, aun siendo en apariencia inofensiva, está condenada a terminar en un estruendoso cataclismo. Incluso, tal debacle —y más si pretende ser literaria— pasará desapercibida y silente. Tan silenciosa como la progresiva locura que puede enredarse entre las alas de un ángel.

—Perdón... perdón interrupción, pero quisiera hablar de nuevo —dice don Moisés Lomàsz, sobreviviente del Holocausto, exiliado en México que, por error de la Aduana en Ellis Island, cambió la escritura de su apellido...

—... y que por error de novelista, sólo aparecía fugazmente en párrafo anterior, no sé bien página. Perdón escritor... y perdón lector. Quiero decir que no quedaba contento con haber aparecido aquí solo solamente como profeta de la explicación de Justos... en realidad, hay más para hablar del Ángel Anáhuac... Conozco mal a personaje... Más personaje que persona... Personaje de espectro, ¿no es así?... En realidad, conozco porque trabajó o ayudó a uno de mis empleados y creo sería importante que se oiga la voz de él aquí... para mejor perfil del Ángel... y que novela no sea sólo un hilo de disquisiciones sobre bondad, piedad etcétera… ¿perdona?

Tiene toda la razón. Amalio Roma ha trabajado durante casi treinta años en diferentes empresas de don Moisés Lomàsz y debería manifestarse cuanto antes. Es de los testigos que faltan, el que quizá mejores perfiles le conoció al Angelito y, de hecho, de los pocos transeúntes que intentaron disuadirlo completamente de sus desvaríos. Amelio tenía que aparecer en este libro tarde o temprano y agradezco de veras que don Moisés (en razón de aparecer él mismo en otro párrafo) haya tenido a bien interrumpir este capítulo con su sugerencia.

—Y yo agradezco la oportunidad y me presento: me llamo Amalio Roma, tengo cincuenta y cinco años… Desde hace más o menos treinta años trabajo con don Moisés y eso me ha permitido hacerme muy cercano a su familia, conocer Israel y muchas otras cosas bonitas… Digamos que soy de su confianza… Cuando el Ángel llegó a la farmacia a pedir trabajo, don Moisés como que me lo encargó, pues como quien dice, yo de confianza me hago guía y como si fuera juez para ver si los nuevos que llegan no salen con intenciones chuecas… Si me permite, aprovechando el espacio, quiero decirle que me llamo Amalio porque mi abuela paterna fue quien se llamó Amalio… Es que en la Revolución hubo contingentes que no dejaban pelear a las mujeres y mi abuela se disfrazó de hombre, porque lo que ella quería era matar pelones, de plano como quien dice, portar fusil, y no es que se hubiera ido con la bola como Adelita… O sea, que lo que quiero decir es que mi abuela Amalio peleó como los machos y una tradición en mi familia es jugar precisamente con los nombres, ¿me entiende? Mire: yo tengo un hijo Yolando y mi primo (que se llama Estelo) acaba de bautizar a su Amelio, que es casi mi tocayo... pero, bueno, lo que quiero decirle es que mi familia y yo tenemos, ¿cómo le dijera?, un instinto para desvestir disfraces... Aquí le falta decir en su novela, y eso que no la he leído toda, pero don Moisés dice que va muy avanzada, es que el Ángel no es que anduviera disfrazado, pero su aspecto de entrada se insinuaba como raro... Aquí llegó con eso del suéter negro de cuello de tortuga y los pantalones negros que parecían de cuero y los guantes negros de ciclista, de los que tienen los dedos cortados, y lo que le digo es que quizá a don Moisés le dio mala espina y que por eso me lo encomendó especialmente... Pero yo desde un principio, y eso es lo que quiero que usted meta aquí, no es que le haya visto la pinta de maldad... Al contrario, el Angelito era el más dispuesto siempre para ponerse las chingas, con perdón, de la chamba y siempre andaba atento a los problemas que platicábamos los compas y luego nos contaba de cuando le ayudó a una viejita con lo de su bolsa o de la vez que le salvó la vida a un señor en el Metro... Lo que le digo es que, si me permite y por eso le mencionaba lo de mi nombre que viene de mi abuela, es que yo lo vi con amaneramientos... A ver si me entiende o si me doy a entender... No es que en las empresas de don Moisés seamos anti-nada, ¿me entiende?... Lo que pasa es que el Angelito empezó con unas actitudes que mejor le harían trabajar con las secretarias o disfrazarse él mismo de secretaria, pero no andar allí entre nosotros, cargando las cajas y preparando las entregas de todos los días... la chinga de la chamba, con perdón. Pero se conoce que hasta él mismo se sintió, ¿cómo le dijera…? Incómodo… incómodo consigo mismo, porque le dio un día, así de pronto, por pellizcarle la nalga a un compañero… y tuve que intervenir, porque la cosa se pasaba de mera broma, ¿me entiende? Y claramente como que se veía la incomodidad… se puso a sudar el Angelito y se disculpaba con unos nervios que jamás le habíamos calado… y todo se lo digo porque, ya como le dije, yo y mi familia sabemos detectar muy bien esas cosas… Digo que a mi abuela Amalio jamás la cacharon de andar de hombre en la Revolución y eso que el propio Pancho Villa le llegó a encargar no sé qué mandados… Le pudo haber encargado otras cosas, ¿me entiende?… y perdóneme que me ría, pero el caso es que yo le vi pinta al Angelito de que andaba indefinido, ¿cómo le dijera?, es decir como raro y entonces mentaba mucho que a él le gustaba ir a dormir con unas güilas en un antro y que si se había ligado a una chavita cuando andaba en la UNAM y… pero le exageraba, ¿me entiende? Y pa'mí que así de vista pues era de los que no se verían mal si fueran mujeres… por aquello de los disfraces…

Quizá habrá que añadir entonces que Amalio Roma era amigo, o por lo menos testigo recurrente, de los rounds etílicos de Tony Tlalpan en la cantina El Nivel y que precisamente en ese foro del saber se discutía, con subida vehemencia, sobre los disfraces posibles del Ángel, en cuanto el Exterminador Anónimo se volvió más asiduo al bebedero. En algún jueves anónimo consta que Avelino del Bosque, taxista jubilado, había dicho que si de veras alguien se quería declarar la reencarnación del Ángel de la Independencia tendría que "ponerse tetas... si está clarito... clarito se ve que se trata de mujer", a lo que José Luis Lindavista, funcionario disfuncional de la burocracia mexicana, centró el debate en los siguientes términos:

—No me vengan ahora con una discusión de ésas... Parece mentira... en plenas vísperas del Bicentenario de nuestra Independencia... vísperas del Centenario de nuestra gloriosa Revolución... pleno siglo XXI y me salgan con una discusión bizantina... Nomás deja que llegue el Chaparro Pedregal y ponemos la discusión en términos freudianos... pero ¡no mamen! Y dejen aquí en paz al buen Ángel...

Angelote, le decía en ese momento Tony Tlalpan y sería quizá mejor literatura urbana consignar aquí los muchos párrafos que se le concedieron al tema del Ángel como icono hermafrodita del alma nacional, andrógino celestial, "la loquita que nos sobrevuela y eso noseloquita nadie"... pero lo cierto es que, en tanto no llegaba el diminuto psicoanalista Pedregal, el famoso Pedro Aragón se hizo de la voz y desvió totalmente el decurso de la tertulia. Al fondo, un trío de desangelados guitarristas intentaba honrar al fantasma de Chava Flores con la vidriosa pero atinada interpretación de aquella que dice: *Ángel no es, Ángela sí es la que se quiere aquí en la aduana establecer; y si la Diana viene, aquí ropa tiene pa' que no se apene de vivir a ráiz...* En vez de seguirle al tema de que el Ángel es en realidad una Ángela, o de que el símbolo fálico de la Columna es una rara manera de "festejos futboleros donde siempre terminan por atorarnos", Aragón —como si volviese a ocupar el centro de las pistas de su extinto Circo de Tres Estrellas— tomó la voz y soltó la siguiente perorata:

—¡Señores y señoras (si es que las hay presentes)! ¡Niños y niñas! Pasen y vean, sobre todo, escuchen lo que la magia tiene para ustedes: lo que yo digo es que si andas llenando cuadernitos con lo que podría ser una novela sobre la Ciudad de México... estás colgado allá arriba, como los Hermanos Templanza, listo para dar el triple salto mortal, sin red... Escúcheme, mi ángel... yo no sé bien de qué chingados andas escribiendo en tus cuadernitos, pero si ha de ser novela, aprende de los clásicos, chingá: que sea un pinche coro, una narrativa coral, donde hablemos todos, absolutamente todos los veintidós millones de ángeles que te preceden, cabrón y en vez de darle vueltas al sexo de los ángeles, piensa en este circo mi buen: entre fieras indomables, allí metemos el cráneo entre sus fauces... entre changos y changuitas nos divertimos... los payasos tomaron el poder y ni modo, ¿pero qué me dices de los dromedarios y los perritos amaestrados, los elefantes y la cebra que nos alegran el tráfico de todos los días?... Métete en la cabeza que una novela sobre esta pinche ciudad no puede menos que ser una historia del circo... Y ya puestos en la metáfora, te lo digo de corazón, yo siempre he pensado que el monumento al Ángel hubiera quedado mucho mejor si le añadieran un uniciclo gigantesco, así igual de oro, en vez de la pinche columna, que no mames...

—¡Sumo gusto! —intervino, como siempre Joaquín Balbuena, que se había vuelto ya parroquiano de El Nivel, ante el naufragio de sus desayunos en el Sanborns de los Azulejos—. Digo, lo digo por aquello del placer que me da verles y por lo de la columna que has destrozado mi admirado Aragón. ¿De qué va la cátedra de hoy? En ese caso, permítanme opinar: Pinche Angelito, ¿conque escribiendo una novela?, ¿no que chambeabas en la funeraria? ¡Ah, pos qué sorpresas te da la vida! Salvo que alguien tenga mejor contradicción, yo digo entonces que la novela del Ángel, la única novela posible que sobrevuele las almas de la Ciudad de México, tiene que ser forzosamente una novela del aire... ¿Me entienden? Nada menos que la novela de los aires... empezando con la pinche contaminación que nos metemos a los pulmones, le metes capítulos alternativos sobre la claridad... ¿No es así la gran frase: *La región más clara, detente viajero?* Bueno, vale madres: el caso es que una novela chingona de México tendría que centrar la trama en las azoteas: el mundo maravilloso de las sirvientas entre sábanas blancas, el último reducto agropecuario del Distrito Federal, el paraíso para la contemplación de todos los aviones que nos podrían sacar de aquí en puente aéreo de emergencia, si quisiéramos... pero nadie quiere, ¿me entiendes? Todos queremos ser angelitos, pero terrestres... ¿qué les parece? Opinó entonces el Monje Armando, conocido como El Gallito Inglés, vaticinando que "a no pocos ángeles, que conozco de atrás tiempo, si no se les hace agua la canoa, por lo menos les gusta la coca-cola en rebanadas".

Terminó el trío, en perfecta armonía, sus versos de *Vino la Reforma, vino la Reforma a Peralvillo; 'ora sí, Las Lomas, ya semos vecinos, ya sabrás mamón lo que es bolillo* y en eso hizo su entrada el único e inconfundible, el psicoanalista de bolsillo, otrora jockey campeón del Hipódromo: doctor Heladio Antonio Pedregal y, luego de enterarse en breves minutos del vaivén verbal que se había inaugurado en El Nivel, y luego de que le sirvieran su primer brebaje freudiano, empezó por acariciar su barbita de candado y ya con el foro atento soltar su filípica dorada:

—Adorados imbéciles. Entrañables pendejos todos. Querido Ángel... Amigos: *Necium Angelorum Totus Verbore Qui Necium Quem Nihilo Nivelum*: necio es falar aquí del sexo de los ángeles... y pasemos al siguiente punto: una novela sobre la Ciudad de México no podría centrarse en el etéreo por mínimo respeto a los millones de reptantes que la habitamos... Mejor: si es que de veras estás escribiendo una novela, abunda sobre lo propuesto por nuestro amigo Aragón... somos (de manera consciente o bien inconsciente) no más que un coro angélico, edípico quizá, pero arcángeles en potencia... somos un Yo colectivo que vuela entre las diatribas constantes de un Ello multitudinario y, sí efectivamente, no somos más que aspiraciones variadas a convertirse cada uno en el SuperYo que corrija y elabore tantos traumas de siglos... Ahora bien, pasemos a lo importante: ¿Qué dice la Nochebuena? ¿Le pudiste enviar mis respetos?

Sismicosmética

"Nadie comprenderá, Madre, que tus ocultas cicatrices de los terremotos e inundaciones son parte de la sismicosmética que te mantiene intacta. Nadie verá la cara ajada de tus dolores y el olor a gas de muerte que transpirabas durante los terremotos y nadie podrá salvarte cuando te ahogues, maquillada y bella, entre el resurgimiento de los lagos y el lodo. Nadie podrá negar que hipnotiza tu sismicosmética de asfalto y flor, tu perfecto maquillaje urbano de edificios relucientes y avenidas recién lavadas con polvos de arroz, sombra en las ojeras de tus semáforos y brillo en cada esquina de tus calles como labios.

Todos quisiéramos ejercer la sismicosmética estética con la que confundes los siglos y entrelazas las vidas de todas tus generaciones. Todos hemos sido imantados por los labios rojos de tus flores de nochebuena y el finísimo brocado de tus pestañas como herrería de balcones, barandales de ventanas de tus ojos pintados, como cabellera negra con luces de oro y aretes de perlas y tu cuello largo de la avenida más larga del Universo y la tersura maquillada de tu espalda. Sismicosmética del tezontle y la cantera, pozos de hielo en medio del aluminio y la plaza que se bañan de sangre. Sismicosmética azul de madrugada negra y pintura labial de noche eterna y mejillas sin rubor de tu honestidad contestada. Todos quisieran pintarse la biografía y maquillar su biografía para ocultar las arrugas de nuestras culpas y disfrazar el dolor de nuestro delirio, poner la mejor cara posible para enamorar a Dios, para dejar de vivir en la soledad del silencio y convertirte en Emperatriz de las Estrellas, Madre que nos cobija desde el cerro de la oscuridad con tu sismicosmética estética, artística, bajo las luces y en el escenario, sobre las tablas de tu propia dramaturgia, redactada por las voces de todos los ángeles que te invocan en coro de necios, hipnotizados por tu belleza incontestable de sismicosmética perfecta para transformar los cuerpos de tus hijos, moldeando los torsos y curveando las caderas, alargando las piernas como si fueran bulevares con tacones altos y moderando sismicosméticamente el aleteo de los brazos y la prolongación de los dedos en uñas postizas perfectamente pintadas a la luz de tu Luna Llena. Sismicosmética con la que quedarán castrados los villanos y nacerán las mujeres nuevas de tu corte celestial y sismicosmética que dará a luz a los senos perfectos de las despechugadas y corregirá las narices de las chatas feas y los pómulos de las flacas y las costillas innecesarias de los varones afeminados y los lunares y verrugas de los esperpentos perdidos… para que todos tus hijos sean el espejo fiel de tu belleza milenaria, por obra y gracia de tu sismicosmética."

A. A.
Cuaderno olvidado en un taxi, 2006

Una intenta vivir con la callada dignidad de cumplir con sus rituales inamovibles y unas se la juegan todos los días con la aventura incierta. Una dice que te esperará toda la vida y unas veces, simplemente, las cosas hacen que todo cambie.

Unas familias sostienen como dogmas las leyendas falsas del patriarca, toleran los mismos chistes de siempre, dejan sin pregunta cualquier duda en torno al patriarca y niegan hasta el ridículo todas las corrupciones, mentiras, bigamias y falsedades que lo hicieron patriarca.

Unas mujeres pueden ayudar a salvarse del abuso, del insulto y de la constante amenaza a una mujer que se siente sola. Una sola mujer es capaz de sacar adelante a una familia entera y una sola mujer es capaz de echarle a perder la vida a sus propios hijos con la necia intervención de su estupidez.

Unas calles se van transformando hasta parecer que todas son una y la misma. Una construcción posmoderna puede sincronizarse con la belleza de unas fachadas antiguas, unas arquitecturas de tiempos pasados. Unas mujeres caminan moviendo las caderas como si fueran dictando en voz callada que son una, la única.

Unas anécdotas pueden caer en el tono de meras cursilerías y una sola escena preciosa de amor puro entre dos seres que a nadie ofenden con su beso puede leerse como si fuera un evangelio.

Una vez, unas brujas, con una historia de unas pócimas, que una se encontró entre unas hierbas, que una le dijo que si unas noches de Luna llena las untas en una página de arroz y le das unas pasadas, para dársela a una, solo una que se crea perdida... para que unas luego digan que no, aunque unas veces tengan razón, y luego le vengan a preguntar a una, si de veras una pócima de hierbas es la única razón de la belleza de una.

Unas mujeres son capaces de resguardar todas las literaturas del mundo por el don de su conversación y una sola mujer es capaz de avergonzar al Universo con su ridículo papel de líder sindical.

Unas mujeres que triunfan afanosamente en el mundo empresarial masculino no pueden negar que en su intimidad secreta se sientan muy cabrones. Una sola mujer que se resigna a la silenciosa abnegación es capaz de urdir un complicado engranaje de sospechas e intrigas. Una mujer se queda rezando a deshoras las plegarias, jaculatorias y mandas que unas amigas le fotocopian en el templo para la salvación de un alma y la serenidad de unas vidas.

Una mujer camina la madrugada para obtener los ingresos que le permitan sobrellevar una vida y unas mujeres se reúnen en torno a una mesa de neones para elucubrar el manifiesto que les permita luchar por unas viviendas dignas. Una larga calle de noche es cada vez más recorrida por el desamparado y confundido que busca afanosamente pagar por los servicios indecibles de una semejante, sin que importe su nombre, biografía o género, mientras sea por unas horas la Una... a la una en punto de unas madrugadas.

Diecisiete

Habla Patricia Pantaco, mujer brillante. Ajena a las tertulias sabatinas de las damas adineradas, alejada de los callejones banales de la clase chismosa, Pantaco es elegante sin ser ostentosa, distinguida sin mentar alcurnias y reconocida por muchos como una mujer que combina la sobriedad del silencio con el análisis preciso. Mujer brillante, que hable Patricia Pantaco:

"Lo conocí porque salvó a mi marido de un atraco. Veníamos de la ópera y Manuel insistió en bajarse en un cajero automático para sacar efectivo. Me dejó esperándolo en el coche y vi perfectamente como si se metiera a la boca de un lobo... Eran tres, pero da lo mismo, mi marido no hubiera podido ni con uno... Se esperaron a que tecleara su código y entraron como si fuera su casa... y entonces, se les apareció el Ángel.

"No quiso aceptar la recompensa que le ofreció mi marido. Reímos al ver que huían sangrando los tres raterillos y confieso que hubo una confusión entre el miedo, la gratitud, la duda... y aun así, a mí me dio la suficiente confianza para ofrecerle que lo llevábamos en el coche a donde quisiera. Aceptó cenar con nosotros y Manuel se estacionó frente a Las Gaoneras —como cuando éramos novios— y el Ángel se dedicó a resumir, entre tacos y quesadillas, la aventura en la que había decidido convertir su vida...

"Al día siguiente, Manuel lo recibió en la oficina y empezó a trabajar en contabilidad. Duraría seis o siete meses... Eso sí no lo recuerdo, pero lo que sí puedo confirmar aquí es que a lo largo de ese tiempo tuve oportunidad de tratarlo más o menos bien. Efectivamente, me gustaba. Era un joven no tan joven. Guapo no tan guapo y puedo decir que no soy la única mujer a la que le llaman la atención los músculos y torsos que se enfundan en terciopelos de color negro. Siempre de negro... cuello de tortuga, sobre todo... Decía que él mismo boleaba sus botas... Impecable... efectivamente, amanerado... Más bien, afeminado o con una propensión a copiar los modales de una dama, pero como si estuviera aprendiendo el giro, ¿me entiende?

"No seré yo quien lo defina... No puedo... Lo que sí puedo confirmar es que desbordaba amabilidades y era sereno. Era incansable y, aunque pronto se mostró inhábil para cuentas de contabilidad mayor, era perfectamente creíble que había sido universitario (aunque Manuel jamás le pidió certificado de estudios) y que su afán por limpiar entornos de todo tipo de injusticias era evidente hasta en la forma en que aconsejaba a los demás trabajadores: que si la honradez y la honestidad, la honra y el buen obrar... De veras, hubo quien creyó que era pastor protestante o algo por el estilo.

"Ahora que lo pienso, muchas de las anécdotas o conversaciones que recuerdo haber vivido con él podrían leerse como parábolas místicas o sermones en medio de la fábrica. Pero no me quiero meter en eso, sólo quiero confirmar aquí que con el Ángel se dio una plática sobre el terremoto de 1985 que nos marcó a ambos en particular, e incluso puedo afirmar que a Manuel y al licenciado Narvarte y no sé quién más estaba, pero que de seguro —si les preguntan— podrían asegurar lo mismo.

"El tema salió sin querer: alguien mencionó que todos los defeños somos antisolidarios... que ya se perdió la mínima costumbre de ayudarse o una cursilería de ésas... y brincó el Ángel. Se lanzó una perorata, casi fascista diría yo, donde aseguraba portar *el laurel de las cadenas rotas* y que su *batir sería el aliento para hacer conscientes a las masas perdidas*, y no sé qué tanta metáfora... Efectivamente, demente... Se le veía en la mirada que el tema lo sacaba de su neutralidad, ¿pero a quién no?, y además Manuel, Narvarte, yo misma y los demás en la fábrica jamás le vimos visos de agresividad y todo lo que decía lo decía con una sutileza felina, más bien, afeminada de voz callada... como murmullos y muy concentrado en convencernos de que *la acción de un ser limpio por la pureza de su conciencia puede limpiar el cochambre de la masa ajena.*"

Así hablaba Paty Pantaco, esposa fiel y apoyadora activa de todas las actividades de su marido, elegante sin ser falsa presumida, analítica por pura intuición. Nadie sabrá que Paty Pantaco fue en otra vida nada menos que *Lady Lince*, campeona nacional de lucha libre en la categoría de los pesos wélter, que portaba la ingeniosa máscara de los bigotes con diminutas luces en las puntas, que lucía el leotardo ajustado como si no fuera luchadora, sino modelo de lencerías eróticas. Nadie sabrá y, mucho menos su marido, que Pantaco libraba su empeño por terminar una carrera universitaria al mismo tiempo que volaba entre las cuerdas del Pancracio, sin que nadie —ni sus más íntimas amigas ni el más populachero miembro de su familia en Pachuca— imaginara el doblez. Quien la viera ahora juraría que Patricia Pantaco ha llevado una biografía absolutamente predecible de niña clase media, Pachuca, Hidalgo, licenciatura con beca y graduación, tres novios fijos hasta antes de conocer a Manuel del Valle, empresario, *self-made man*, clase media alta, adinerado como para no deber y viajar, dos automóviles, aficionado a la ópera (más por sus cedés que por erudición pedante)… Quien la viera, a la señora Paty Pantaco de Del Valle, podría decir que la supuesta novela de Ángel Anáhuac ya cayó en una desesperación literaria donde la trama ya no sabe qué tanto personaje inventar para sustentar sus párrafos, pero podemos jurar ante una imprenta sagrada que aquí no hay invención…

¿Acaso tendría que convertir esta novela en el ánimo de las crónicas del realismo mágico y aludir a que el mundo de Ángel Anáhuac, el enredado mundo de los veintidós millones de arcángeles que sobreviven en la ciudad más grande del mundo es en realidad, *la realidad*, mucho más fingido y fantasioso, *pura ficción pura*, mucho más ficción que la realidad misma? Tan sólo durante los muchos meses en que anduvo volando el Ángel se llenaban los periódicos y sobremesas con la historia de un tal José Luis Calva Zepeda (que quién sabe de dónde se les ocurrió nombrar así al personaje), que se creía poeta de corazón, sonetista desde las entrañas, y que llenó con el horroroso glamour de sus crímenes las noticias y sobremesas de la Ciudad de México en cuanto se reveló como *El Poeta Caníbal*, villano de quinta, villancico auténtico que terminó ahorcado o asesinado en una celda perdida del Reclusorio para que pareciera suicida, y ¿qué me dicen de la llamada *Mataviejitas*? La tal Juana Barraza Samperio (cuyos nombre y apellidos quién sabe quién ni cómo inventaron), nocivamente célebre por ahorcar a las ancianas desamparadas en su soledad infinita, a quienes convencía de poder auxiliar como enfermera de guardia... En vivo y a todo color, más real que la letra del Himno Nacional, *el Poeta Caníbal* y *la Mataviejitas*, villancicos recurrentes en la enloquecida trama de la Ciudad de México, no son ni más ni tampoco menos ficticios o creíbles que Paty Pantaco, *Lady Lince* convertida en dignísima ama de casa. Que a una persona —o peor aún: a algún crítico literario— le parezca inverosímil, injustificado y banal subrayar el pasado oculto de Pantaco para "edulcorar los párrafos", es cosa que a la novela tiene sin cuidado. A esta trama, al vuelo demente de un tal Ángel Anáhuac, le viene de perlas subrayar la confusión entre la ficción y la realidad que se respira todos los días en la ciudad sin esperanza, la megalópolis de los antiguos lagos, equivocación equivalente a la confusión y diferencia entre los boleros de cajón y los lustrabotas de sillalta... Tan increíble el secreto de la señora Patricia Pantaco de Del Valle como el folclor irracional de que, una vez detenida por las autoridades, doña Juana Barraza Samperio, ya mundialmente conocida como *la Mataviejitas*, insistiera ella misma en recalcar su verdadera vocación: era luchadora enmascarada y, según sólo ella, había forjado no pocos lances de leyenda entre las cuerdas bajo el apodo enigmático de *la Dama del Silencio*.

Así que puestos los puntos sobre las íes, es perfectamente creíble y verosímil lo que narra la señora

Patricia Pantaco de Del Valle a continuación. Habla Paty Pantaco, mujer brillante:

"El caso es que alguien mencionó lo de la solidaridad... y repito que el Ángel se lanzó con su perorata, que luego, y siempre, desembocaba en los instrumentos de su redención... El caso es que, sin importar lo que pensara Manuel o el Lic. Narvarte, que me animo y le digo: Tú tendrías como veinticinco años y quizá no lo recuerdes fielmente... El día 19 de septiembre de 1985, exactamente a las siete con diecinueve minutos de la mañana, esta ciudad vivió una trombosis cerebral con infarto fulminante al miocardio... Fue un ataque que duró varios minutos infernales, que tuvo secuelas inmediatas y que dejó cicatrices que aún se pueden ver a plena luz del Sol... No me vengas con el cuento de que los millones de capitalinos hemos perdido la adrenalina de ayudarnos unos a otros porque no alcanzan aquí los párrafos para contradecirte... Y no voy a usar la palabra solidaridad, que ya sabemos que luego fue aprovechada por los políticos como estratagema de su supuesta filantropía, y no voy tampoco a concentrarme en subrayar el imperdonable papel que jugaron esos mismos políticos y todas las autoridades en tropel, así queden las fotos donde se les ve cargando bebés y dizque paleando cascajo... Yo nada más te digo o déjame decirte algunas cosas... más bien algunas imágenes y tómalas como bien sé que sabes, pero evítate tú mismo tus metáforas y tus justificaciones de alas en vuelo... Nomás escucha y piensa lo que les quiero decir...

"Mi hermano y yo, una vez que vimos que a la casa y a la familia no les había pasado nada, nos lanzamos a la calle sin que nadie nos dijera ni ningún policía ordenara lo que teníamos la obligación de hacer... Obligación. No dormimos hasta el sábado 21 en la noche y nos consta lo que te quiero decir: había filas perfectamente ordenadas como hormigas que, sin necesidad de un militar o uniformado, levantaban minuciosa y metódicamente cada pedazo de piedra donde se escuchaba o intuía que aún quedaban seres sepultados... había jóvenes con paliacates, sin ninguna placa de autoridad, que controlaban el tráfico con una eficiencia y eficacia que ninguno de los modernos semáforos sincronizados ha logrado superar... había cientos de albergues instantáneos, hubo miles de litros de agua potable que se entregaban directamente a quien la necesitaba, y cuando empezaron a llegar los aviones con la ayuda de afuera, yo misma vi con estos ojos cómo se pasaban las cajas de queso, las mantas, las cajas de medicina de las manos de los soldados gringos a las manos de los soviéticos (país que ya ni existe, ¿te acuerdas?) y en medio, soldados cubanos y soldados españoles que traían cajas donde alguien, algunos, todos, uno, unos, quién sabe quién había tenido la ocurrencia de escribir sobre ellas, como si alguien lo pudiera leer en medio de la ciudad destruida, mensajes de *Estamos contigo*, *México no se podrá derruir nunca*, y *Viva México*...

"Permíteme, Manuel... no, no me estoy emocionando de más... y tampoco quiero que pienses, Angelito, que me estoy poniendo cursi y que todo el tema de los terremotos no deberíamos recordarlo más que en términos de video en cámara lenta con los cantantes más famosos de México unidos en un supuesto coro de hermandad... Efectivamente, te podría narrar muchas escenas conmovedoras y, efectivamente, caer en cursilerías… pero ai te va la otra cara de la moneda: yo misma vi con estos ojos cuando unos fulanos se robaron en una furgoneta a tres de los pastores alemanes que traían los guardias suizos para olfatear vida humana bajo toneladas de escombros… yo vi a Plácido Domingo, con tapabocas… ¡El mejor tenor del mundo nada menos que con la boca tapada!, y llorando y levantando piedra por piedra de lo que fue Tlatelolco, o de lo que quedó, y a unos quince metros de donde estaba Plácido, mi hermano detuvo en plena carrera a un delincuente que se iba huyendo con un cofrecito de joyas y tres relojes de pulsera… Yo vi con estos ojos cómo andaban queriendo vender queso amarillo gringo de una caja que decía precisamente que no era para venta sino para alivio de zonas desastradas y yo misma, con estos puños, le di en plena cara a un desalmado que andaba vendiendo las tortas que yo misma había preparado con mi madre en el centro de acopio… Pero no se trata tampoco de hablarte de eso… A ver si me entiendes, Angelito:

"Vimos en la colonia Roma a mi maestro de historia, con la ropa empanizada por el polvo de su propio departamento que se le cayó encima. Andaba como zombi, hablaba solo… Hasta mucho tiempo después supimos que el terremoto lo había sorprendido en las escaleras de su edificio, que se le cayó todo alrededor de él… seis pisos de familias enteras aplastadas en unos cuantos segundos, todos los muebles, las cocinas, la comida, la ropa, los cuadros, los discos (de acetato, ¿te acuerdas?), las alfombras, los espejos rotos… y su esposa con dos hijitos que él juraba haber escuchado nítidamente gritar al filo del abismo… Pero eso se supo después… yo, con estos ojos vi cómo mi maestro hacía fila por ayudar en el edificio aledaño que no estaba tan jodido como el de su casa, y lo vi llevar entre sus brazos a un anciano que lloraba como pasajero del *Titanic*, y lo vi pasar de mano en mano cobijas, quesos, agua pura, linternas, velas... Y luego lo vi llorando, pero hasta que se iba caminando hipnotizado hacia el Viaducto...

"En el Viaducto, donde era el parque de beisbol, yo misma ayudé a colocar cadáveres en fila, Angelito... y allí andaban también con tapabocas, no por el peligro de respirar fugas de gas o cemento en polvo, sino por el simple hedor de la muerte, ¿me entiendes? Y allí yo vi con estos ojos, en un descanso que se declaró por boca de todos, a una madre amamantando a un niño... y a diez metros de ella, a un loco que lloraba abrazado al cadáver de un hombre que pudo ser su hermano... y a diez metros de allí a una señora que quería quitarle el reloj a la muñeca de un muerto... y a quince calles de allí a una pareja que salió de entre los escombros abrazada... y a la otra pareja que murieron amándose y abrazados para siempre... y a tres kilómetros a un soldado que cargaba a una viejita... y a un policía de tránsito que prefirió quitarse el uniforme y ayudar con la repartición y en una esquina a unos jóvenes que le subían el volumen a la radio y que en todo el mundo hablaban de México y enviaban mensajes a las radiodifusoras para preguntar por conocidos... y todo fue un ataque directo a las meninges, un infarto masivo al corazón de la Ciudad de México y no me vengas ahora con metáforas y tus alas batidas, Angelito, que si parece que despertamos de esa pesadilla fue precisamente por la mínima y contundente humanidad que se le salía de los poros a la mayoría. Hablo del afán por ayudar que nunca, nadie, de verdad, abandona del todo en esta ciudad… Hablo de que más allá de toda cursilería, demagogia y demás pendejadas que capitalizan los políticos… cualquier político, cualquier partido, escúchame Angelito… déjame Manuel… aquí nos ayudamos todos… y si no se entiende eso… pues simplemente no entiendes en qué ciudad vives…".

Así habló Paty Pantaco y todo quedó silencio.

Cementóxicos

"Respiración de cemento, simiente de semen asfálti-co. Cementóxicos conviven en la corriente sanguínea de tus calles y avenidas; cementóxicos los pedestres y transeúntes, los descarriados y hallados, más todas las aves que ya no pueden volar bajo tus cielos de millo-nes de partículas de cementóxicos.

Cementóxicos dulces y de postre, al amanecer bajo la pátina nubosa de tus pulmones grises. Cemen-tóxicos gloriosos en tus aguas de jamaica y en el giro de las pencas de tus tacos al pastor. Cementóxicos en la prohibición necia para fumadores y en la exhalación consuetudinaria de tus microbuses contaminantes. Cementóxicos en las pigmentaciones de tus murales y en la espesa arquitectura de tu vello urbano. Cemen-tóxicos sueños de calzadas elevadas como vía galáctica para la navegación aérea desde donde se contempla la porosa epidermis de tus cementóxicos habitantes so-námbulos. Cementóxicos los discursos y programas de gobierno, la insulsa maquinaria de las marchas, el enredo contradictorio de tus políticos y sacerdo-tes. Cementóxicos los patios escolares y los lagos con lanchas de remo, los parques con dulces de algodón, los circos con fieras muertas de hambre, las academias de falsos militares, las clases de karate y los quioscos de café, las donas glaseadas y los percheros en pre-

ventiva, los libros en verde, los cigarros sueltos que se
prenden en lo que se pone el rojo. Cementóxicos los
enfermos que duermen al aire libre y los millonarios
que nunca duermen, las empresas de congelación instantánea y los distribuidores de telefonía celular, las
académicas de cosmética y los consultorios de cirugías
estéticas. Cementóxico el emplaste de yeso y pintura
blanca que recubre tus templos y letrinas, el mastique
que une los azulejos, la pasta dental que además pega
dentaduras postizas, el relleno de los goznes y las hor-
quillas de las puertas giratorias. Cementóxicos recuerdos de tus cantos, sones, zumba y son y cementóxicos
los mariachis de Garibaldi que corren tras la serenata
que viaja en los tranvías. Cementóxicos los ventanales de tus altos edificios, los sótanos de tus casas antiguas, las covachas de las enfermerías, los vestidores
de tus viejos estadios, los corrales de la Plaza México.
Cementóxicos los contadores que alteran el debe y el
haber, los abogados que liberan culpables y encarce-
lan a los inocentes. Cementóxicos los secuestradores
al instante, los secuestrados de siglos, los falsificadores
de billetes, los amasadores de fortunas, los *dealers* de
cocaína con detergente, los vendedores de somníferos
para gatos, los veterinarios de la especie humana, los
que todo lo debemos en el Monte de Piedad, los que
leen y los que escriben. Cementóxicos los libros donde se registran las verdades de tus secretos, los túneles
para escapar del Zócalo, las catacumbas de Catedral,
las bambalinas de los teatros, el *play-back* de los cantantes, roncos y afónicos por respirar tus cementóxicos a diario, en cada bocanada de luz y nubes, en cada
suspiro de mentiras, en cada leve brisa de tus engaños,

Madre, Ciudad, inmaculada y etérea, intocable y perfecta, navegas por encima de una nata marrón de cementóxicos."

A. A.
Cuaderno olvidado en un taxi, 2006

Aquellas salas de cine donde se fumaba para que *Casablanca* pudiese ser vista a través de la niebla de los trenes viejos. Aquellas melodías inmortales que heredan sus letras como jaculatorias laicas de generación en generación.

Aquellas personas que se reúnen los jueves para cantar hasta que lleguen los viernes. Aquellas otras personas que cada quincena inventan una cena con viandas interminables para contemplar en película una ópera enteramente láser.

Aquellas mujeres que cantan al hacer el amor y aquellas niñas que mueven los labios con los éxitos del momento sin saber inglés y sin entender el sentido de sus versos.

Aquellas partituras perdidas en el asiento trasero de un taxi y aquellas grabaciones piratas que se venden a granel, aquellas regalías perdidas, aquellas guitarras de Michoacán que sólo se consiguen en la Ciudad de México.

Aquellas corruptas funcionarias que desafinan todo el concierto de la administración pública, aquellas monjitas que cantan en coro durante la Cuaresma, aquellas taquicardias que se sentían en cada paso de los bailes en el California Dancing Club.

Aquellas noches interminables en el Bar León, catedral de la salsa y el son, aquellas melodías de Beethoven que se cantan con acompañamiento de piano solo. Aquellas sinfonías de Mozart que se confunden en el ruido con el paso montuno de la Sonora Ponceña.

Aquellas mujeres que inmortalizó Agustín Lara, tanto como las ciudades a las que cantó. Aquellas mentiras que se deshacían con la voz de Javier Solís, aquellas escenas inolvidables de Pedro Infante, aquellas legendarias actuaciones de Jorge Negrete... los tres pilares del muralismo mexicano.

Aquellas calles donde parece nunca escucharse música y aquellas avenidas que son una constante sinfonía. Aquellas necias que traen a todo volumen en los radios de sus coches melodías estupidizantes y uno se siente obligado a pagarles el *cover* en los semáforos.

Aquellas fachadas de tezontle y chiluca que transpiran chirimías y teponaxtles, flautines medievales y melodía renacentista. Aquellas vidrieras posmodernas de tecnocumbia, rocksalsa, rancheraelectrónica, corridoflamenco, boleros en iPod, vallenatogaláctica, tangoson, fadosolitario. Aquellas resonancias constantes, todo ruido, tanto silencio. Aquellas canciones muertas... Aquellas melodías eternas.

Dieciocho

No lo sabrán sus compañeros en la orquesta, pero
José Evelino Condesa —segundo corno de la Filarmónica de Iztapalapa— vive en realidad de los ingresos que obtiene como tercer trompeta del Mariachi
Metrópolis en la Plaza de Garibaldi. No lo sabe ni
su ex mujer, la fagotista búlgara Maroussia Stara Zagora, quien huyó de la Ciudad de México al primer
temblor y vive ahora en Xalapa, dando clases de fagot
a soneros jarochos y de la pensión que le envía puntualmente Condesa, sin que nadie sepa que tales ingresos no provienen del magro sueldo que recibe en
la Filarmónica de Iztapalapa, sino del reparto democrático que todas las madrugadas dividen entre sí los
honrosos miembros del Mariachi Metrópolis.

El maestro José Evelino Condesa —segundo
corno de la Filarmónica de Iztapalapa— asegura que
su relación con Ángel Anáhuac fue de carácter casi
profesional al mostrar el Exterminador Anónimo sus
sinceros deseos de afiliarse al Mariachi Metrópolis o
a cualquier otra agrupación musical (fuera del ritmo
que sea) con el honesto afán de obtener un sueldo
por vía del arte. A Condesa le consta que Anáhuac
tenía facilidad para el canto, sobre todo en canciones del amplio repertorio vernáculo mexicano, y que
en muchas veladas demostró tener voz de terciopelo para boleros románticos y algunas, sólo algunas,

melodías que interpretara el inmortal Mario Lanza. Según Condesa, el Ángel se lanzaba a cantar sin vergüenza, aunque muy de vez en cuando, en cantinas y bares que llegaron a frecuentar ambos y que, allende las metáforas demenciales de su vuelo libertario, Ángel Anáhuac alcanzaba no malos niveles de calidad artística. "Lástima que no tocara ningún instrumento", dice Condesa, "pues seguramente podría haberse integrado al Mariachi... o, incluso, a la Filarmónica de Iztapalapa".

Aunque no sabemos la bitácora específica de su demencia, sí nos consta que Ángel Anáhuac buscó sinónimos, o ayuda, o por lo menos lo que llaman ahora sinergias en diversos grupos o escenarios de posible apoyo. Se sabe que frecuentó durante unos meses varios grupos de Alcohólicos Anónimos (más por el café y las galletas que por aceptar sus adicciones), tres grupos de Optimistas Convencidos (más por las sesiones donde había buffet que por querer abrazar a todos los prójimos) e incluso al Club de Filatélicos de la calle de la Amargura, sabedor de que se escanciaban buenos vinos durante las sesiones de intercambio y trueque de sellos históricos. Hay quien afirma que Anáhuac también fue miembro efímero del Grupo Modelismo de Ciudad Satélite, aunque jamás haya podido volver a su antiguo hogar en el ghetto de la calle Varsovia para rescatar los soldaditos de plomo que —según él— reproducían fielmente la Batalla de Waterloo. Si esta novela tuviera más tiempo, habría que alargar este párrafo para intentar explicar que la relación que estableció Ángel Anáhuac con José Evelino Condesa corresponde a un ánimo, si bien no desesperado, sí ávido y levemente ansioso por reclutar o por lo menos identificar adeptos o fieles a sus vuelos ya desquiciados por salvar entuertos en la Gran Ciudad de México.

No confundir el párrafo anterior como lo hizo Leopoldo Acatitla, afinador de pianos y amigo de Condesa, que en la primera juerga que se corrieron ambos con Ángel Anáhuac sintió que podría fungir como una especie de Sancho Panza del Exterminador Alado. Aquí no hay más quijotes que los que se inventan los demás, y ni como intento de novela pasaría el atrevimiento de afirmar que Ángel Anáhuac se sentía la reencarnación del Caballero de la Triste Figura. De hecho, sin molinos de viento de por medio, el Angelito se encargó rápidamente de disuadir las intenciones de Acatitla y consta que a través de Condesa le enfatizó que no necesitaba de escuderos sino de sinónimos, semejantes que estuviesen dispuestos ellos mismos a batir sus propias alas en una suerte de cantata colectiva de necios, alas abiertas contra todas las formas del abuso y de la injusticia que se respiran en la inmensa Ciudad de México.

Escrito lo anterior, queda claro que Condesa evitó convocar a Acatitla en las sucesivas ocasiones en que se vio con Ángel Anáhuac y podemos concluir que tales reuniones cumplían con el propósito de compartidas catarsis y honestos compartimientos emocionales, muy a la manera de los grupos tradicionales de doce pasos hacia la sobriedad, aunque tanto el Maestro Condesa como el propio Ángel Anáhuac mancillasen tal ánimo emborrachándose hasta las cejas y edulcorando sus sincronías con canciones del género ranchero y toda la música popular (a veces, también la clásica y *el género chico*) con la ayuda infalible de no pocos tríos que para eso están precisamente en las cantinas. Habremos de aceptar que, a falta de trío o de dineros para pagarles, Condesa y el Ángel acudieron también a más de uno de los muchos bares karaoke que han proliferado en la Ciudad de México, para solaz y alivio de tantísimos cantantes anónimos, borrachos afinados y retadores del ridículo, con la dádiva de que por el pago de unas cervezas se abre un escenario con luces, se manifiesta fielmente una orquesta de lujo y se garantiza la atención de un público cautivo para desahogo emocional de todo necesitado.

Es importante subrayar que sólo en tres ocasiones corrió peligro la filiación de Anáhuac con Condesa, quizá por mala obra del alcohol, pues consta que el Ángel llegó a insinuarle al Maestro Condesa propuestas indecibles, si bien efímeras, que afortunadamente no llegaron a escucharse por obra y gracia del ruidero de las bocinas. Para el lector que le interese hilvanar conjeturas, que quizá contribuyan a la digestión de su lectura —aunque quizá no abonen mucho a la errática conformación de una posible trama novelística—, se sabe que Ángel Anáhuac empezó a manifestar exageraciones en sus amaneramientos y que le dio por dar de besos a sus cofrades, a veces sin mucho motivo, y que le dio por cantar en karaokes o con tríos, ya con el Mariachi Metrópolis o en la soledad infinita de las madrugadas callejeras, mucho más canciones que interpretara Lola Beltrán por encima de los éxitos que inmortalizara Jorge Negrete. Al Maestro Condesa le llamó la atención, pero sin interpretaciones literarias o juicios morales de por medio, el hecho de que Angelito se esmeraba más en cuajar con delicadeza la aterciopelada interpretación de un bolero a la manera de María Victoria que en volver a intentar el nivel recio y bravío de un corrido donde imitaba a José Alfredo Jiménez. Merece mención la larga noche en el Tenampa en que Angelito provocó un aumento notable en el consumo de ponches de granadina entre turistas y asiduos por el memorable popurrí ranchero donde, dicho por el Maestro Condesa, literalmente se encarnó en Jorge Negrete.

Lo cierto es que, quizá por la sutileza con la que Ángel Anáhuac interpretó en un karaoke vacío un personalísimo homenaje a Edith Piaf, y quizá también porque así se le ocurrió al Maestro Condesa, a la siguiente juerga se convocó a la sin par Lucila Nativitas, reconocida soprano que había alcanzado renombre en una puesta de *La Traviata* de Giuseppe Verdi que prácticamente derrumbó con aplausos el viejo Teatro Polifónico de Tlalpan. Condesa había conocido a la Nativitas durante unos recitales que la diva ofreció como solista, acompañada por algunos de los maestros de la Filarmónica de Iztapalapa, y no es secreto el hecho de que el Maestro Condesa encontró en la Diva Nativitas más de un consuelo en sus brazos cuando fue abandonado por la fagotista búlgara Maroussia Stara Zagora, por razones meramente sismológicas que ya se mencionaron aquí. Sin ningún viso de celos o envidias de por medio, el Maestro Condesa celebró como el que más la afinidad, empatía y plena identificación estética que se manifestó como un milagro instantáneo entre Ángel Anáhuac y la sin par Lucila Nativitas en cuanto se conocieron.

Sería una auténtica jalada novelística asegurar que la Nativitas se parecía a María Callas y una verdadera exageración decir que era bella, pero que nadie niegue la elegancia incuestionable de esta diva, su semejanza con Carla Bruni (afirmación que no resulta descabellada) y los muchos párrafos que se podrían escribir aquí sobre el largo enigmático de sus brazos y esos dedos imperiales de sus manos, rematados siempre con uñas no postizas, sino auténticas garras felinas pintadas siempre de un rojo encendido. Nada más habría que aplicar la real metáfora de que sus brazos parecían en realidad piernas para transmitir el embeleso que provocaba la Nativitas con tan sólo aletear levemente sus extremidades en medio de una canción. Piernas como brazos, envidia ilusoria de cualquier enano... en particular el doctor Pedregal, que puede avalar el presente testimonio al ser asiduo asistente, fanático infaltable en las presentaciones de la Diva.

Consta entonces que a Ángel Anáhuac se le mezclaban cada vez más las tertulias, las escenografías de los diferentes coros de necios arcángeles que le servían de corte celestial para sus empeños, y así, hubo sesiones del más puro *bel canto* en la cantina El Nivel, con los aplausos del doctor Pedregal, los exabruptos de Balbuena, el catatónico Tony Tlalpan, los hermanitos Flores en flor y demás personajes entrañables, pero estas páginas no pretenden hilar anécdotas chuscas o comentarios sesudos sobre la influencia de la música en los vuelos de Ángel Anáhuac, ni abundar en pormenores de la credibilidad o incredulidad de cada uno de los testigos que vivieron esas sesiones. Lo que se pretende en estos párrafos es simplemente añadirle música a la saga volátil de nuestro Ángel Anáhuac y consignar la opinión concluyente del Maestro José

Evelino Condesa, segundo corno de la Orquesta Filarmónica de Iztapalapa y tercer trompeta del Mariachi Metrópolis:

"No seré yo quien juzgue el alma de un ángel... Me duele que el azar nos haya distanciado... Al amigo infalible, sólo me queda lanzarle de vez en cuando, sin importarme los gritos del vecindario, un lánguido solo de trompeta que pretende esfumarse entre las nubes negras de la noche como el abrazo agradecido de quien siente haberlo acompañado... Yo, que soy el que llora cada vez que escucho el *Concierto para Oboe* de Alessandro Marcello lo mismo que cada vez que vuelve a mi mente el sortilegio de *Azul* de Agustín Lara... Yo que he intentado dibujar en el aire, allende mi atril, el trazo intocable de mi corno sobre las grandes partituras de la música universal... Yo sólo digo que Ángel Anáhuac no merece condenas por su locura de bondades y sí que alguien, algunos, si no es que todos, reconozcamos la sintonía exacta con el batir de esas alas que en realidad lo que deseaban para el concierto de esta ciudad insufrible no era más que música... Música pura... Imagino el tarareo de los ángeles que, a lo lejos, hacen *surfing* en el Metro, diría el Mudo... Pura música, eso es lo único que explica que esta pesadilla de tantas millones de voces desafinadas, coro inmenso de solistas, no caiga cada veinticuatro horas en un desbarajuste supremo... Bate sus alas el espíritu libre de quien percibe nítidamente la música que nos une... la de esos que consideran una sola melodía como radiografía espiritual y esas que cantan alegremente al vigilar la cocción de un buen caldo de pollo... la canción pegajosa que justifica el recorrido diario y aburrido en el Metro de la solterona solitaria y el aria monumental que se canta en silencio el contador público que ha evitado un fraude mayúsculo… la cantata cursi de la camaradería efímera… el coro de esclavos de *Nabucco* en pleno Zócalo… Escucho a lo lejos un fagot en medio de ia niebla… Oigo el susurro de unos brazos largos que se mueven en cámara lenta hacia mi monólogo continuo… ¿Lo oyes, Ángel?… ¿Me escuchas?… Estoy *Cantando bajo la lluvia*… y perdona que como *Satchmo* Armstrong te endilgue mi mensaje en medio de un solo de trompeta que nada tiene que ver con novelas, sino con las noches donde seguramente seguirás en vuelo… Aquí donde confluyen las suites para chelo de Bach y la Sonora Santanera… Aquí el microcosmos epidérmico de Agustín Lara y la cabellera suelta de Lola Beltrán… la voz perfecta de una soprano recreando a Vivaldi, el fantasma de Héctor Lavoe pregonando su homilía triste, la hipnosis urbana de treinta y tres variaciones sobre un aria, el lejano lamento del que se aleja del resto de su mariachi para interpretar *El niño perdido*…".

Sinfonicalles y filarmortales

"Te cubrirán los coros de todas las orquestas que han acompañado los ritmos de tus sinfonicalles. Te envolverán los cadáveres musicales de todos tus filarmortales de siglos. Te llevarán al baile inmortal de tu belleza música, te sumergirán en tus propios lagos de ritmos ancestrales y flotarás eterna sobre las partituras que compartimos con todas tus sinfonicalles tus humildes filarmortales, de huipil y de frac, de corbata y rebozo, de rumba y danzón, de bolero y rancheras, de las arias de cuellos alargados y las sonatas de las abejas asesinas.

Cantaremos sobre las piedras los himnos de las flores que pintan tus sinfonicalles de morados y lilas e interpretarán los vientos la misma voz de tus filarmortales en plena agonía. Filarmortales las gordas que cantan temprano y los niños que se envuelven en los himnos, filarmortales los atriles humanos que reproducen cada nota de tus canciones inmortales y filarmortales los edificios que se derrumban con el cuarto movimiento de un terremoto en Si bemol. Sinfonicalles las noches de luces que tararean los autobuses perdidos y sinfonicalles las huidas de los taxistas secuestrados. Sinfonicalles seis cuerdas de guitarra que se multiplican en cada sobremesa y sinfonicalles las trompetas que le añadieron al mariachi para hacerlo urbano, parte de tu costillar y lunar de tus mejillas.

Danzaremos sobre el entramado siempre secuestrado de tu Zócalo y bailaremos entre las catacumbas de tu Catedral, de tu Basílica, de tus túneles
del Metro como callados filarmortales disfrazados de
piedra y sacrificio. Oremos juntos una melodía sobre
sinfonicalles calladas y bajo la clara sombra de tus árboles que tararean con las brisas del atardecer. Rece-
mos hermanos y hermanas sobre las sinfonicalles de la
ciudad musical como filarmortales que huyen de las
llamas con gritos polifónicos de agua quemada, en-
mascarados con piedras, ataviados con túnicas de filarmortales rituales, para caminar con ritmo sobre las
alfombras floridas de las sinfonicalles que se esconden
como un adagio para fagotes, que se extienden como
un largo para chelo y trompeta, que se abrevian con
la sangre derramada de los violonchelos y violines del
amanecer, que se aprenden de memoria los niños filarmortales que cantan ya sobre las mismas sinfonicalles de siglos."

A. A.
Cuaderno olvidado en un taxi, 2006

La única diferencia entre el Cielo y el Infierno es que aquél es infinito y éste es eterno.

SALVADOR ELIZONDO

Muchas parejas que se mantienen unidas e idénticas a lo largo de toda la vida. Muchas parejas que deciden disolverse en cuanto se asienta sobre ellas la neblina de su propia contaminación.

Muchas noches son inolvidables y muchas escenas de una vida en pareja se parecen a la repetición interminable de una aburrida serie de televisión. Muchas ancianas viudas no se han enterado de la desaparición física de sus maridos y muchas madrugadas con el televisor puesto a todo volumen arriesgan el sosiego de cualquier mentalidad.

Muchas mujeres sólo han besado los labios del amor de su vida, aun en cada ocasión en que han tenido que besar los labios de todo el mundo. Muchas flores en un noviazgo pueden llegar a aburrir a la novia y mancillar el resultado de una fina intención del deseo.

Muchas canciones de amor fueron escritas por misóginos y abusadores del género opuesto. Muchas mujeres llevan en su relación de pareja el papel protagónico masculino y muchas maltratadas son en realidad los abnegados esposos de la confusión.

Muchas parejas de la Ciudad de México dependen de las sombras del Bosque de Chapultepec para la consumación de sus respectivos matrimonios en potencia. Muchas mujeres confiesan sus embarazos hasta el séptimo mes, sin poder disfrazar más el vientre.

Muchas noches y muchas madrugadas se viven bajo las nubes grises de conversaciones de murmullos donde no importa saber a ninguno de los interlocutores exactamente de qué están hablando.

Muchas novelas y telenovelas no han sino abrevado de la interminable trama que secretan las millones de vidas en pareja, los miles de engaños y las verdades inapelables, las muchas felicidades y las muchas decepciones que destilan muchas de las parejas inmortales de la Ciudad de México.

Muchas páginas tendrían que imprimirse para cubrir la nómina fiel de todos los amantes que ha tenido la Ciudad de México, y en la columna aledaña, enlistar todos los nombres de quienes la han traicionado, mancillado, violado, vejado, ajado, destruido, abusado, golpeado, olvidado y abandonado.

Muchas parejas que caminan en silencio, felices con su soledad compartida. Muchas parejas que se miran a los ojos durante horas para jugar al cíclope. Muchas mujeres que miran absortas las palabras que pronuncia su pareja y muchas miradas de todos los hombres que se quedan catatónicos ante el movimiento rítmico y acompasado de un monumental vaivén de caderas entalladas por las sombras de la noche.

Diecinueve

Alguien omitió verificar la sanidad mental de Avelino Coapa Ramírez la mañana aciaga en que lo sentaron al volante del microbús con el que ahora recorre las calles de la Ciudad más Grande del Mundo. De haberlo hecho, Avelino estaría recluido en cualquier granja psiquiátrica y no dando vueltas sin compás ni rumbo, sembrando terror sobre las avenidas y espanto en las calles anónimas.

Autoproclamado *el Avispón*, según consta en la calcomanía de la defensa trasera de la unidad, Avelino Coapa es uno más de los conductores por intuición, chofer a tientas, que sabe calcular bien las vueltas, desconoce cualquier concepto de mesura y acelera en las rectas como si estuviera en una carrera de pista. Agrego su siniestra propensión al abuso de bebidas embriagantes para completar el cuadro. Además, fiel a la imagen de su ídolo, el *Avispón* se hace acompañar por Cata, una borrachita que lleva colgando de la puerta delantera a manera de anunciadora de rutas. ¡Qué lejos hemos quedado del romanticismo en el autotransporte que retrató el celuloide en *La ilusión viaja en tranvía* o en la ya mítica *¡esquina bajan!*

Quien cae en la trampa de subirse a la Micro de Avelino corre el peligro de recorrer rutas ignotas, caminos desconocidos y avenidas desiertas, sin saber a ciencia cierta a dónde va. *El Avispón Beodo* maneja a su antojo, corrige su rumbo según el tráfico o la llovizna, aturde al personal con soporíferas repeticiones de canciones nulas y gusta de frenar intempestivamente *nomás porque sí*. Si acaso, habrá que subrayar que cobra según el pasajero, sin cuotas fijas y, por supuesto, sin dar cambio. Es increíble que pase desapercibido entre las autoridades y oficiales de tránsito, pero más insólito es el hecho de que goza de clientes fijos: el dipsómano de Iztapalapa que siempre lo aborda al atardecer, la anciana manicurista que dice relajarse con sus vueltas, el mesero insomne que aprovecha los viajes para resolver crucigramas imposibles y los tres niños de una secundaria que no han podido asistir a clases en lo que va del año por el simple hecho de que al *Avispón* no se le da la gana parar frente a la escuela. También resulta increíble o inverosímil lo que ya sabemos o intuíamos desde hace párrafos: la recurrente costumbre de Ángel Anáhuac por viajar en la Micro de Avelino, ya por solaz y desasosiego o en busca de entuertos, o bien, por el solo recurso de recorrer toda la geografía posible de la Ciudad de México como si fuese una novela.

Por lo general, la Micro de Avelino Coapa recorre la avenida de los Insurgentes hasta Indios Verdes, aunque consta que en dos ocasiones ha llegado hasta Pachuca, Hidalgo. Al amparo de su ilegalidad, *el Avispón* Avelino tampoco tiene horarios fijos, aunque se sabe que prefiere los caminos de la madrugada. *Tétrica* sería el mejor adjetivo para describir su ruta nocturna: en la negra noche de un martes cualquiera, bajo la roja luz de un foco que quiso ser neón, se le ven los ojos vidriosos, la sonrisa metálica y las huellas de la viruela, fijas sobre el camino que ha de recorrer.

Para él no hay semáforos, demás coches ni esquinas. Para él solamente importa que Cata vaya bien asida al barandal, coreando los nombres de las calles al azar, con la cabellera negra al vuelo y su sonrisa sin dientes. A veces, *el Avispón* acelera en los Ejes para verla flotar con la brisa con sus piernas colgantes como voladora de Papantla... y sobra decir que ha habido trayectos donde le permiten al Ángel Anáhuac sacar medio torso atlético por la puerta de la Micro y abrir sus alas como si fuera en la proa del *Titanic* o en la punta de una mitológica flecha prehispánica.

Sin problemas de combustible, *el Avispón* carga gasolina fingiendo pertenecer a una flotilla reconocida, cambiando constantemente de oasis. A la fecha, lleva las mismas llantas con las que se estrenó la unidad en 1991 y jamás ha tenido dificultad en falsificar las calcomanías de tenencia o verificación. Es un auténtico enloquecido del volante, un aprendiz de naviero que recorre la inmensidad urbana sin ningún propósito fijo, absorto en la sordidez de su existencia monótona, adormecido por la espuma de sus cervezas, deleitado por un carrusel musical inagotable y gratuito que inunda la inmensa caja del micro a través de ocho bocinas fabricadas en casa de su hermano, el otrora tristemente célebre ratero conocido como el Sonora.

El interior del *Microbús Beodo* merece un cortometraje. Cumple con la imagen guadalupana de rigor, el bote de crema Nivea convertido en cabeza de palanca de velocidades, los flecos de un antiguo terciopelo ritual y el infaltable perrito pastor alemán de cabecita oscilante. Tiene además un calendario autografiado por la Niurka, una foto tamaño credencial del chismoso presentador de la televisión Pepillo

Origel y la más refinada bandeja para alinear todas las denominaciones de monedas, barnizada en rojo y marcada a cautín con grecas diminutas. Cada fila de los asientos está marcada con numerales pintados a mano y a lo largo del pasillo cuelga un cordel inútil, que nadie sabe para qué sirve. Hay tres botones que supuestamente sirven para solicitar la bajada, aunque en realidad sólo detonan un timbrazo hueco que no llega a ser escuchado por encima de la música.

Cualquiera creería que Cata domina las artes marciales, si no fuera por las serias deficiencias neuronales que revela su hablar pastoso. Cualquiera desearía que el *Avispón* luchara en pro de la justicia, recorriendo las madrugadas en busca de hampones *in fraganti* o al rescate de damiselas en peligro, unido espiritualmente a la inquebrantable vocación de su pasajero Ángel Anáhuac, pero *el Avispón Beodo* no hace nada: sólo conduce hacia el amanecer incierto de cualquier avenida larga. No tolera embotellamientos ni estorbos, no respeta los carriles ni se inmuta ante el asedio de otras láminas; no teme a los tráilers ni a las patrullas, no necesita ver los coches de los demás mortales ni los pocos carruajes que aún dependen del burro. Jamás ha considerado que un ciclista sea un ser humano y dicen que gusta de embestir a los vendedores de tamales. Es un animal que se emociona con rebasar coches antiguos y que gusta de acelerar en los semáforos nomás para revolucionar el motor. Cuando se puede, ventila su micro a gran velocidad a lo largo de Río Churubusco para "comerse las curvas" y frenar con motor.

Bien visto, *el Avispón Beodo* no difiere en mucho del común de los conductores de la Ciudad de

México: infestada de automovilistas sin licencia, taxis sin matrícula y microbuses ilegales. Con o sin alcoholímetros, revisiones de contaminación o programas de regulación legal, la mayoría de los vehículos deambulan a sus anchas sobre el valle de Anáhuac sin carta de rumbos, bitácora o brújula. Aquí van libres, sin horario, los camiones repartidores de gas, explosivos ambulantes y los que llevan como misiles los viejos tanques que se cargan al hombro anónimo. Aquí van todos los coches del mundo. Si acaso, no todos contamos con una borrachita que nos cante las calles y menos aún el discreto encanto de una luz roja que ilumine nuestro rostro, como se enciende la cara de Ángel Anáhuac como máscara sagrada, maquillaje de neón, al recorrer las calles de su delirio durante madrugadas interminables.

De día o en noches donde sus ingresos le conceden pagar por su catarsis, nuestro Ángel ha recurrido al diván ambulante de los taxis verdes. A la mayoría de los habitantes de la Ciudad de México les resulta, más que oneroso, imposible pagar las tarifas que acostumbran cobrar los psicólogos, psicoanalistas, psiquiatras, terapeutas y demás profesionales del inconsciente. En cambio, buena parte de los deambulantes defeños, sinónimos de Ángel Anáhuac, sí alcanzamos a cubrir el costo del mínimo banderazo de cualquier taxi. Juntemos ambos temas y el resultado explica no sólo la indeclinable propensión a confesarnos con taxistas desconocidos, sino también la generalizada vocación terapéutica que profesan los verdaderos ases del volante.

Tengo un amigo que sobrevivió al doloroso proceso de la separación y divorcio del amor de su vida gracias a las bondades del diván ambulante, espacio terapéutico móvil y cambiante, de los taxis verdes de la Ciudad de México. ¿Por qué no revelar abiertamente que el Ángel Anáhuac también buscó en un ruletero la terapia más accesible para intentar desenredar sus neuronas en vuelo? ¿Por qué no aceptar la tierna desesperación de quien tuvo que pagar trayectos inútiles y recorridos largos hacia ninguna parte en busca de que alguien consolara su orfandad recién inventada? ¿Dónde mejor hablar de novias perdidas e intervenciones en atracos ajenos, para salvación de desconocidos? Bien visto, el asiento trasero de un Volkswagen puede ser más íntimo y acogedor que un insípido consultorio improvisado con muebles usados y la misma foto de Freud que cargan los psicoanalistas en la cartera.

En un *vocho* verde es el paciente quien define las circunstancias del *setting* (de acuerdo con las rutas, tráfico y paisajes que demande) y la duración de la catarsis en taxi no será interrumpida con la violencia aséptica de un reloj, sino con el luminoso mecanismo de un taxímetro. En *vocho* verde pagamos nuestros rollos por distancia; en la terapia tradicional, nos volvemos víctimas del estatus (pues no cobran igual los freudianos de Polanco que los jungianos de Iztapalapa y menos el enano Pedregal). En *vocho*, no importa si el azar dicta que nos toque en suerte un chofer lacaniano de largos silencios herméticos o un chafirete sistémico con tendencias zodiacales, pues el paciente-viajero puede apearse en cualquier esquina y probar suerte en otro taxi-terapia (por ejemplo, un Nissan último modelo o un flamante Seat del año pasado).

Habrá quien repare en la cuestión de la seguridad y sostenga que es peligroso terapiarse en taxi, a riesgo de ser asaltado o incluso secuestrado. A contrapelo, nadie negará que los mexicanos somos mucho más renuentes que los neoyorquinos para sobrepasar los temores y vergüenzas que implica asistir a una terapia psicoanalítica y que estamos rodeados por incontables charlatanes, dizque terapeutas, que asaltan a los incautos con los variados abusos de su falsía (falaces técnicas, engañosas recomendaciones, títulos falsificados y recibos de honorarios inexistentes). De eso y menos no tiene por qué preocuparse Ángel Anáhuac, que sabe que puede corregir a cachetadas limpias cualquier intento de abuso terapéutico, probadas con heroicidad sus capacidades de lucha.

Con todo, el paciente del diván ambulante puede establecer día y horario fijo con algún taxi de sitio. Incluso, fijar su terapia con algún chofer en particular y una misma ruta preestablecida. En lo personal, prefiero la terapia aleatoria e impredecible: tomar un taxi al azar y vomitar sin rumbo fijo las inquietudes e intolerancias del momento, hasta que el taxímetro marque una cuota cercana a los cincuenta pesos; pagar, apearse, caminar un poco o cumplir obligaciones diversas, para luego tomar otro taxi de regreso a los rumbos del hogar, retomando nuestra confesión catártica allí dónde la habíamos interrumpido (sin importar que el chofer en turno no entienda nada de nada) y terminar el día aligerado de complejos, traumas y frustraciones. Confieso que así he trabajado mi complejo de obesidad, aunque es sabido que un jueves me hallé de pronto náufrago entre las brumas de Cuautitlán Izcalli, sin dinero para volverme en taxi y resignado a sucumbir a la regresión emocional que implica viajar en Metro... pero ésa es otra terapia y no viene al caso en esta novela. Tampoco viene al caso celebrar los poderes terapéuticos de dormir en los vagones del Metro, recorridos de sueño o dormir en coches terapéuticamente estacionados al azar.

Lo que viene al caso es subrayar las muchas madrugadas en que Ángel Anáhuac, quizá hastiado de ir a la contemplación en bronce de una Diana perdida, quizá abstemio de heroicidades o desesperado por los mismos monólogos, con los mismos contertulios de su coro de necios, optaba por salirse del encierro y sacar verbalmente todas las dudas y todas las verdades de su obstinada personalidad confundida en pleno vuelo. No es entonces improbable ni anti-literario revelar para los propósitos de esta supuesta novela que el Angelito llegó a confesarse con fantasmas impresentables, que revelaba verdades a mentirosos de profesión y que en más de un vuelo rozaba el peligroso abismo de ser secuestrado emocionalmente por algún tomador de pelo, como sucede a miles de anónimos necios de la inmensa ciudad neurótica.

Popular entre los diversos ramos de la comunidad esotérica, la figura del *Chupakarmas* adquiere personalidades diferentes y variadas apariencias con un fin único: despojar a los incautos de su energía cósmica, secuestrar destinos zodiacales y abiertamente robar sus dineros. En ocasiones, se aparece como un inofensivo lector del tarot o vidente de ascendentes astrales que por mínimas cuotas se adentra en los biorritmos de sus víctimas, engañadas con la ilusión de que el *Chupakarmas* les leerá el futuro y explicará el pretérito.

Hay días en que la estafa llega a proporciones dantescas, cuando el *Chupakarmas* se encarna como un clon de Walter Mercado o finge la voz como si fuera Darth Vader al mando de la tabla ouija, y al posar las yemas de sus dedos sobre las frentes engañadas logra adjudicarse literalmente cada miligramo de su energía. Las víctimas andarán por quince días con una gripe inexplicable, imposibilitados para cualquier tarea que exija el mínimo esfuerzo. Quedan con un cansancio instantáneo (que el propio *Chupakarmas* dizque intenta aliviar posteriormente con aromaterapias improvisadas) y aun mucho tiempo después del secuestro de sus karmas padecen síntomas parecidos a los de la influenza australiana o el catarro de Tampico.

Una escenografía muy usada por los *Chupakarmas* se basa en ambientes iluminados por focos rojos y luz morada, al fondo *The Rain Song* de Led Zeppelin y el olor a pachulí impregnado en cada uno de los cojines de Chiconcuac. También hay estafadores del alma que recurren a la música *New Age* que transmite en forma continua la televisión por cable y a la exageración en el uso de vocablos mayas para masajear los ánimos y secuestrar las ánimas de sus víctimas. ¡Cómo no recordar aquí las andanzas de Yareli Cósmica Contreras, curandera de oficio ancestral, reencarnada siete veces con el mismo cuerpo obeso y famosa por sus masajes esotéricos! Dicen que la Yareli ponderaba los ánimos de sus víctimas a través de un sencillo cuestionario sobre trivias televisivas de los años setenta, para luego invitarlas a recostarse sobre una cama de hojas de lechuga e iniciar el magnético rito de adormilar las sienes con un menjurje mezcla de agua de jamaica, aceite de olivo y *Miguelito* de chile en polvo. Sus víctimas, lánguidas y adormiladas, no sentían el flujo continuo de sus almas saliendo por todos sus poros y lentamente introduciéndose a la negra esencia de Yareli Cósmica Contreras a través del siniestro tacto de sus dedos afilados. Una *Chupakarmas* de legendarias proporciones con la que tuvo que lidiar Ángel Anáhuac, preso de la culpa por haberle partido el costillar a un policía bancario que pretendía robarse un dinero olvidado en un cajero automático.

Basta sentir la acostumbrada desolación en la que nos hunde la vida cotidiana, el tedio de nuestras rutinas y la ligera depresión que se instala durante las eternidades que transcurren ante un semáforo para volverse presa potencial de cualquier *Chupakarmas*. Uno busca soluciones inmediatas a las limitaciones de nuestra existencia y cree fielmente en la lectura azarosa de las estrellas, el masaje emocional de quienes afirman ayudarnos a comprender no sólo nuestra vida presente, sino nuestras existencias pasadas. Poco a poco se filtran entonces los engaños del *Chupakarmas*: el sutil embeleso de su verborrea astral, la repetida letanía de las coordenadas zodiacales que nos describen a pie juntillas nuestra supuestamente personal biografía (o, para tal caso, la biografía de cualquiera) y de pronto empieza a mermarse el presupuesto familiar, los gastos diarios y, de paso, las ganas de tender la cama, lavar los trastes y llevar a los niños a la escuela. Así anduvo el Ángel los días en que cayó presa de los engaños de quien le leía en las borrajas del café *Serás un espíritu libre… volarás para liberación de todas las almas… Eres estatua y eres sismo… Tienes en tus alas la justicia incomprendida… Bebe más agua… Déjala serenar en el borde de una ventana… Son treinta pesos.*

En el colmo de este tipo de atracos esotéricos, mencionaré la artimaña de quienes invaden nuestro espacio a través de la supuestamente aséptica red del Internet. Sin conocerme, un vidente tuvo a bien enviarme correos en donde aseguraba tener la fórmula para que yo pudiera aumentar de peso y "dejar de ser un alfeñique endeble" (ridículo ofrecimiento si se considera que la última vez que me pesé cumplía con el reglamento vigente para ser lidiado en la Plaza México). Luego, el *Chupakarmas* cibernético me ofrecía cartas astrales que me podrían guiar por el "atrevido y gratificante medio de los *swingers*" y unos masajes orientales que podrían "mejorar mi rendimiento en cualesquiera de los deportes que practico". Hace veinte años que no corro en público y la posibilidad de incorporarme al mundo *swinger* es tan remota como mi filiación a un partido político, la adquisición de la nacionalidad boliviana o la depilación permanente del ya característico vello de mi cuerpo. Pero todo eso no corresponde a este intento por novelar una desesperación sincera, una desolación apocalíptica que se le metía por debajo de las alas a Ángel Anáhuac conforme se instalaba en su ánimo la silente convicción de que sus vuelos no servían para nada. Poco a poco, más que un guerrero atrevido en cualquier lance, Ángel Anáhuac parecía aterrizar en el fango de una derrota íntima e incomprensible. En medio del coro de necios más grande del mundo, la cantata multitudinaria de todos los orates posibles, Ángel Anáhuac planeaba cada vez más hacia una pista solitaria. Cada vez más, la desolación irracional de la soledad, como si fuera el candidato ideal para convertirse en buzo del drenaje más profundo del mundo, submarinismo de mierda, gambusino de basuras, aletas extendidas en la más plena oscuridad como ave que vuela entre tinieblas.

En una cafetería clandestina de la estación de autobuses, Ángel Anáhuac escuchó en boca de un bardo desvelado la historia de Enedina Arboledas y no sólo se sintió identificado en la desolación compartida, sino avergonzado —¡él, el Exterminador a Domicilio!— de que lo vieran llorar bardo y comensales como si hubiese reconocido en la narración trasnochada la bitácora exacta de lo que pudo provocarle a su loca madre en el ghetto de la calle Varsovia, desde la bendita mañana en que decidió salir a volar.

"Ella no tiene la culpa", decía el bardo desvelado ante el enésimo café de la madrugada. Todos en espera de huir a Morelia, todos menos el Ángel escuchaban sus palabras y se aprendían el nombre de la protagonista: Enedina Arboledas viuda de Mendívil. Desde que enviudó en 1999, Enedina Arboledas vive con los horarios trastocados —quizá desde la larga noche del velorio de su marido—y se ha convertido en habitante única de cada una de sus madrugadas. Sus cuarenta años de vida matrimonial se pueden resumir en un escueto itinerario: los mismos horarios para desayunar, comer y cenar; las mismas pláticas de tarde en tarde; las mínimas salidas al mundo exterior.

Al enviudar, Enedina Arboledas no tuvo la culpa de que repentinamente se volteara el orden de su universo. Se instala todos los días ante el televisor desde las dos en punto de la tarde, agota todas las programaciones de los cinco o seis canales nacionales, cena cualquier cosa que le traiga su sobrina y cobra nueva vida en cuanto empiezan a salir al aire los infomerciales de la madrugada. Entonces, Enedina se vuelve la soberana de su diminuto departamento y sueña con todos los productos del consumo noctámbulo: la faja reafirmante de busto, la crema anti-várices, el trapeador mágico, la bomba al vacío para alargamiento de penes, el juego eléctrico de dieciséis desarmadores, la cera para automóviles, el shampoo de sábila pura, *Microsoft Windows* y los sartenes sin grasa. Los vecinos afirman que hay ocasiones en que se le ve danzando frente al televisor, presa de efusiones impalpables, o aplaudiendo ante los milagrosos resultados de un quitamanchas de alfombras, como si estuviera sentada en la sala de un teatro.

Enedina no tiene la culpa de que su soledad no cumplió con las expectativas y pronósticos que cargó toda su vida. Se le acabó el mundo y se vio forzada a inventarse un reino ajeno, un paraíso publicitario que la consuela y distrae todas las noches, mientras el mundo duerme. Que nadie reproche entonces su ceño fruncido y gestos de preocupado interés cuando escucha con los ojos las características y pormenores del superbaumamómetro de precisión electrónica; que nadie se burle de sus lágrimas al verla emocionarse con los testimonios de siete obesos que perdieron cuarenta y hasta cincuenta kilos, cada uno, gracias a las gotitas contra la gordura y sus respectivas cremas exfoliantes.

Enedina no tiene la culpa por quedarse dormida en cuanto llega el amanecer, porque tampoco tiene responsabilidad alguna de que el resto de la humanidad continúe con los horarios de la supuesta normalidad. Enedina Arboledas duerme feliz, sin que nadie sepa a ciencia cierta con qué o con quién sueña, y se levanta a la una en punto de la tarde para asearse y arreglarse como si fuera a una reunión: a la cita de todos los días con el televisor milagroso que la espera siempre con puntualidad. Su sobrina solamente puede visitarla durante unos minutos de cada tarde, los suficientes para dejarle hecha la comida y arreglada su camita, sin reparar en que las fotografías rotas en las esquinas, las once figuritas de porcelana despostillada y los empolvados ositos de peluche son quizá los últimos testigos de lo que fue la vida normal, la biografía sin accidentes, la existencia sin cambios de su tía Enedina Arboledas.

Si las televisoras optaran por volver a poblar las noches con ciclos de películas invaluables, programas culturales o conciertos sinfónicos, quizá los desvelos de Enedina no fueran tan esquizofrénicos. Pero que los canales de televisión hayan caído en el soporífero bombardeo de comerciales, publicidad rápida o infomerciales de media hora obliga a los transeúntes de la noche a quedar hipnotizados por una cornucopia interminable de productos maravillosos, expuestos al asombro ante cualquier trique o cachivache de la modernidad global, absortos ante las posibilidades increíbles que ofrece el mundo moderno. De eso nada sabe Ángel Anáhuac, que por dedicación a sus vuelos abandonó por completo la liturgia hipnótica de la televisión a diario, pero no obstante lloraba ante el relato del bardo trasnochado y por su íntima desesperación no es descabellado meter en este párrafo que le dieron ganas de largarse a Morelia, como estaban a punto de hacerlo los demás contertulios de la cafetería clandestina. Largarse a donde sea y dejar de pensar en viejas locas, su loca madre y todas las locas del valle, que viven de noche soñando con la tele… Él no tiene la culpa de todas las viudas… Él no tiene la culpa de haber decidido salvarse en pleno vuelo, dejando a su madre envuelta en jaculatorias de publicidad toda la madrugada, en blanco y negro, con antena de conejo…

Ella, como Enedina Arboledas, no tiene el dinero para comprar ni uno solo de los productos que se anuncian en televisión todas las madrugadas. Diría un psicólogo que quizá le haría bien volver a ver películas de su época, digerir los duelos de su viudez con programaciones continuas de la música que acostumbraba escuchar con su difunto marido. Dirán las trabajadoras sociales que Enedina debería hacer ejercicios leves de aeróbics de bajo impacto hasta alcanzar un grado de cansancio que le permitiera dormir "a sus horas" y dicen los vecinos (junto con el novio de su sobrina) que estaría mejor si la encerraran en un asilo. Pero de todo eso y muchas cosas más, Enedina no tiene la culpa.

Tampoco siente culpa alguna el Ángel de nuestra Independencia emocional que se levantó llorando de la cafetería clandestina de la estación de autobuses a Morelia y ni se fijó quién le pagaría los cafés de la noche. No tiene la culpa el Ángel de que todo relato sobre las viudas abandonadas le recuerde la desolada desesperación en la que cayó su loca madre en el ghetto de la calle Varsovia y no tiene la culpa de que sabiéndose más solo cada madrugada, alejado del calor de su burdel Obsidiana, mire con admiración y envidia a las parejas que se aman en silencio, las que se asoman por las ventanas de los hoteles, recién bañados de ellos mismos y las parejitas que se multiplican sin límite, siendo una y la misma pareja de siempre, de siglos.

De la mano, a carcajadas compartidas y besos de saliva fugaz, el Ángel veía a las parejas con su retorcida mezcla de deseo y de esperanza. Los ve en las calles vacías y en las plazas atiborradas de basura y vegetación, los ha visto en Chapultepec, a la sombra de un árbol milenario; en la entrada del Museo Tamayo, riéndose bajo una llovizna gris y caminando a lo largo de dos o tres avenidas que aún conservan su camellón. Van de la mano, callados o charlando. Podrían ser la enésima parejita inadvertida o la última pareja del Mundo, destinados a sobrevivir a toda la humanidad.

Él aparenta ser un joven sin vicios y ella una diosa que no necesita adjetivos. Ambos se miran constantemente a los ojos, hablan al volumen pactado para su intimidad y caminan con pasos sincronizados. Ella lleva una cabellera limpia adornada con una mínima trenza, mientras él parece acomodar cada ola de su pelo rizado según la intensidad de la brisa.

Llaman la atención desde el primer instante: Ángel Anáhuac esperaba el cambio de un semáforo, hablando solo y en voz alta; ellos se reían de no sé qué cosa con las caras a distancia milimétrica, recostados sobre un barandal endeble, en medio de una avenida por donde unos niños correteaban a un perro de raza fina. Ángel Anáhuac grabó sus rostros en la memoria porque quiso imaginar que eran felices, que se tenían el uno para el otro y que la eternidad no era un asunto que alterara el transcurso mágico de un atardecer.

Conforme se los ha encontrado al paso del tiempo, parece que Ángel Anáhuac acertó en su deseo. Solamente una vez vio que la chica caminaba con más prisa, como queriendo alejarse de su Otro. A contrapelo, el Ángel perdió la cuenta de las ocasiones diversas en que los vio, por distintos escenarios de la Ciudad más Grande del Mundo, unidos por sus manos gemelas, amarrados de la cintura como bañistas del nado sincronizado o patinadores sobre hielo. Los vio en el cine, proyectando entre las sombras el más envidiable de los besos y coincidió con ellos en dos cafeterías y un sagrado templo de tacos.

Ángel se pregunta si la parejita habrá reparado en su curiosidad injustificada, la ridiculez de su soledad cifrada en libretas subrayadas y cuadernos que se van poblando con apuntes inútiles. Le intriga saber sus nombres y hasta quisiera saber sus intenciones; se pregunta si gozan de un espacio para desatar su intimidad, si se han amado apasionadamente o tan sólo esperan la posibilidad de esa epifanía. Ángel Anáhuac ha calculado que ambos son menores a los veinticinco años y, por ende, tienen toda la vida por delante. No revelan cicatrices emocionales ni huellas de haber padecido traumas familiares. Tampoco parecen responder a patrones convencionales de noviazgos cursis y transpiran un aura de absoluta libertad. Si acaso, sus mochilas indican que estudian algo en algún lugar, pero no se les ve preocupados por nada en el mundo cuando los ha sorprendido leyendo bajo una sombra.

Una mañana el azar dictó que se sentaran en una mesa próxima a la que acostumbraba ocupar Ángel Anáhuac en un café cualquiera. Desde su mesa, suéter cuello de tortuga negro, botas negras recién boleadas, pantalón de imitación cuero viejo, cuello de cisne, alas atadas a la espalda, el Ángel Anáhuac se dedicó a escucharlos. Durante tres horas mantuvieron una conversación envidiable donde él recurría con frecuencia a la cita de libros y de autores, mientras ella se mostraba propensa a hablar de música y pinturas. Le costó mucho trabajo al Ángel disimular que los escuchaba y más, no intervenir ni por asomo. Le embelesó la voz dulce y franca de ella, mientras que por momentos creía sintonizar perfectamente con la tesitura, giros y colores que destilaba la voz de él. Navegaron las tres horas sin prisas, intercalando en la charla algunos silencios preciosos y consumiendo tan sólo dos cafés capuchinos y una jarra de agua, más como pretexto que como sustento. Se levantaron sin decidir aún a qué cine irían y cuál de dos películas ocuparía su tarde. Incluso, el Ángel alcanzó a escuchar con una envidia ya casi olvidada que lo decidirían sobre la marcha o con el lanzamiento de una moneda al aire.

No pudo precisar el rango de sus ingresos o el nivel sociológico del estrato en el que conviven. Los ha visto en Polanco y en Coapa, en tiendas departamentales y en un tianguis callejero. Ella parece una princesa mimada cuando trae falda y una reencarnación hippie cuando repite los de mezclilla; a Él lo ha visto con el uniforme común de todos los jóvenes y también con atuendos copiados de alguna película de Woody Allen. Angelito concluyó que su amor no pende de ingresos o miserias, escenografías fijas, ámbitos establecidos o patrones convencionales. Los ha visto besándose en medio de un aguacero torrencial sin urgencia alguna por buscar un techo y les siguió los pasos, a una distancia razonable, durante un improvisado día de campo que forjaron sobre un prado, en medio de la nada, en pleno Bosque de Chapultepec.

También los ha visto por separado: a Ella en el vagón anaranjado del Metro, absorta en la lectura de una novela cuyo título no pudo leer por ser un enamorado ejemplar forrado con papel de flores, quizá forrado por ella misma. Ella sonreía al recorrer los párrafos y bajó del tren sin levantar la vista de una de las páginas intermedias; a Él lo ha visto en dos ocasiones dirigiéndose, evidentemente, al encuentro de su amada: llevando en una mano flores amarillas recién compradas, y en la otra un misterioso envoltorio de papel periódico coronado con un moño inexplicable.

Predominan las veces en que los ha visto juntos, inseparables, unidos. Le inquieta saber si se desesperan el uno con el otro, si guardan secretos entre ellos que quizá romperían para siempre el encanto que proyectan. No parece que se acaban de conocer e, incluso, hay días en que el morbo de un ángel anónimo lo inclina a imaginar que son parientes. Quizá primos incestuosos montados en la cresta de un idilio inconfesable o hermanastros unidos por algún acomodo circunstancial.

Al seguirlos, Ángel Anáhuac ha logrado confirmar que la altura de los hombros de Ella queda exactamente sincronizada con el largo de los brazos de Él. Esto permite que el joven se apoye sobre la chica de una manera natural y espontánea, casi mecánica, y al mismo tiempo, que Ella recargue su cabeza sobre el pecho de su amante a la altura precisa para que se conjuguen sus afectos. Al Angelito le conmueve mirarla cuando voltea los ojos hacia el joven y se identifica plenamente con Él en los momentos en que desmaya la mirada hacia abajo, mirándola directamente a la cara como quien contempla una obra de arte o un reflejo borroso en un estanque. El Angelito ha llegado a estar tan cerca de ellos que le consta que no llevan anillos que revelen su compromiso, que ambos tienen manos cuyas articulaciones no tendrían ningún sentido sin el acompañamiento y Ángel Anáhuac se pregunta si Él le toca la guitarra en las noches, sin más luz que una vela gastada o si Ella es en realidad una concertista de piano al filo de lanzarse al estrellato mundial, y que ambos ocupan un departamento en donde el único mueble es un finísimo piano de cola que Ella heredó de su abuela.

Algo proyectan estos jóvenes, todos los jóvenes enamorados, todos la única y universal pareja, que le dicen al Ángel Anáhuac en silencio y sin mirarlo que serán lo que ya son: ancianos desde hoy, enamorados de por vida, ajenos al mundo, tangenciales hacia la realidad, puros en su sapiencia compartida, abiertos a todo descubrimiento, dueños de su particular soledad... perfectamente acompañados.

Semaforaje

"He pecado en tus noches, entre el semaforaje de sombras y neones. Me escondo en el semaforaje para eyacular la semilla de las alas nuevas. Espío las manos enamoradas que se frotan entre el semaforaje, con una descarada honestidad de sus mentiras. Reconozco entre el semaforaje de tus calles y avenidas las caras de las mujeres que nos engañan y el rostro sincero del enamorado perdido, en el semaforaje se ocultan los niños huérfanos y las indias que fueron engañadas en otro idioma, en el semaforaje han de nacer las huestes silenciosas del nuevo coro de tu cemento. En el semaforaje se multiplica la fauna de tus entrañas y las flores entre el fango de tu manto de estrellas, Madre Ciudad, semaforaje celestial que te cubre la cabellera negra de tus madrugadas, telón de semaforaje incandescente.

Semaforaje de todos los vehículos que recorren el sistema nervioso central de tus avenidas largas y tus calles despobladas, semaforaje los millones de automóviles sin conductor que viajan de noche hacia ninguna parte y semaforaje constante en el embotellamiento de tus ideas, el nervio anudado de tus emociones de semaforaje sincronizado. Madre Ciudad que el semaforaje eterno de las calacas alineadas sobre muros te erija un templo al pie del cerro de los pecados. Madre Ciudad que el semaforaje ancestral de las naos y galeones te cubra en lagos de plata pura el costillar urbano de tus palacios inmemoriales. Ciudad Madre cubre con tu semaforaje la desquiciada angustia del solitario que sólo busca amarse entre las sombras del semaforaje, volando sobre las nubes negras de tu semaforaje, aterrizando sobre el azúcar empedrado del semaforaje de alcanfor.

Millones de ojos brillantes entre el semaforaje, millones de miradas a párpados cerrados entre el semaforaje selvático de los cerros que te rodean. Millones de almas perdidas entre el semaforaje en busca de un camino de migajas de pan que nos conduzca a la salida del bosque, al dintel del semaforaje donde se apagan tus luces y empieza otro reino, otro país. Semaforaje parpadeante de ilusiones en la ciudad sin esperanza, en la ciudad de los tenebrosos encantos, en la villa de los bosques de semaforaje, erguidos a punto de caerse con los terremotos y los vientos, las mareas de aguas negras, las inundaciones de lluviácida… semaforaje de siglos."

A. A.
Cuaderno olvidado en un taxi, 2006

Vosotros que llegáis siempre en barco, cinco siglos de conquista, cinco décadas de exilio y vosotros que llegáis dos veces al día en Iberia, cinco piezas de equipaje, cinco días a la semana.

Vosotros que os volvisteis nosotros y vosotros que nos detestan, los que se quedaron para siempre. Vosotros los entrañables y los odiosos, los del España y del Asturias, los blaugranas y merengues, los del Betis y el Sevilla.

Vosotros que clamaban por Manolete y al mismo tiempo idolatraban a Silverio, los que cantaban schotis con rancheras y emulaban el andar de Agustín Lara por la Gran Vía que el oprobio tuvo a bien cambiar de nombre.

Vosotros que decís Alántico por no poder desenredar ninguna T que se mestice con L, y vosotros que agregáis chiles jalapeños al aceite de oliva y las chistorras. Vosotros que vivís con siete horas de diferencia sobre las mismas calles y que jamás volveréis a Bilbao, ni a Huelva.

Vosotros peninsulares, transterrados, exiliados, refugiados, nacionalizados, doble-nacionalidad, arraigados, afincados, enterrados, casados, empadronados, amados en México y vosotros los que llegáis para estar sólo unas horas, que veis Televisión Española Internacional y leéis *El País*, mismo día, misma edición y coméis en el Casino Español, Caserío Vasco, Orfeu Catalá, Casa de Castilla, Centro Gallego, Club Asturiano, Bar Andaluz y fumáis Don Simón del Cinco y Ducados con filtro, y tomáis Anís del Mono, Fino La Ina, Marqués de Cáceres, Freixenet, y se os quiebran las muelas con turrón de Alicante, crema catalana y qué sé yo...

Vosotros de tantos apellidos, vosotros de la Virgen de Guadalupe de Extremadura, vosotros mestizos al casar con indígena, vosotros padres del mestizaje, vosotros conquistadores y navegantes, barrocos y renacentistas.

Vosotros currantes incansables y vosotros de zarzuela, cine y aperitivos. Vosotros hijos de Morelia, pasajeros de la esperanza, victoriosos a la distancia, en la derrota, en el recuerdo de todos los olvidos. Vosotros bandera morada y sobremesas en catalán, volúmenes subidos en toda conversación y gesticulaciones precisas hasta para el silencio.

Vosotros que Madrid es México, Reforma la Castellana, el Zócalo la Plaza Mayor, Chapultepec un nuevo Retiro, Recoletos en Zona Rosa, Paseo del Prado para Antropología. Vosotros que esperáis, que desesperáis, que esperéis, que a callar, que te jodes, que no me jodas, que te lo digo yo, que te doy una hostia, que te cagas, que me cago en tus muertos.

Vosotros de contradicción y afirmaciones, de todos los bancos y todas las panaderías ya extintas, de todos los abarrotes y el bacalao para las Pascuas, de almendras confitadas y mazapanes de Toledo, de horchata de chufas, caballos enjaezados, alegrías y soleares, seguirillas y pasodobles. Vosotros que sabéis las letras de las rancheras y todos los suspiros de España.

Veinte

Vagó entonces por todo Chihuahua y Puebla, de cabo a rabo; recorrió Guanajuato, Campeche y Tabasco; anduvo por Xalapa y Monterrey, Colima, Tamaulipas y Nuevo León... no porque el Ángel haya claudicado en sus empeños, no porque haya huido por la estación de autobuses, sino por el geográfico delirio de sentir que se recorre la República entera si uno se deja perder por ese laberinto de calles que no salen de la misma Ciudad de México.

Vagó entonces entre cuidacoches y limpiaparabrisas, cerillos de supermercado que van llenando las bolsas de plástico de los ajenos y de los extraños con despensas que jamás comprarán para sí mismos y vagó entre gasolineros y repartidores de gas, entre ciclistas panaderos y motociclistas de pizzerías instantáneas. Vagó entre vagones del Metro y no me pregunten cómo, pero el Ángel fue a dar a la tertulia eterna del café Tupinamba.

No me pregunten aquí cómo es posible que el Tupinamba aparezca en estos párrafos intacto, igual que siempre, como si no hubiera pasado por mil y una restauraciones, reparaciones y cambios de decoración. No lo sé de cierto, pero algo precisamente incierto, algo que no tiene que ver con realismos mágicos y demás interpretaciones literarias o metaliterarias o superliterarias permitió que Ángel Anáhuac se hallara de pronto, sin justificación aparente, en la misma tertulia de siempre, la mesa acostumbrada por entrañables y maravillosos comensales. Hablo de españoles, mexicanos, españoles trasterrados, españoles del exilio, españoles mexicanos que aquí se quedaron no por esperar que en España muriera Franco y los grises, las pólvoras, las muertes que ya habían muerto desde hace décadas, sino por el hecho de haber renacido aquí todos, por haber enterrado aquí a sus muertos, por haber nacido aquí sus hijos y nietos... por el renacimiento continuo que ejercían en coro sobre la mesa del café Tupinamba, donde no me pregunten cómo, pero apareció de pronto un Ángel Anáhuac.

—Ni Ángel... ni Exterminador... ¡Ni leches!, ¿oyes? —dijo don Leopoldo Argüelles, con esa inexplicable voz de tabaco negro y aceite de oliva, y agregó sereno, aunque parecía enfadado—: En esta mesa se llegó a sentar Buñuel... ¿entiendes? Luis Buñuel, nada menos y si quieres oír hablar sobre el verdadero Ángel Exterminador, calla y escucha, que aquí Manolo te lo pone claro... ¿Estamos?

Se refería a don Manuel Águilas Chamberí, antiguo dueño de zapaterías de lujo (hasta que los zapatos chinos de contrabando forzaron su retiro de los mercados), antiguo combatiente de la Guerra Civil y el más antiguo contertulio del Tupinamba inverosímil que, por lo menos aquí, permanece intacto, como si nada hubiera pasado... Y dijo don Manuel, citando a Rafael Alberti: *Vestido como en el mundo, ya no se me ven las alas. Nadie sabe cómo fui. No me conocen. Soy el Ángel Desconocido...* Y habla don Manuel con esa voz de grabación radiofónica, con todo y el siseo salival que parece estática de ondas cortas y clava su mirada en los ojos del Ángel y le dice, como si lo conociera de años, como si se hubiesen cruzado sobre un celuloide de blanco y negro:

—Vamos a ver si te enteras, majete… Lo de *El Ángel Exterminador* no se puede andar repitiendo así nada más porque sí… Buñuel lo hizo película, pero la cosa tiene tela… ¡Tela marinera! Aquí José María te podrá decir que la peli se iba a llamar *Los náufragos de la calle Providencia*, pero ésas son zarandajas… Eso viene de un libro de Bergamín… José Bergamín, ¡a ver si te aclaras, niño, que no puedo ir dándote pies de página a cada párrafo, joder!… ¡Déjame terminar, JoseMari…! Ya le dirás lo tuyo… A lo que voy: lo del ángel exterminador está en la Biblia… en el Apocalipsis, ¿entiendes? Y lo único en que pinta aquí Bergamín es que el propio Buñuel contó en esta misma mesa que Pepe Bergamín le había confesado su deseo de escribir una novela que llevara ese título, pero nunca la escribió, así que pasaron los años y Buñuel, creo que con Alcoriza, se ponen a escribir *Los náufragos de la calle Providencia* y ya está, ¿me entiendes?

—Pero, ¿qué coño te va entender? Si no has dicho nada claro —dijo entonces José de la Estrella, entrañable contertulio inmortal, flaco como una lanza al óleo de Velázquez, más ronco que el aserradero de un pino… Tipógrafo minucioso, editor de ortografías perfectas, hombre de teatro y recitador sin par de todo Góngora y Quevedo—. Que digas las cosas claras, me cago en la leche… Mira chaval: lo de *El Ángel Exterminador* viene de unos anarquistas españoles del siglo pasado… ¡qué digo pasao… del siglo antepasao! En el diecinueve, esos tíos se te acercaban, te cercenaban el pasapán y antes de que se te fuera la vida con el último suspiro te susurraban al oído "te ha cargao *El Ángel Exterminador...*". ¿Ahora entiendes?

Don Manuel Águilas Chamberí se impacientó con la acotación, pero le ganó la tos, así que volvió a tomar la palabra Argüelles, como queriendo aclarar de una vez por todas:

—A ver, Estrella, que te enredas más que las persianas... Mira, niño: Buñuel quiso hacer una película sobre una ciudad entera donde sus habitantes no pueden salir... Un buen día, sin explicación ni Apocalipsis ni su puta madre, simplemente no pueden salir, ¿entiendes? Como si se levantasen unos inmensos telones invisibles que nadie puede cruzar y que sólo traspasan los animales... Te imaginarás lo que le dijeron cuando propuso la producción... Que si los costos y los imposibles y tal y tal... El caso es que el genio de Buñuel propuso entonces que toda la trama se redujera a un grupo de ricos podridos... (¿Se llamaba Nóbile el de la casa, no?) Bueno, a lo que voy: un grupo de millonarios podridos en pasta hacen una cena en una casa de lujo exagerado y, luego de los postres, luego de los brindis... ¡Se quedan tós atrapados en la sala! De allí no sale nadie, tío, y se prolongan las horas y se les llenan las angustias de sudor y desesperación...

—¡Y tanto! Se ponen a cagar en un armario... —intervino Estrella— y se mean en un jarrón, y allí no hay agua y se les acaban las viandas y empiezan a mirarse todos con ganas de sacarse los ojos...

—Deja que yo termine, joder —dijo, ya recuperado de su tos, don Leopoldo Argüelles—. Buñuel logró el efecto perfecto embarrando a los actores con miel de abeja... ¡Joé! Hay que ver la cara de Silvia

Pinal, llena de miel como si fuese sudor... te puedes morir, tío...

—¡Pero ése no es el tema, me cago en diez! —volvió a insistir don Águilas Chamberí—. El tema es que Buñuel metió en el guión la hipnosis de la repetición... allí tós repitiendo lo que habían dicho y lo que habían hecho para ver si así rompían el embrujo aquel... Tós enjaulados... Un escándalo de desesperaciones... Tío, no hay que olvidar que la metáfora es la ciudad... y tú sí que la tienes cruda con todo el rollo que te tiras que si Ángel, y las alas, y Exterminador, ¡vamos hombre, no me jodas!

Y no dejaban hablar al Ángel, que por lo demás estaba absorto. Se oían *hostias* y *mecagos, notejode* y *tuputamadres*, como si estuviesen en una tasca al otro lado del *Alántico*, que aquí *no pasa ná... que no te enteras, que a lo que voy*, que *dale que te pego*, que *¿qué te iba yo a decir?*, que *la cagaste Burt Lancaster...* que *Maripili y Tutiplén...* y el Ángel Anáhuac por primera vez en su vida se enteraba de Luis Buñuel, y de una película que llevaba por título lo que él creía por ósmosis como genial apodo por ocurrencia propia y de una trama alucinante que ya quisiera él mismo aplicarle a la escoria entera de la Ciudad de México, condenándolos a un encierro entre barrotes invisibles sin que nadie pueda escapar del batir de sus alas...

Con ánimo de cerrarle el tema, por evidente urgencia de pasar a discutir por enésima vez en medio siglo las gracias y desgracias del Madrid-Barça en turno, José de la Estrella remató con una media verónica, de más o menos medio párrafo:

—A ver si nos entendemos... La cosa, creo yo, no es que la peli de Buñuel sea de la ciudad, microfilmada como una casa... Y tampoco creo que el tema sea lo de las repeticiones... Déjate de rollos, tío, y escucha: la peli va de la misma ralea que el camarote de los Hermanos Marx, ¿me entiendes? Una panda de tíos que se quedan encerrados, cagando en el armario, sudando miel de abeja, y un oso jodío que se pasea entre los muebles y allí no hay Dios que entienda ná de ná... Todo mundo, como el camarote de los Marx, ¿sabes?... Un despelote que te cagas, y para mí que es una comedia... ¡Joé! ¿Qué es eso...? Una broma celestial de Buñuel y por mí, si quieres seguir clamando por allí que tú eres el Ángel, pues adelante, *que si te he visto no me acuerdo*, decía mi madre... y ya está.

A todo esto, quien no habló ni una sola palabra de las muchas que parecía querer decir al respecto fue don José María la Florida, el más Quijote de la mesa, el albatros de los brazos largos y barba imperial... Pero de eso tampoco me vengan a preguntar en este párrafo donde lo único que puedo subrayar es el hecho verificable, la constancia fiel, de que José de la Estrella, Manuel Águilas Chamberí, Leopoldo Argüelles y el propio JoseMari la Florida mantenían intacto un raro vado en el tiempo, como si no hubiese pátina que alterara el escenario idéntico del Tupinamba y como si las canas que revelaban el paso de sus años no fueran más que maquillajes al filo de la realidad... y la única explicación que se me ocurre, incluso sin que me la tengan que preguntar, es que la tertulia inamovible jugaba un sortilegio constante que les permitía precisamente eso: abatir con conversaciones interminables el paso del tiempo, a la vez que abatían con evidente acento y modales intactos todas las distancias que se habían marcado con sus respectivos exilios, destierros, amnesias y recuerdos. Se sabe y consta —no sólo en el Tupinamba, sino en más de un Vips de la inmensa ciudad— que Argüelles, La Florida, Estrella y don Águilas Chamberí eran capaces de citarse a cenar sin pretexto particular... alargar la sobremesa con filosofías interminables... asumir entonces la madrugada con todas sus horas, flotando en una cafeína colectiva... amanecer con otra discusión, quizá de tema más banal... prolongar el desayuno hasta convertirlo en almuerzo... celebrar entonces una comida animada, con mayores adrenalinas, donde parecería que no se habían podido ver en años... entonces... salvo, por la misma ropa del día anterior, prolongar la tarde con postres y cafés renovadores y resucitadores... hasta que a un camarero se le ocurra insinuar la cena y repetir, como si fuese un guión de Buñuel, la cena del día anterior, para prolongarla renovada y sin miel de abeja en tertulia de toda la noche, alargando la madrugada hasta que llegue de nuevo un desayuno que parecería el mismo, si no fuera otro... y otra vez, navegar el día, hasta que llegue la hora de comer en la misma mesa, con los mismos pasajeros en un camarote entrañable y enloquecido donde componen y recomponen el mundo, vuelven al paisaje de España que grabaron en su memoria y vuelven a llegar a la misma Ciudad de México que es siempre Otra, donde desparraman su imaginación, sus discusiones, sus empatías y conexiones, sus filiaciones y sus odios, los dedos sobre la mesa punteando como telegrafistas, las manos aleteando como ángeles contra todos los corajes e inconformidades posibles, aleteando cada sílaba salival con el todo el tiempo del mundo, setenta y dos horas eternas donde no pasa nada, no pasarán, no pasarán y no pasarán...

Contrasentidos

"Que nadie se queje de los trolebuses que viajan en carriles de contrasentido y que nadie se oponga a que tus vagones anaranjados del Metro viajen en contrasentido por los túneles de tus entrañas. Que todos celebren el contrasentido de tus madrugadas matinales, tus noches de tarde, tus buenas tardes a mediodía. Que los niños aprendan el contrasentido de separar la basura donde no existen plantas de reciclaje y que los danzantes asuman el contrasentido de sus danzas prehispánicas mestizadas con apellidos prehispánicos, penachos *Made in China* y huaraches de la India. Que te alaben los contrasentidos de tus horarios burocráticos y la carga alimenticia de una torta de tamal, que te canten en síncopa todos los ritmos de tu contrasentido ecléctico y fusionado, mestizo y auténtico.

Que te alaben los arcángeles de tus demonios y se postren ante el manto de tus contrasentidos los viajeros que se quedan, los ambulantes fijos, los mercados de gitanos que te recorren toda la piel. Regocijémonos los réprobos y reprobados, los créditos pendientes y el contrasentido de tu excelencia académica. Contrasentido los que nadan en las nubes de tu fango sobre la pista de hielo del Zócalo con el contrasentido del nado sincronizado con las aves muertas y las acequias secas de tus lagos. Contrasentido los aviones que aterrizan en tu vientre, los camiones que extienden tus extremidades en contrasentido. Que los toreros españoles acepten el contrasentido de las vueltas al ruedo en tu monumental plaza de sacrificios y que todos lean el contrasentido de tus escasas librerías, el contrasentido de tus mariachis de flamenco y los tangos tristes de un exilio arraigado. Que nos llenemos de gratitud silenciosa por el contrasentido de tus sinsentidos, de todos tus sentidos, de tu sentido homenaje y el más sentido pésame en el sentido parto de los consentidos. Que rían de tristeza los logros de todos tus fracasos, que callen los que hablan de pie, arrodillados ante el manto infinito de tu asfalto. Erguidos los atlantes que se posan bocabajo ante el elevado altar subterráneo, que vuelen los peces en el contrasentido de tus nubes negras de fangos y que naden por los aires las aves muertas, que todos alaben que para amarte hay que odiarte, que todos nos quedamos porque queremos huirte, que hablen los que se callan y te escuchen los sordos, los amparados desamparados de tus contrasentidos. Contrasentido del prestanombres petrolero y corrupto que desfila como honesto analfabeta leído, contrasentido el valor en pobreza de tus dineros y el oro que se resguarda entre toneladas de tu basura.

Contrasentidos los que te ríen con llantos, los que te callan con cantos, los que te habitan de lejos, los que te piensan con amnesia, los que te desconocen sin verte, los que te hablan sin palabras. Contrasentidos los profetas que te condenan con esperanza falsa y los políticos que te sirven al robarte, contrasentidos los sacerdotes pecadores, los ambulantes fijos, los mercados sobre ruedas, las plazas secuestradas, los jardines sin flores. Contrasentidos los que te desahucian al nacer, los que bailan tu silencio, los que callan tus cantos, los libros ciegos, los murales en blanco… la pálida belleza de tu infinito manto de contrasentidos."

A. A.
Cuaderno olvidado en un taxi, 2006

Y vi una puerta abierta, y entré, y escuché sonidos arcangélicos, como los que manaron del sonido muzak el día del anuncio del Juicio Final, y vi la Ciudad de México (que ya llegaba por un costado a Guadalajara, y por otro a Oaxaca), y no estaba alumbrada de gloria y de pavor, y sí era distinta desde luego, más populosa, con legiones columpiándose en el abismo de cada metro cuadrado y videoclips que exhortaban a las parejas a la bendición demográfica de la esterilidad o al edén de los unigénitos, y un litro de agua costaba mil dólares, y se pagaba por meter la cabeza unos segundos en un tanque de oxígeno, y en las puertas de las estaciones del Metro se elegía por sorteo a quienes sí habrían de viajar ("No más de quince millones de personas por jornada", decía uno de tantos letreros que son el cáliz de los incontinentes).

"El Apocalipsis en arresto domiciliario", *Los rituales del caos*, CARLOS MONSIVÁIS

El imbécil que se pasa los semáforos en rojo para atropellar ancianas, La idiota que frena por completo para dar vuelta a la esquina, Los que corren sus coches a toda velocidad sin más trofeo que el mareo y Las que aplauden el paso de motocicletas como si fueran viajeros del espacio sideral.

Las mujeres que prefieren callar a incrementar el encono de una discusión, Los hombres que custodian en silencio una cama callada de rosales, La anciana feliz que habla consigo misma, creyendo que está rezando y El hombre que todos los días se propone cederle el paso a un desconocido.

El niño que hace su tarea cuatro días antes de la fecha de entrega, La niña que se sienta a leer un libro por placer, Los albañiles que deciden festejar un cumpleaños un sábado por la tarde y Las panaderas que se arreglan para salir los domingos.

Las desquiciadas mujeres al volante que se adueñan de todos los carriles, Los eternos distraídos que estorban en los pasillos, La mañana entera perdida por un trámite burocrático inútil, El eterno problema del agua.

El gran solitario que recorre la ciudad en bicicleta como si volara, La belleza indescriptible que duerme todas las noches sola, Los enamorados que se pierden en los parques, Las parejas que se pierden en el tiempo.

Las ganas de gritarle al vecino, Los gritos de un microbusero ebrio, La coartada de siempre, El pretexto de todos los días, tan cómodo como un zapato viejo.

El hombre que camina sin rumbo, sabiendo que se encontrará lo que busca o a sí mismo, La mujer que mira por la ventanilla de un autobús, sabiendo que verá lo que anhela, Los momentos de profundo silencio en que se manifiestan los recuerdos, Las arcas invisibles donde se guarda todo lo perdido.

El profeta que recita todos los nombres de los barrios como si tomara lista, La cajera de un negocio que memoriza fechas como si fueran profecías, Los jugadores de dominó que van contando fichas como si fuesen un calendario, Las señoras que cuentan cada nudo de sus estambres como si fuesen penas.

El día que huele a noche, La noche que sabe a día, Los atardeceres donde recién despiertan las reinas de la noche, Las madrugadas que nunca duermen los dormidos que viven de noche; El largo batido de pensamientos, La leve brisa bajo las alas, Los altos vuelos de un vértigo, Las ganas de volar.

Veintiuno

—A mí me corrieron de mi casa por borracha… Empecé a venir a mis juntas sin mucha conciencia, digamos… Vine o empecé a venir o más bien, ¿cómo te dijera? Más que todo porque me trajeron, pero eso es otro rollo, ¿me entiendes? Que vengo y que me dicen que es de buena voluntad, no de fuerza de voluntad ni de imponer voluntades, por eso te digo lo que te quiero decir es que lo que dices, que a mí no me importa si lo cumples o solamente lo dices, ¿verdad? Pues lo que te digo es que no es cosa de voluntad que impongas o que te metas donde no te llama nadie… Aquí por ejemplo sólo me sugieren, sugerencias y cada quien… pero no es de imponer a la fuerza voluntades, sino la buena voluntad y serénate… serenidad igual a sobriedad y eso que yo dejé la bebetoria y creí que con eso mi viejo me volvía a aceptar en la casa y te chingas, y ya llevo diez años y a los niños los veo en la calle y casi casi a escondidas, porque a mi casa, o a la que era mi casa, no, yo no puedo entrar, porque con la bebetoria iba también la violencia y que me denuncia la pinche suegra y que si *allanamiento* y no sé qué desgracias y del suegro ni te digo… pero la voluntad, la mía propia de mí misma, eso es lo que me mantiene sobria, y ¿cómo te dijera? Más que nada o más que todo es la sobriedad de la serenidad, o que más bien a mí me salvaron la vida pero sin imposiciones o cadenas y todo eso que dices, o sea que andas volando bajo y creo que te confundes… A mí me dicen Actipan… no, no manejamos apellidos… ni cumpleaños… aquí vuelves a nacer y ya olvídate del acta de nacimiento… de hoy por hoy lo que te importa es o son las veinticuatro horas que te mantengas sin chupar y sin tus adicciones… Me dicen Actipan porque así lo escogí, o sea que en eso tampoco hubo imposición de voluntad, ¿me entiendes, Angelito?

—La compañera aquí presente tiene razón… lo que te dice está contenido en lo que nosotros llamamos la Literatura… y si quieres o crees o sientes que tienes el problema, llévate el cuestionario, respóndelo a solas… y aquí tienes tu grupo… si quieres decir o pensarnos… llama a la puerta… pero no vengas nomás por el café y las galletas… digo, aquí nadie te va a regañar ni mucho menos intimidar… Además te ves fuerte, ¿cómo dices que te llamas?… pero comprenderás que aquí nos mantenemos con lo que cada quien aporta y además el único requisito es la aceptación del problema y las verdaderas ganas de superarlo… Desde luego, aquí por el solo hecho de ya estar aquí, ya nadie bebe ni se droga… No, si lo que quieres es seguir dándote en la madre, pues ve y toca tu fondo, encuéntralo pronto, Ángel… hay tres finales que te adelanto: la cárcel, el hospital o la tumba, pero me cái que si te quieres ahorrar el Infierno, ya ni le busques… y tiene razón la compañera, aquí no es de imposición de voluntades… así que piénsale… nomás piénsale.

Pero Ángel Anáhuac no quería pensarle a nada, seguir su vuelo demente demandaba mejor no pensar sino actuar, batir las alas como el primer día de vuelo y seguirle el curso a la intuición, aunque fuera alcoholizada, seguir el rumbo del antojo volando, aunque fuera hipnotizado con iras encerradas y ganas de romperle la crisma al primer delincuente aunque fuese menor e insignificante. Así el Angelito abría el riesgo a volverse un verdadero Exterminador, con o sin Buñuel de por medio, un Ángel de negras alas que bien podría empezar a confundir sus heroicidades con errores, abatir al enfermo, timar él mismo a los incautos, o peor aún, robar para mantener en pleno vuelo la elevación de sus delirios. Para bien de esta novela —aunque quizá peor para él—, el Ángel renegó de todo el buen apostolado de los alcohólicos en recuperación, renegó de todos los optimistas que intentaron encarrilar sus vuelos con afectos variables, huyó de los filatélicos y se olvidó del modelismo, incluso dejó de perderse en cantinas y bares de costumbre, donde no pocos bardos y beodos empezaron a notar su ausencia. Digamos que se concentró en el cultivo de su cuerpo, más o menos con sanidad sobria pero con una renovada obsesión por realmente sentir que le iban a brotar alitas en la espalda.

En Chapultepec empezó una nueva flotilla de amigos entre maratonistas anónimos y ancianitas elásticas del Tai-Chi. Dicen que también logró filiación aeróbica con unas señoras adineradas de idénticos pants grupales que tuvieron el efímero juramento de ir todos los días a correr y estirarse las estrías mientras las seguían sus respectivos choferes en vehículos blindados. A lo lejos, bajo ahuehuetes milenarios, se bañan sin pudores dos payasitos y un mago de chistera que, a lo largo de la mañana, actuarán en el fluctuante teatro de los parabrisas, la carpa invisible bajo las luces de los semáforos.

El Ángel se hizo espectador frecuente de las faenas de salón que colmaban de ilusiones de grandeza taurina el claro entre los árboles a espaldas de Mahatma Gandhi, la estatua más rara para enmarcar un simulacro de plaza de toros. Dicen que un novillero avejentado le enseñó incluso cómo mover el capote con cierta estética, quebrar la cintura en naturales imposibles y que por lo menos dos semanas duró la compartida utopía de que Ángel Anáhuac podría llegar a vestirse de luces, azabache con pasamanería en negro, sombra del arte y demás ensoñaciones.

El Angelito volvió a jugar cascaritas de fut con niños que preferían faltar a la escuela y se pasaba mañanas enteras con ancianos que leían el periódico sobre las bancas con osteoporosis como si fuesen alumnitos en medio de un recreo de su infancia remota. El Angelito aprendió a caminar como las garzas olímpicas que paran las nalgas y mantienen la espalda en un metrónomo anatómico y se burlaban los marchistas de que al Ángel le diera por flotar, cada vez más diestro en despegar las suelas de sus botas negras del suelo sagrado de los senderos de Chapultepec. Efectivamente, no había mencionado que toda la rutina aeróbica del Ángel, todo su afán calisténico, no implicaba que se hubiera cambiado de disfraz. Jamás, hasta donde se sabe, recurrió al encanto de los pantalones cortos, las camisetas deportivas, los pants de calentamientos, las sudaderas de boxeador… El Ángel corría, hacía abdominales interminables, incontables sentadillas y kilómetros flotantes de caminata olímpica vestido como ya lo había decidido desde las primeras páginas de su aventura: suéter negro de cuello de tortuga, a veces mangas de camisa negra imitación de seda inexistente, pantalón de imitación de cuero en negro, botines de punta a bolearse por él mismo y, en madrugadas de frío, una larga tira de estambre negro tejido como electrocardiograma que le regaló alguna agradecida víctima que el Ángel había asistido con heroicidad anónima.

En un puesto de jugos inmensos de naranja redinamizada, el Ángel tuvo a bien cruzarse con un fraile de religión desconocida. Un iluminado enigmático que le regaló dijes en collar de colores y le dijo en mal español de acento indefinido que siguiera *el camino de tu estrella... no importar la noche... sin ruido.* Al día siguiente, para contraste y confusión el Ángel fue el único valiente ciudadano que se animó a mentarles la madre a los treinta y tres imbéciles mexicas, morenazos de albañilería pura que conforman el supuesto Partido Neonazi Mexica. Iban marchando por Reforma, cruzando el Bosque de Chapultepec, sin saber que ellos mismos serían las primeras víctimas de su racismo demente... y sólo el Ángel los denostaba entre el silencio y estupor de los demás ciudadanos atónitos.

En el portal del Museo de Antropología, nuestro Ángel fue abordado por un hippie trasnochado. Tan trasnochado como que tenía sesenta años y por lo menos cuarenta de llevar sobre su torso, a la Mahatma Gandhi, la misma camiseta de arco iris entintado con liga, para que pareciera un Sol o lunar de Janis Joplin. Dijo llamarse Dylan Tepepan, según él descendiente directo de Tetlepanquetzatl, y ya con la confianza que le infundieron unos humos de copal quiso convencer al Ángel de que se internasen ambos en el Museo, a deshoras, cuando el tecolote cante, para sacrificar a una doncella en plena sala de los Mexicas, *If you know what I mean, man*, y el Ángel no le rompió la madre por piedad y por pudor, por lástima y risa acumulada, pues parecería que al Exterminador a Domicilio se le estaba quemando la pólvora libertaria o por lo menos mitigando el frenesí de rescatar todo entuerto posible, reservando o dosificando su ministerio para lances más comprometedores y quizá por eso no tomaba en serio los psicodélicos delirios del Dylan Tepepan, que portaba sus gafitas a la Lennon ya sin Beatles, que se tiraba rollitos a la Trotsky (quizá también por el modelo de gafitas) o que aspiraba confundido las trenzas de humo de un Delicado sin filtro como si fueran cabellos de Pura Acapulco Gold... *If you know what I mean, man.*

En lo que me arriesgo a convertir aquí en uno de los párrafos más ridículos de su novela, Ángel Anáhuac aceptó compartir dos kilos de tortillas, tres latas de sardinas entomatadas, medio kilo de chiles verdes en escabeche, media luna de queso panela y tres Coca-Colas de dos litros con el psicodélico Dylan Tepepan y tres de los cuatro voladores de Papantla que allí mismo, al pie del Museo de Antropología, realizan seis o siete vuelos diarios. Efectivamente, el lector serio y acucioso podrá quejarse ante la Liga de la Defensa de la Novela Latinoamericana, pero que caiga un mal rayo si miento en este párrafo al intentar por lo menos mencionar y dejar constancia del esperado vuelo, más bien anhelado vuelo, que se aventó Ángel Anáhuac amarrados los tobillos, bocabajo, con el mareo hipnótico acompañado no sólo por el intrépido tamborilero y flautista que gira sin pirar en la mera punta del poste, sino también por los tribales gritos de primate con ácido que le lanzaba desde la Tierra el delirante Dylan Tepepan. Todo turista, todo curioso, tres vendedores de artesanías y dos de hot-dogs quedan como testigos fiables del embeleso fantástico que destiló Ángel Anáhuac en su real y auténtico vuelo por las nubes de la Ciudad de México.

Al parecer, Dylan Tepepan logró efectivamente su propósito de sacrificar a una doncella sobre la piedra de los sacrificios la madrugada sin alarmas en que los guardias de seguridad decidieron hacerse de la vista gorda, no sin antes cobrar un tributo que debería añadirse a los que están pintados sobre el Códice Mendocino. Allí, al lado de fanegas de algodón, pieles de jaguar, cuentas de vidrio, cañas, lanzas y puntas de obsidiana, deberían pintarse las seis cervezas, dos billetes de doscientos, un reloj con el logotipo de una panadería extinta que Dylan Tepepan entregó de rodillas. Al ritual final no asistió el Ángel Anáhuac, pero en abono a su solidaridad imbatible el hippie antropológico tuvo a bien regalarle la fotografía Polaroid que da fe del eléctrico momento: desnudos, al pie de la inmensa Piedra del Sol, cegados por el flash, Adán y Eva: el Tepepan y la muy mareada Daisy Pensil, sobrina nieta de una entrañable bruja mexica que jamás conocería en vida.

Montado sobre el segundo piso de un autobús rojo, el mismo armatoste que recorre en tour todas las grandes ciudades del mundo, aunque aún queda por ofrecernos el servicio de recorrerlas todas en un mismo día, sobre el mismo armatoste como si fuera la máquina del tiempo de H. G. Wells, Ángel Anáhuac alucinaba con la utopía de montarse en Paseo de la Reforma y visitar Champs Elysèes, seguir el trayecto

por Alcalá hasta la Puerta del Sol, transbordar en Times Square hasta el Mall del Capitolio de D. C. para
llegar finalmente al Palacio de Bellas Artes, frente al
Sanborns de los Azulejos, como si no hubiese pasado
nada, ni el tiempo ni los espacios ni todo el delirio de
tantos meses que ya eran años de andar con las alas
extendidas. De hecho, iba en la primera fila del segundo piso del armatoste rojo, el *double-decker* mexica, con los brazos abiertos como albatros, sintiéndose
mascarón de proa, la diva del *Titanic* al encuentro de
su iceberg, cuando escuchó una voz de acento norteamericano que le pedía con suma cortesía, del *pardon*
y *excuse me*, de la manera más atenta que se senta-
ra y dejara fotografiar el trayecto. Era nada menos
que Wayne Adams Morgan, más que célebre cineasta norteamericano, pilar de incontables *films* con los
que había echado por tierra los mitos convencionales
de Hollywood y, a su lado, el insuperado fotógrafo
francés Luc Vaugirard, quien pretendía captar digi-
talmente la marea humana de todos los colores que
se enredaba al paso del camión rojo en su trayecto de
navegación por Paseo de la Reforma.

Con un *sorry* que le salió tembloroso el Ángel
intentó explicarles que él era un enamorado fehacien-
te de la ciudad, que se había encarnado en espíritu
alado y otras sandeces en su *spanglish*, que no tenían
nada de descabellado para los oídos de Adams Morgan, ya acostumbrado a leer guiones galácticos, conversaciones con actrices en decadencia y productores
empecinados en realizar documentales inútiles sobre
la inmortalidad de las nutrias. Vaugirard ni se inmu-
taba: seguía fijando el lente sobre el mar de rebozos
multicolores, la fila de mineros desnudos que deman-

daban un contrato colectivo, los automóviles en carrera ilegal de arrancones a plena luz del día, los taxis verdes contaminantes, la flotilla de colegiales en fila india, los niños con globos metálicos, los vendedores de cacahuates japoneses, el billetero de lotería, dos tragafuegos, un fakir de vientre tatuado por pedacería de vidrios, siete payasitos limpiaparabrisas con las inmensas nalgas de globos bajo sus guangos pantalones despintados, dos dipsómanos rastas y una enfermera de capa blanca que recorría las ventanillas de los autos con su bote de colecta y cruz roja.

No serán éstas las páginas para reproducir aquí textualmente la inolvidable conversación que sostuvieron con Ángel Anáhuac nada menos que Wayne Adams Morgan y Luc Vaugirard en la cubierta del galeón rojo durante un interminable recorrido que los llevó a dar vueltas y vueltas y vueltas a lo largo y ancho de la ciudad más grande del mundo. Sí, en cambio, este es el párrafo para consignar que sin mareos ni cansancios, con las cámaras aún en funcionamiento, los tres felices argonautas remataron su periplo con la prolongación de su charla en plena terraza del Hotel Majestic, sobrevolando el Zócalo como si fuese la estepa de sombras para un documental de la National Geographic donde se adivinaban siluetas felinas y formas reptiles, cruzando la negra escarcha de esa inmensa plaza deshabitada.

Consta que Adams Morgan y Vaugirard propusieron filmar al Ángel en formato heterodoxo de documental trashumante y que, de realizarse en un futuro, podría abrevar de las muchas escenas que logró captar Vaugirard durante su recorrido en el lanchón de doble piso; consta que exhortaron al Ángel

a que hiciera el esfuerzo por conocer Manhattan y
París, extender sus alas y lanzarse también a la aventura de socorrer almas en pena, víctimas de atracos
menores, corregir entuertos y establecer tertulias de
empatía urbana con toda una galería de parisinos y
neoyorquinos que ambos cineastas se encargaron de
irle presentando, por lo menos verbalmente, al Ángel absorto, ilusionado, utópico de alas abiertas que
se inclinaba sobre el borde de la terraza del Majestic
como si quisiera planear en vuelo hasta el asta bandera; consta también que con la ayuda de unos mezcales
Wayne Adams Morgan, en solidaria admiración con
las películas de Francis Ford Coppola, se tiró un rollo
que más o menos podemos consignar así y aquí:

—*That sounds great, man*... pero bueno, lo que
deberíamos pensar en coro es una idea siguiente... Yo
llevo años... en vengo a México y ahora que en vengo
a México con Luc, aquí... que lo que pasa, *Angel of the
Morning*, es y piensa: Ciudad de México es espejo de
The Godfather, ¿curioso no?... *Look at it this way:* Te-
pito y zona atrás de Palacio es como *Little Italy* donde
llega Vito Corleone niño... ¿ajá? Aceite de olivo, comercios, la peregrinación por las calles con mercado
ambulante, *right?*... Luego, pasa tiempo... Chapultepec o mejor, Alameda es Central Park... Reforma
es Broadway con Times Square cruce de Insurgentes... *Wait a minute*, Luc... *Padrino* celebra boda de
su hija en Hacienda Los Morales, canta el crooner
Luis Miguel... pasa tiempo: a Sonny lo matan me-
tralletas en la caseta de la carretera Cuernavaca...
Michael invierte en casinos de Acapulco, con traición de Fredo... Fredo muerto ahogado en Valle de
Bravo... Pasa poco más de tiempo... Michael cami-

na por Condesa como Greenwich Village... colonia
Roma *Upper East Side...* y *sure*, necesitamos puentes,
pero ¿qué tal segundo piso Periférico? *México is Manhattan, man! I mean*: ¿te imaginas?... Segunda parte:
Vito vuelve a Guanajuato... San Miguel Allende, la
novia que matan con bomba en coche, *right?*... pasa
tiempo... infancia-*travelling*-poco sepia-*fade off-black
and white-full color*... Michael mata gángster y jefe
policía en Café Tacuba... cabeza de caballo de charro en la cama de político PRI... Tercera parte: nieto
de Vito canta en Bellas Artes... *I mean it's all here,
man!... It's so wild!*

También debe constar que entre Luc Skywalker,
Wayne Space Cadet y Ángel Anáhuac, sin más adjetivos que los ya leídos, urdieron sobre la terraza del
Majestic una retahíla de delirios compaginados que
en mucho podrían apuntalar el desbarajuste emocional en el que estaba entrando el alma del confundido
espectro alado, pero que por mera digestión literaria
deberíamos resumir aquí como una conversación enloquecida, irracional quizás, pero en todos los sentidos inolvidable, perfectamente audible entre los
pliegues de este párrafo.

No podemos decir lo mismo de la escena fugaz
que viviría Ángel Anáhuac a los pocos días, ya despe-
didos de este valle sus compinches cinematográficos.
No podemos decir que fuera audible totalmente la escena que vivió el Ángel la inesperada tarde en que se
encontraba, de nuevo con ánimos de vuelos verdaderos
en el barandal imperial del Castillo de Chapultepec,
pues simplemente a nadie le consta haber escuchado
lo que aquí —por razones puramente literarias—tenemos que consignar con igual peso y significación.

En el citado barandal imperial del Castillo de Chapultepec, con la Ciudad de México a sus pies, quizá tentado a lanzarse al vacío como reencarnación de alguno de los llamados Niños Héroes, Ángel Anáhuac fue abordado por una mujer hermosa, una bella sin remedio, espejo de bella, bella hasta en el pelo canoso peinado como pequeña muestra de espuma del mar. La fina mujer de sonrisa bella, la bella fina, de delicadas maneras y voz que lamentablemente no se puede escuchar en este párrafo, pero que conste que sin poder consignar todo lo mucho, todo lo bueno y sabio que le pudo decir al Ángel —como si lo conociera de siglos, como si intuyera sus dolores y confusiones—... repito: que conste que la sonrisa fina, la bella de voz tan sutil que no se escucha en esta tinta, le dijo al oído únicos versos, versos perfectos que se pueden escuchar al filo del viento, tal como se los recitó la poeta fina al Ángel al filo del barandal del Castillo, al filo de la ciudad más grande del mundo.

Alcancé a consignar que la belleza de palabras inaprensibles le dijo: *Sé el que eres, que es ser el que tú eras... Sólo procura que tu máscara sea verdadera...* y el Ángel enmudeció, y la voz hermosa le recitaba *Ama la superficie, casta y triste... lo profundo es lo que se manifiesta... la playa lila, el traje aquél... la fiesta pobre y dichosa de lo que ahora existe... sé el que eres que es ser el que tú eras... al ayer, no al mañana, el tiempo insiste... sé sabiendo que cuando nada seas, de ti se ha de quedar lo que quisiste... No mira Dios al que tú sabes que eres... la luz es ilusión, también locura... sino la imagen tuya que prefieres... que lo que amas torna valedera... y, puesto que es así... sólo procura que tu máscara sea verdadera...* y la vio alejarse como marea de un mar entrañable, como una voz que sabíamos que se volvería casi inaudible, memorizando él todos los versos que le dijo al oído la fina poeta, dejando para estrago de este intento de novela el misterio de todo el poema; el misterio completo de ese pequeño milagro que se acababa de echar a las alas de su entendimiento el Ángel al filo del barandal imperial del Castillo de Chapultepec, con la ciudad de todas sus luces y sombras, todas sus dudas y quebrantos, todas sus amnesias y heroicidades explayada a sus pies como una inmensa costra de arena inmóvil bañada por la brisa que a lo lejos parecía mover como pestañas a las alas de oro del verdadero Ángel de la Independencia, su símil y gemelo, su hermana de la guarda, que tendría que repetirle en silencios de madrugadas sucesivas: *Sólo procura que tu máscara sea verdadera.*

Bulevárices

"Los siglos y los coches, la populosa circulación por tus venas, el colesterol azul de tantos vehículos te han hinchado las calles con bulevárices negras, estorbo de tu torrente sanguíneo, camino a estorbar el latido de tu corazón de piedras. Bulevárices tus hinchadas arterias abultadas por turistas y trashumantes, transeúntes y transgénicos, trasatlánticos y transbordadores del Metro. Bulevárices las plantitas de plástico que sembramos en los camellones para maquillarte, bulevárices las miles de personas que se sienten con el derecho de acampar sobre tus calles, dormir al Sol, vivir al hambre de palabras, soñar a la Luna de engaños, caminar sobre lagos inexistentes, temblar con la exhalación cansada de tus volcanes. Bulevárices en el camino hacia los cerros morados, en el llano de los suspiros, en el monte de los desahucios. Bulevárices en el estornudo inexplicable, el estorbo constante, el caminar en dueto, el paseo en cantata, la larga espera de todas las banquetas, el mismo tedio de las aceras. Bulevárices al exhalar dolores ajenos y meditar el cambio de los semáforos, bulevárices al acelerar sin razón, frenar de improviso, caminar cruzando las esquinas, doblando las rectas, acentuando los ángulos rectos y escalar edificios de vidrio desde donde se observan tus bulevárices. Bulevárices en las pantorrillas perfectas que se te ven por debajo de la falda, al filo del telón de tus mantos de estrellas, desde los barandales de los palacios, desde la barandilla de los juzgados, desde la barra de las cantinas, desde el dintel de las papelerías escolares, el mostrador de las oficinas, las taquillas de los estadios, la repisa de los bonos. Bulevárices de todas las generaciones que han caminado sobre tus venas sin avanzar un solo centímetro hacia el centro de tu alma intacta, bulevárices de los millones de camiones que se paran de pronto para descargar legumbres de neón, verduras al óleo, leche en polvo, grasa animal, minerales celestiales, polvo de estrellas. Bulevárices que se acumulan sobre la piel de tus asfaltos como las letrillas de este cuaderno, las hormigas negras en fila, la cucaracha borracha, el perro sin dueño, el gato de siempre, los canarios ennegrecidos por la lluviácida, voladores de neblumo, adornos de arquitexturas como traficostras de tus bulevárices, ortografiambres de traserosofía sismicosmética sobre tus mentiravenidas de ciudádivas y comidambiente. Bulevárices de un urbanódulo de amores contrariados, de universidiablos perdidos en las polifónicas sinfonicalles de filomortales amnésicos para sincronizar cementóxicos y semaforaje para que fluya, Madre Ciudad, tu sangre y tus desagües, tus manantiales de lluvia negra, tus torrentes de cantos y colores, todas tus palabras de memoria soñada, estancada de tarde en tarde por bulevárices."

A. A.
Cuaderno olvidado en un taxi, 2006

Esa que camina por la madrugada de la Avenida Insurgentes sería la mujer más bella del mundo, si no fuera en realidad un hombre soñado de dolores, herido de dudas, esperanza de ser Otro.

Esa que hace fila larga para pagar sus impuestos y calcula precios en el mercado para completar una despensa podría ser un ama de casa ejemplar, si no fuera en realidad la puta más vieja de una madriguera donde viven las larvas y sanguijuelas que alimenta con sus despensas.

Esa que reza en voz alta sus jaculatorias inventadas y repetidas todos los días de todos los años no sabrá jamás qué fue del hombre que la hizo madre ni del hijo que la volvió viuda.

Esa que desayuna sola, pidiendo nopales con azafrán, es en realidad una noble anciana prehispánica que lleva siglos llorando por las calles todas las noches.

Esa que se acomoda en el último asiento posible de un microbús olvidado fue en realidad virreina de la Nueva España, toda linaje, toda alcurnia, para reencarnar burocráticamente entre la chusma y el Chavo del 8, los ruidos y la cochinada.

Esa que canta arias perfectas y difíciles notas de terciopelo en italiano llegó a ser considerada la mejor y más fina soprano del mundo, antes de que perdiera el tiempo en cantinas y fondas perdidas de la Ciudad de México.

Esa poeta inconmensurable que se apoya sobre el barandal del Castillo de Chapultepec tiene a su lado su hermosa jimagua, como si fuera su gemela y ambas ven el oleaje intemporal de una playa desde el bosque, ambas cantan canciones de Agustín Lara y escriben cartas interminables.

Esa niña que corre sobre la plancha del Zócalo con los brazos abiertos y elevándose en risitas dirá mañana en la escuela que un ángel de verdad le enseñó a volar sin mareos.

Esa sombra que recorre las madrugadas de la Ciudad de México con ropa que se proyecta sobre las aceras como alas en vuelo, esa sombra precisa que se proyecta sobre la Luna, esa sombra inasible y confusa es un alma que se multiplica, un ánima en pena, un espejo humano de millones y millones de reflejos, todas las luces que guían a los trasatlánticos a punto de aterrizar en la Ciudad de México en medio de un paño negro de terciopelo poblado por millones de diamantes y brillantes.

Veintidós

El Ángel se lanzó a Nueva York... en bicicleta. Efectivamente, quizá traía en la cabeza las ganas de verdaderamente perseguir sueños cinematográficos, pero consta que nada de eso dejó escrito en sus libretas. Pidió la bicicleta prestada en la pizzería de Nicolo Fabrizio, un milanés enloquecido que decía que Roma era ciudad gemela de la vieja Ciudad de México, y asegurándole al italiano que le devolvería la bicicleta en dos días, el Ángel se lanzó a Nueva York por Insurgentes, al llegar a Viaducto volvió el compás para recorrer Nebraska, doblar en Texas, memorizándola como si fuese un alma. Torció en Pensilvania y bajó por Alabama, ¿buscando qué? Cortó entonces por Idaho, creyó llegar a Georgia, se perdió en Milwaukee, descansó media hora en Kansas, alguien le preguntó la hora en Tennessee... y el periplo de dos días en bicicleta podría redactarse como una gira norteamericana si no supiéramos que así decidió alguien bautizar las calles de una colonia entera, y me atrevería al realismo mágico de suponer que con bicicleta de por medio, o bicla como medio, el Ángel realmente alcanzó a cumplirse el sueño de volar y salir huyendo, volar y recorrer la inmensa Unión Americana en busca de una sola oportunidad cinematográfica, como se la habían prometido Wayne y Luc en párrafos anteriores, ya esfumados.

Pero esta novela no tiene nada de realismo mágico y quizá, incluso, no tiene nada de novela. Lo único que consta es que el Ángel sí parecía más confundido que nunca. A contrapelo de los fantasmas que recorren como sombras las ciudades del mundo, soledades tan sólo acompañadas por una manta, soleares sin guitarra rasgada, el Ángel pedaleaba tramos largos con la intención de alcanzar un vuelo digno, no por los aires sino en envión de adrenalina pura, y soltaba el manubrio. Hay quienes lo vieron hablando solo, sonriendo a la nada, como si sus brazos extendidos, al sentir la brisa sucia que le acariciaba los sobacos, le infundieran la tierna máscara de sentirse realmente el Ángel de su propia Independencia. Iba como una loca y se le veía más amanerado que nunca, más mariposa que águila... las piernas torneándose en cada pedalazo, las nalgas más duras del Universo.

Dictó la Luna su belleza para la resurrección de estos párrafos en medio de la noche; habla sin palabras, tras el velo de un eclipse inesperado. En otros paisajes se ruboriza quizás apenada por las estrellas, pero en la Ciudad de México se alivian sus brillos: se sabe vista a través de millones de luces urbanas que opacan su desnudez. Se sabe que en la Ciudad de México solamente observan a la Luna los transeúntes despistados, los enamorados desengañados y un tamalero anónimo que nutre los desvelos de algunos taxistas honestos. Se sabe que nadie se detiene a observarla, como nadie reparaba en el Ángel Anáhuac, anónima fuga en bicicleta italiana prestada, dos días anónimos del año dosmilytantos.

La noche es una escenografía que parece devolverle a la Ciudad de México y al Ángel que la custodia la transparencia que ellos mismos olvidan durante el día. Entre sombras de silencio y neones estridentes, la ciudad más grande del mundo se revela de pronto como un amasijo de pueblitos independientes y barrios autónomos. Lo ven desde sus alturas los helicópteros invisibles, luces rojas intermitentes y anónimas sobre el terciopelo de los cielos. Lejos de las grandes avenidas y las zonas del despilfarro, la Ciudad se descompone en islotes abandonados donde sólo recorren la madrugada algunas almas en pena. Hay una inexplicable y constante presencia de enfermeras, siempre a la espera de un autobús nocturno o dispuestas a jugarse la vida en taxis que iluminan el pavimento con focos morados; hay también jaurías de perros flacos que parecen materializarse en cuanto se ocultan los rayos del Sol y el tétrico misterio de los gatos que maúllan como si fueran niños sacrificados en un templo prehispánico; nunca faltan automóviles y los pesados camiones que inundan a la ciudad con todos los comestibles imaginables que perecerán en cuanto vuelva a salir el día. Mencionemos también, entre los fantasmas de la noche chilanga, a la despampanante prole de travestis que son ya las dueñas de la Avenida Insurgentes, la desamparada flota de pordioseros, la descarriada legión de burócratas que creen cumplir un deber cívico haciendo horas extras sin goce de sueldo y los miles de meseros, cantineros, camareras, afanadoras, maleteros y choferes que mantienen en funciones las muchas ramificaciones de eso que llaman servicios.

Mas no es común mirar a deshoras la presencia deambulante de un ciclista. Menos aún, ciclista con libro en mano. Fue visto a distancia, con esa sonrisa y el ámbar de un suspiro, sobre la Avenida de los Insurgentes: pedaleaba erguido, sin soltar la vista del párrafo preciso en que navegaba su lectura, sin descuidar ni un mínimo detalle del tráfico que lo rebasaba, las luces de los semáforos o los hoyos que podrían tropezarlo. Al parecer iba leyendo en voz alta y todo indica que la iluminación de Insurgentes es precisamente la que mejor permite su lectura; dicen que saboreaba versos de Sor Juana Inés de la Cruz en el tramo que va del Parque Hundido hasta San Ángel, y leía a don Francisco de Quevedo desde Barranca del Muerto hasta el cruce con Viaducto, con una mano al manubrio, los ojos llorosos por la brisa de su noche en vuelo y el libro apretujado entre sus dedos como si fuese un salvoconducto. Memphis, Dakota, de nuevo Texas y de nuevo Alabama, para salir a Insurgentes y pedalear hasta la Glorieta del Metro Insurgentes, sin que asombrara a nadie su destreza ni equilibrio, sino la delicada forma en que depositó sobre un barandal el gastado ejemplar, abierto como mariposa en la página de un poema de Octavio Paz.

El Ángel en vuelo con cada sístole y diástole de sus piernas, lector ambulante de madrugadas eternas que quizá anhelaba la utopía personal de algún día poder realizar esos mismos recorridos a plena luz del día para desfacer todos los entuertos del Sol o, quizá, solamente se trate de un loco que prepara su condición física y emocional con versos intemporales para agarrar vuelo y velocidad, subir al Distribuidor Vial o Segundo Piso del Periférico Sur y lanzarse al vacío desde esas alturas para probarse a sí mismo como encarnación fidedigna del Ángel de la Independencia, proyectado como una sombra en la Luna.

Cuando Ángel Anáhuac le devolvió la bicicleta a Nicolo Fabrizio, con dos días con sus madrugadas de insomnio en vuelo, el italiano se vio obligado a preguntarle *¿A dónde fuiste? Te ves exhausto, Angelo di Sogni...* A la Luna y de regreso, contestó el Exterminador, más afeminado, felino, con exagerado vaivén de sus caderas, como si el ejercicio lo hubiese obligado a dudar de su amainada sexualidad. Estaba exhausto y quizá la languidez de sus músculos lo hacía verse frágil y endeble, brazos elongados y flácidos como de bailarina en muerte de un cisne, piernas derretidas que parecerían pesadas larvas de una doncella en apuros. Se le veía raro y no se necesitaba ser italiano ni dueño de una pizzería para confirmar que el Ángel se veía andrógino, adrenalino, adherido a la vida de milagro... Quizá por esa razón, aunque sea supuesta, el Ángel abordó el microbús y transbordó al metrobús, y asumió un trayecto incierto en el Metro hacia ninguna razón específica, aunque tenía ya fija en la mente dejarse descansar, dejarse dormir, relajar todo el *jet-lag* de su periplo enloquecido... y terminar su andanza, sus horas de vuelo pedaleado, en la última banca, de la última fila del templo de Santo Domingo, en el corazón, su propio corazón de la Ciudad de México.

Que en pleno año dosmilytantos sigan existiendo en la ciudad más grande del mundo los amanuenses de todo tipo de prosa, conocidos como Evangelistas, allí mismo en plena Plaza de Santo Domingo, en pleno siglo XXI al amanecer de un nuevo milenio, no es más que una puta maravilla, ¡carajo! Perdonad el exabrupto, pero no magullo ni mancillo la ya de por sí descarada heterodoxia de esta novela si lo único que pretendo es celebrar el milagro raro, la epifanía enrevesada, de que en el Portal de Santo Domingo se acercan a cumplir cinco siglos, medio milenio y viento en popa, esos llamados Evangelistas que no son más que los arcángeles mecanógrafos que realizan la encomiable labor de poner en palabras los párrafos que todo transeúnte por prisas, todo pedestre por analfabeta o todo estudiante con urgencias no tiene manera de escribir para sí mismo. Desde hace décadas han incorporado a sus servicios el uso de computadoras, procesadores de palabras e impresiones en láser o inyecciones de tinta (término más que metafórico para este párrafo), pero es de celebrarse aún con mayor júbilo que los Evangelistas de Santo Domingo mantengan vivas a las máquinas de escribir antiguas, las de teclas que parecían cantar un repiquetear necio inundando las madrugadas con velocidades variables de prosa, pura percusión poética. Las viejas máquinas de escribir que usaban los escritores de verdad para poner en palabras sus mejores y más dignas mentiras. Las máquinas viejas que los niños de hoy contemplan con azoro: a diferencia de las modernísimas computadoras y sus cables umbilicales directamente enchufados a modernísimas impresoras en láser o *inyección de tinta*, las viejas máquinas de escribir realizaban el milagro instantáneo de imprimir letra por letra sobre el papel enrollado en el preciso instante en que las yemas de los dedos del escritor las unía en palabras. Desde luego que no será aquí el párrafo para negar que ese mismo sortilegio es el que vemos ahora en pantalla, el vértigo feliz de la tecnología, pero sí debe ser éste el párrafo para subrayar no sin nostalgia la útil costumbre que tenían en las yemas de los dedos los escritores de veras que iban escuchando el palpitar de la impresión y leían porque veían sus letras milagrosamente ya legibles en papel, ya impresas, ya palpables. Que ahora mismo uno pulse un comando mágico y la pantalla calcule de manera infalible las demasiadas palabras que acumula ya esta novela, su cifra exacta en caracteres, su grosor en páginas que aún no son de papel y la cantidad precisa de sus líneas es un milagro de considerable respeto, pero no me quiten de la cabeza ni del desánimo la vieja costumbre feliz de ver cómo se iban acumulando, al lado de la máquina de escribir, las hojas bocabajo como novicios a punto de ordenarse, con los párrafos abiertos como brazos en cruz, al ir sobreponiéndose una por una las páginas ya no tan blancas, de inmaculada espalda, que con sólo verlas sobre el escritorio daban la vista del volumen que luego sería libro.

Gran rollo para explicar que Ángel Anáhuac cumpliría, una vez más, el propósito de dormir en la última fila, de la última banca, del templo de Santo Domingo en el corazón de su corazón de la Ciudad de México, por varias razones que quizá convendría enlistar: la primera, porque el párroco de ese santuario de silencio es muy cuate, y es de los pocos sacerdotes que dejaban sin molestar a las almas que entraban no con ganas de comunión, sino con franca intención de dormir aunque sólo fuesen dos horas; la segunda, porque era sabido por el Ángel —aunque aún no consignado en esta novela incompleta e inconclusa, según observo las páginas apiladas aquí al lado y pulso el comando para calcular su extensión final— que allí volvería a encontrarse con Pablo Hidalgo, decano de los Evangelistas del Portal de Santo Domingo, patriarca de impresores y encuadernadores infalibles.

Pablo Hidalgo, conocido en el barrio y entre escribanos como San Pablo, tuvo tres hijos que le quisieron seguir la vocación. Dos de ellos cayeron presos en 1999 por el muy costoso error de haberse asociado con el Jamaica y la Merced en un negocio, si bien recurrente y muy socorrido en los portales de Santo Domingo, a todas luces condenado a cíclica denuncia y purga con cárcel: se lanzaron a la falsificación de pasaportes, títulos universitarios, diplomas de posgrado, honores militares, facturas deducibles de impuestos y recibos fiscales... A San Pablo se le quiebra la voz cada vez que lo tiene que recordar en público y sólo lo consuela saberse acompañado por Isidoro, el hijo que se libró de la cárcel por no aceptar el negocio que tanto confundió a sus hermanos. Isidoro, el báculo de la serena vejez de San Pablo, que no tuvo que ir a ninguna escuela ni tuvo que falsificarse ningún título para convertirse en digno heredero del evangelismo paterno. San Pablo le transmitió esa magnífica destreza de sus yemas, esa habilidad prestidigitadora que le permite escribir a velocidad supersónica los párrafos que encargan los clientes, y también la sensibilidad luminosa para redactar con imaginación y buen gusto cartas, que no documentos burocráticos, que siguen solicitando en el portal de Santo Domingo sirvientas enamoradas, cargadores de los mercados que nunca aprendieron a escribir, jóvenes sin imaginación a la vista y otros, muchos tipos de ágrafos existenciales que dependen de las manos de San Pablo para poner en tinta sus sueños y desgracias.

Al Ángel Anáhuac le conmovía visitar de cuando en cuando a San Pablo de Santo Domingo, verlo allí con su fila de clientes asiduos, verlo responder con la misma responsabilidad y eficiencia tanto a los peticionarios del vertido específico de una demanda judicial como a los suplicantes de una buena carta de amor. Al Ángel le llamaba la atención que hubo mañanas en que San Pablo cumplía páginas repletas de letras sabiendo que tendría que fiárselas a la incauta clienta quizá desesperada por enviar esa precisa carta y que hubo tardes en que San Pablo se veía ya exhausto y, sin embargo, seguía sacándole vapor literal a la vieja máquina de escribir con tal de no fallarle al joven estudiante que había acudido a su amparo la víspera nerviosa e inaplazable del mero día en que tendría que entregar a su maestro —con calificación y futuro en riesgo— ese preciso mamotreto que San Pablo iba convirtiendo en legible, letra por letra.

Además, al Ángel le caía bien ver a San Pablo de Santo Domingo, más aún ya descansado en diferentes transportes, luego de su enloquecido periplo bicicletero. Como ya se les iba haciendo costumbre, en cuanto San Pablo vio que se acercaba Ángel Anáhuac a su escritorio bajo los portales de Santo Domingo, pidió que lo sustituyera en el teclado Isidoro y salió al encuentro en plena plaza. Si esta novela aspirase a un tono más religioso o esotérico podría atreverse a enredar la metáfora posible: un ángel que se abraza con San Pablo en Santo Domingo, la mañana ecuménica que más bien parecía ya mediodía de un santoral impreciso del año dosmilytantos. Ni modo, al parecer esta prosa es más mundana y le toca consignar que ambos, felices del reencuentro, se metieron a la cantina de la esquina, enfilaron siete cervezas por cabeza y entonces sí, ya con la somnolencia compartida, sabiendo que el padre Julián, capellán o deán de Santo Domingo no se los impediría, se fueron directamente a la última banca de la última fila para dormir a dos voces... aunque sólo fueran dos horas.

¡Ah, ese párrafo quedó como para cerrar divinamente este capítulo! Perdonad, pero contrario a los propósitos literarios, a cualquier escritor se le meten escenas de pronto y, entonces, consta que apenas el Angelito y su entrañable San Pablo trenzaban el primero sueño de su siesta compartida, fueron delicadamente sacudidos por un monaguillo impertinente. "Que dice el padre que si no prefieren echarse su jetita en el coro... quesque va'ber boda... y ni modo de que se queden ai echados". Entreabrieron ambos los ojos adormilados y desde lejos vieron que el padre Julián les lanzaba una bendición de confirmación, de comunión con sus somnolencias... y, aunque significó un esfuerzo, San Pablo de Santo Domingo y el Ángel Anáhuac subieron los doscientos once peldaños de la escalera espiritual que los llevó al inenarrable refugio teológico, telúrico, barroco, imperial, impresionante, madera pura, del majestuoso coro del templo de Santo Domingo.

Apoltronados, ahora sí en un nicho digno para los mejores sueños, en esa sillería de filigranas invaluables que tantas siestas había cobijado a lo largo de los siglos, musicalizadas con cantos gregorianos, incienso y silencio. Allí se quedaron fritos el Ángel y San Pablo, con el inmenso atril de cuatro caras, partituras mudas, y eso sí: nadie sabrá jamás qué magias lograron entrelazarse en sus sueños, pero consta que cuando uno de los dos reía, el otro asentía como monje; cuando al Angelito se le escapó un pedo cervecero, San Pablo roncó en su sillón de madera como carnero de pesebre.

—*Panis angelicus* —dijo San Pablo al despertar a Ángel Anáhuac de su siesta—. *Panis angelicus, fit panis hominum* —y le puso sobre las piernas dos maravillosas tortas de milanesa con queso Oaxaca.

—¿Qué dices, pinche evangelista loco? —contestó Anáhuac, adormilado y, por ende, cariñoso.

—Que ai tiene usted el pan de los ángeles, pan de los hombres, mi amigo —aclaró San Pablo y sin que se lo pidiera nadie se arrancó con los versos completos: —*Panis angelicus / fit panis hominum; / Dat panis coelicus / figuris terminum: / O res mirabilis! / Manducat Dominum / Pauper, servus et humilis.* Si San Pablo pudiera cantar y no sólo escribir como pontífice y hablar latín como senador romano, este párrafo llevaría bocinas, pero consta que esa tarde que ya parecía noche Ángel Anáhuac despertó de una siesta feliz, comiéndose dos tortas maravillosas de milanesa con queso Oaxaca, mientras San Pablo de Santo Domingo en persona, decano de los Evangelistas, recitaba como nadie aquello de que el pan de los cielos abatirá toda prefiguración, y eso del asombro del más pobre y humilde servidor del Señor y luego la parte donde dice que te rogamos que nos visites Señor, que te alabamos y que nos conduzcas, por tus maneras o senderos, hacia esa Luz donde habitas y todo lo recitaba San Pablo en su perfecto latín de evangelista, como si Ángel Anáhuac pudiera entenderlo... como si no estuviera comiéndose dos tortas de milanesa como maná sagrado de los dos días que pasó volando en una bicicleta de un italiano que cantaba de vez en cuando en su pizzería canciones melosas con letras cantadas como de ópera fina que más o menos sonaban igual a las benditas palabras que le recitaba San Pablo, erguido y solemne en pleno centro del coro de Santo Domingo, en pleno corazón, su corazón de la Ciudad de México.

Al despedirse en el atrio del templo, San Pablo el Evangelista de Santo Domingo miraba la Luna llena, como si detectara una nueva sombra sobre esa ya muy vista esfera luminosa y al Ángel parecían nublársele los ojos, como si intuyera que sería la última vez que se encontraría con el entrañable amanuense de bigotes blancos y barriga feliz, abotijado arcángel que ponía en perfectos párrafos todos los textos, oficios, cartas de amor, declaraciones de bienes, relatorías o bitácoras que le pedían y pagaban filas de clientes en sus portales ancestrales. San Pablo de Santo Domingo sabía que algo mágico más que místico acaban de signar ambos en el coro del templo, y sabía que la sola recitación de esos versos de Tomás de Aquino generaría una rara energía, sin saber que sustentaría precisamente el atrevimiento de estos párrafos, de esta necia novela que, además, se sustenta precisamente en esa rara energía de esos mismos versos que hablan del pan que comen los ángeles para revelar sin pudor ni vergüenza el íntimo momento de esa despedida, el momento en medio de la noche, bajo la luz de la Luna con nueva sombra, en que San Pablo de Santo Domingo le extendió un sobre tamaño oficio al Ángel ocasional de su Guarda, el inofensivo demente que se creía la Independencia Encarnada. El sobre llevaba perfectamente doblada una carta —de las que escribía por encargo el Evangelista en sus portales de todos los días— y cinco billetes de doscientos pesos que le regalaba sabiendo de los enredos y estrechez que acostumbraba transpirar el Ángel Anáhuac.

Lo que quizá no supieron ambos es que en el año de 1872, cuando el compositor César Franck tuvo la genial ocurrencia de ponerle música al *Panis angelicus* de Santo Tomás de Aquino, dejó un mínimo suspiro de silencio entre las últimas notas del pentagrama caligrafiado con tinta luminosa… el mínimo suspiro que reprodujo una brisa de aire fresco al alejarse sobre las calles ya anochecidas entre las sombras de siempre, con dos tortas de milanesa y queso Oaxaca en el estómago, el Ángel Anáhuac que se esfumaba en ese instante para siempre, para jamás volver a ser visto por su entrañable amigo Pablo Hidalgo, Santo Evangelista de los portales de Santo Domingo, en pleno corazón de la Ciudad de México.

Circulacionismo

"Todo circula, todos circulamos, todo ha de circular, incluso las rectas. Circulacionismo cementóxico de todas tus ciudádivas, ni el semaforaje ni la lluviácida impedirán el circulacionismo de todos tus hijos, hijastros y visitantes. Circulacionismo para que agarren sueño los bebés y entretenimiento los ancianos, circulacionismo los ociosos y los trabajadores, circulacionismo de todos tus papeles y oficios, los sellos y las cartas, los membretes y los tiempos. Circula el permiso del vehículo que no circula por el día, por el color, por la contaminación y por el ruido. Circulacionismo de las estaciones de radio que informan sobre la circulación de tu sangre vehicular, el estado de tus urbanódulos, la calidad de tus callevasiones. Circulacionismo con traserosofía, con hipocresillas, de tu sismicosmética y mentiravenidas. Circulacionismo de las épocas pasadas con carruajes y berlinas, caballos que llenaban de mierda las acequias, carruajes que descargaban pasajeros en los canales, chinampas y chalupas, trajineras, larvas y lirios de circulacionismo vegetal.

Circulacionismo de tus mismas nubes, bajo la misma Luna con nuevas sombras, de tus ánimas en pena, circulacionismo mortal de sus pecados. Circulacionismo de tus ángeles y mártires, santos y vírgenes, apóstoles y profetas, evangelistas y monaguillos

que circulan por todos tus templos. Supremo circulacionismo de tus mercados sobre ruedas de toldos color rosa guadalupana y su circulacionismo multicolor
que cubre todos los barrios, todas las colonias con todos los colores que se comen y digieren para mutuo
circulacionismo intestinal entre tus habitantes y tus
calles, circulacionismo digestivo para el excremento
que te ofrendamos y tu circulacionismo subterráneo
desecha y recicla para el mar y su circulacionismo de
olas y mareas negras.

Circulacionismo de las aves traviesas y los pájaros necios, los halcones que ya no vuelven a casa,
las águilas que jamás han vuelto a posarse en un nopal, los gorriones de tus nostalgias y los canarios que
venden con balines en las barrigas para que no puedan volar ni hacer el circulacionismo de tus palomas
majaderas, altivas, que llevan el orgullo de su circulacionismo en el buche, en sus papadas negras como
comadronas y plañideras que realizan el circulacionismo por los velatorios para despedir con lágrimas
forzadas a los miles de muertos que se elevan hacia
ti Madre Ciudad en el circulacionismo del ciclo de
la vida, del ciclo del triciclo del niño en la Alameda,
circulacionismo en bicicleta, circulacionismo en globos y paletas, rehiletes en desuso y maquillaje para
niñas, taconcitos de plástico, lentejuelas, collares largos que se enrollan en los cuellos como circulacionismo estético de prostitución simulada, liberación
anhelada, caderas anchas de circulacionismo y piernas largas para circulacionismo, talones de asfalto en
zapatos dorados, punta filosa de alfiler, nariz respin-
gada, chapas en las mejillas, pestañas en rímel negro, bilé brilloso de circulacionismo eterno, vuelta y

vuelta, media vuelta, vuelta entera, a la vuelta, vol-
téate, para circulacionismo hay precios, hay cuotas,
hay mordidas, permisos para circulacionismo todas
las noches, todas las zonas, todas las rojas, todos los
verdes, todos los humos, todos los autos, toda la hipocresía y mentiras de tu circulacionismo."

A. A.
Cuaderno olvidado en un taxi, 2006

Nadie hace nada por los demás, aunque haya alguno que ayuda siempre a alguien. Nadie se fija en el desahucio que habita las esquinas y las azoteas, aunque todos se quedan mirando fijamente a los otros, a los demás, a los de allá, a los del otro lado.

Nadie sabe dónde quedan exactamente las seiscientas calles "Benito Juárez" y las seiscientas ochenta "Miguel Hidalgo" que confunden a los taxistas y carteros de la Ciudad de México; nadie se hace realmente responsable por el futuro de los doscientos cincuenta mil partos al año; nadie escucha al mismo tiempo las sesenta y un estaciones de radio, treinta y tres de AM y veintiocho de FM, sobre los cincuenta mil microbuses que conducen todos los días a nadie, que se alimenta en setenta mil puestos de fritangas, para que nadie se haga cargo de las veinte mil toneladas de basura que nadie genera cada año…

Nadie lee, dicen los que todo lo saben; nadie olvida un libro entrañable. Nadie va al cine; nadie desdeña una gran película en pantalla. Nadie sabe cantar las canciones, boleros y rancheras que nadie puede olvidar. Nadie visita al Zócalo que siempre está lleno y ya no cabe nadie. Nadie frecuenta ya los viejos restaurantes donde a nadie le respetan reservación. Nadie oye la radio, dicen ante miles que escuchan todos los días, todas las horas, todas las músicas posibles que nadie olvida.

Nadie lo vio, nadie los ve, nadie los molesta, nadie se mete, nadie llamó, nadie contesta, nadie en casa, nadie atiende, nadie en guardia, nadie se fijó, nadie reparó, nadie acude, nadie recogió, nadie trajo nada, nadie pagó, nadie se hace responsable, nadie te dice nada, nadie te verá, nadie puede ir, nadie puede viajar, nadie se queda, nadie se quedará, nadie recuerda, nadie olvida.

Nadie habita el silencio de tantos ruidos, nadie se pierde en el laberinto enredado de todas las calles, nadie circula en días de neblina volcánica, nadie respira aire limpio y transparente en la región ensanchada donde ya no cabe nadie y a nadie se le niega una parcela de futuros. Nadie aplaude a los impostores, nadie ha dejado de creer en los héroes, ídolos, intocables, inalcanzables que no se parecen a nadie. Nadie le quita la máscara a los luchadores imbatibles, nadie se niega a cargar en hombros a las auténticas figuras del toreo, nadie dejará de celebrar goles gloriosos aunque nadie denuncie que la liga es una mierda, que la empresa taurina es un mal chiste, que la lucha libre es teatral y que los cantantes usan grabaciones para mover los labios.

Nadie somos once millones y medio de mujeres y diez millones doscientos mil hombres; nadie conoce a nadie; nadie se acordará de todos; nadie proyecta la sombra que todos vemos; nadie camina la madrugada que todos visitan; nadie habla a solas. Nadie somos y somos nadie.

Veintitrés

La carta que le regaló San Pablo Evangelista de Santo Domingo a Ángel Anáhuac resultó un equívoco
con réditos. Equívoco porque el Evangelista, en vez
de haber doblado y metido en el sobre una sentida
misiva de afectos y sinónimos donde le externaba al
Ángel una suerte de despedida padrastra, equivocadamente dobló y metió en el sobre una carta que,
aparentemente, no tenía nada que ver con las mági-
cas siestas y angélicos cantos que los unían para siempre. Perfectamente mecanografiada, como todos los
párrafos que materializaba San Pablo de Santo Domingo, la carta trajo réditos, como los que cobramos
todos involuntariamente al abrevar de lucidez próji-
ma, como los beneficios innombrables que se adquie-
ren con tan sólo mirar un ejemplo valioso en medio
de una conversación ajena. La carta era más o menos
como sigue:

Da. Nélida y D. Simón Arbide
Fraccionamiento Los Corintos
León, Guanajuato
PRESENTES
Hermanos:
En esta segunda carta que envío a Los Corintos, so-
meto a su consideración la siguiente revelación: en el
Paraíso del Más Allá no abundan ni los sabios, ni los

poderosos, ni los nobles. En el Paraíso, tal como en la Ciudad Infierno desde donde les escribo, el Poder Superior a Todos los Hombres ha elegido a los ignorantes para humillación de los sabios; prefiere a los débiles para vergüenza de los que se creen fuertes y ha declarado a sus consentidos entre los despreciados e insignificantes, todos los que hemos vivido el escarnio de no valer para nada, para que el Supremo reduzca a la Nada a los que creen que valen algo.

Si hemos de gloriarnos, será en la glorificación plural que nos depara la Luz Eterna.

Nadie puede presumir de Nada ante Dios.

Seguimos,

Pablo Hidalgo, Evangelista.

La carta cobró réditos porque el Ángel, aun sabiendo que no iba dirigida a él, interpretó que San Pablo y el azar habían querido dictarle un evangelio de coincidencias. Sentía que sus alas cansadas se alzaban en un nuevo vuelo, y se entregó al insomnio de semanas enteras y nuevos recorridos, sin bicicleta prestada ni reales intenciones de salvar a nadie o intervenir en secuestros ajenos o salvar de robos a ancianas inocentes. En realidad, el Ángel se sintió más confundido que nunca y se dejó caer en un abismo de días que son semanas, convencido de que su reino no tenía más solución que la cotidiana sobrevivencia de todas las desgracias, que así como lo decía la carta, esta ciudad es de los necios y de los insignificantes, de los ignorantes y de todos los desamparados, para escarnio de todos los que se creen saberlo todo, llevar siempre la razón y todos los que creen imbatible su necio ejercicio autoritario de abuso y de poder. Que no importa en realidad

si haces o no el bien, sino las palabras y el volumen
con los que hablas; que no importa si llevas o no la
razón en tus argumentos, sino en la actualización de
todos los archivos del pretérito con los que se pueden
poner a prueba tus argumentos; que no tiene la menor
trascendencia lo que pudieras hacer por el concierto si
caes en la ira desatada y te crees volátil, etéreo, alado...
y ¿quién eres tú?, ¿quién te has creído?

Se sintió agradecido por los amaneceres que se
sucedían sin alteración de su hambre y dio gracias
por las madrugadas iluminadas en que podía volver a
visitar su columna y las estatuas, se sintió bendecido
por los mercados, por las pirámides de todas las frutas y la carne abundante que se aplasta sobre troncos
alisados de madera, se sintió bendito entre todas las
flores y atento a las pilas de almendras, piñón, cacahuate y nuez de la India. De haber podido, se habría
confeccionado una túnica con todos los colores y todos los paliacates, hubiese comprado jaulas de pericos
y canarios, gorriones, muchos gorriones, para soltar-
los en vuelo en plena calle, como si fueran almas gemelas del Ángel Anáhuac que se quedaba mirando
costales de chiles con la intención de memorizar todos sus sabores, guajillo, habanero, jalapeño, piquín y
transportar las sílabas a todos los letreros de todas las
calles y perderse de nuevo en recorridos interminables
sobre el mismo íntimo periplo del centro de su corazón urbano, su íntimo centro confundido, llenando
de letrillas una libreta que nunca lee, que nadie leerá
y dejando recados de desahucio en los baños públicos y contemplando fachadas de templos y edificios
como si encerrasen el secreto mensaje de otra epísto-
la de evangelista anónimo y leía las caras de todos los

paseantes y leía los rostros en el Metro como si fueran los pliegos de un inmenso libro humano que le podría ayudar a definirse, a batir de una vez las alas desde cualquier barandal de la ciudad de tanta altura o cicatrizar esas mismas alas como rayas en su espalda, bajarse del delirio continuo y vivir para siempre en un túnel, refugiado en alcantarillas de perros y niños o vagando sin que nadie lo vea por las venas subterráneas del Metro.

Si esta novela tuviese pretensiones verdaderamente literarias diría que el Ángel se sentía Holden Caulfield, pero no le queda ni por la edad ni por los sueños cinematográficos y tampoco es la reencarnación de Bernal Díaz del Castillo, ni la pesadilla más nefasta de un cronista virreinal, ni la reencarnación de Ixca Cienfuegos ni mucho menos el verso de los mejores poetas. No es ya el mismo Ángel que se sentía dueño del destino y de todos los puntos cardinales la lejana mañana de un nueve de julio del año dosmilytantos en su primer vuelo sobre el Zócalo, dispuesto a desfacer todos los entuertos sin ser ni haber leído jamás el *Quijote* de Cervantes y no es el mismo Ángel que se distraía sin horas en sobremesas y tertulias con todos los miembros de un multitudinario coro de necios, la ciudad multiplicada en todas las personalidades posibles, cada voz una vez, cada vez las mismas voces, cada voz una queja o esperanza perdida, cada vez más presupuestos y estratos divergentes, niveles desnivelados, ingresos inequitativos, confusión de biografías, colonias, apellidos, nombres, calles, avenidas, camellones, edificios, camiones, bicitaxis, pronombres... todos los pronombres.

Ángel Anáhuac sentía saberlo todo cuando en realidad ignoraba más y lo mismo de siempre. Ignoraba que las sombras que deambulan por la calle de Chihuahua son en realidad muertos en vida, con su vida de muerte, que sobreviven todos los días de sus noches en un edificio de pisos apilados, hot-cakes del terremoto, desde 1985 damnificados sin albergue. El ángel de la ignorancia supina, que no reconoce que los huecos de algunas plazas fueron edificios, que no sabe que los ríos de la antigua ciudad van entubados por debajo del asfalto, que no tiene ni la más mínima idea de que esta ciudad bebe de milagro y se morirá de sed, inundada. El ángel de la suprema inocencia que no sabe que mientras más se caliente el planeta más probabilidades habrá de que caiga nieve en la Ciudad de México y se mueran miles de frío. El angelito que ignora que el gran equivocado de Tlatelolco no fueron todos los nombres que ya sabemos, todos los tiranos y todos los estudiantes, todos los habitantes y todos los atletas, sino que el verdadero gran equivocado fue un anónimo despistado que se acercó a Tlatelolco con el afán de ligarse a una enfermera que nunca encontró entre la muchedumbre y que en el momento en que se desató la balacera murió de un infarto, no de balazo ni culatazo ni empujón ni pisotones. El gran equivocado de Tlatelolco que en octubre de 1968 murió de un infarto fulminante que le partió el corazón en tres pedazos matándolo al instante, sin que el gran equivocado supiera, imaginara o intuyera que la mujer con la que se había acostado la última noche de febrero de ese mismo 1968, ocho meses antes de que él se acercara a la muerte en Tlatelolco por andar buscando a una enfermerita con la

que se quería acostar quizá con la misma pasión y
despreocupación e irresponsabilidad y equivocación
con las que se acostó con una mujer anónima la última noche de febrero para que, ocho meses después,
el gran equivocado de Tlatelolco muriera fulmina-
do por un infarto de pavor, de miedo puro, de inmensa equivocación, sin saber ni imaginar que moría
siendo padre de un niño, *ángel de verdad, nacido de
concepción singular, sinpecadoconcebido, torredemarfil,
ángelyquerubín, almapurainmaculado, niñovirgen...,*
Ángel que ahora se hace llamar Anáhuac, para olvidar el apellido Andrade, que era el nombre de la calle de la colonia Doctores donde parió la loca madre
que dejó abandonada en el ghetto de la calle Varsovia
sin que ella, ni él, ni nadie supiera que el gran equivocado del 68 fue nada menos el padre del delirante
alado, *ángel de verdad, nacido de concepción singular,
sinpecadoconcebido, torredemarfil, ángelyquerubín, almapurainmaculado, niñovirgen...* que ahora se vuelve a perder entre todas las cosas y casas que ignora
creyendo saberlo todo, creyendo por obra y gracia de
una carta que no iba dirigida a él, por gracia y obra
de un coro, cantata de orates, que no le cantaban a él,
que transpira y pervive, que memoriza y saborea, que
es dueño y señor de todas las calles y casas, todos los
edificios y toda la memoria de la ciudad más grande
del mundo.

Caminaba de milagro, se sentaba iluminado,
dormitaba de pecados, despertaba evangélico, miraba
todo demoniaco, veía visiones arcangélicas, hablaba solo de soslayos, charlaba poco y de paso... Volvía
a los museos y palacios como si fuera la primera vez
que los visitaba, llegaba por primera vez a puestos y

expendios de comida como si fuera comensal asiduo, hacía largas filas que le daban la vuelta al Monte de Piedad y al filo de llegar a la puerta se echaba a correr sin rumbo, veía en los necios a los sabios, consideraba santos a los demonios, le parecía inteligente todo lo que decía el ignorante que viajaba a su lado y juraba que en cada esquina se celebraba una infidelidad y trastocados todos los sentidos, le dio por exagerarse a sí mismo, hablando a gritos por la calle Madero y enfatizando el baile de sus caderas y subrayando los mareos que le podían causar tres cervezas. Le dio por los círculos concéntricos en pleno Zócalo, con los brazos abiertos en cruz, y le pedía a los niños que lo acompañaran en sus vuelos y sonreía hacia las cámaras de los turistas. Le aplaudió a un mago en el metrobús y se reía con un payaso que venía de una fiesta con un muñeco de globos que le regaló como si fuera un niñito. Se dejó perder, sin contar ya días que son semanas, en el último vuelo de un cisne negro sobre el lago helado del Zócalo con pista de hielo, sobre el desierto de aserrín del mismo Zócalo lavado, sobre las calles llovidas del sueño latinoamericano de todos los nombres de esas calles, sobre las escaleras de Palacio Nacional como si se metiera al óleo en el mural y pegando la espalda contra todas las paredes y muros posibles e imposibles como si se arrancara las alas, como si las cerrara como cicatriz sobre la espalda perfecta, rodeado de zombis, tatuados y todos los tentados por el piercing... y se dejó agotar hasta que lloró y se dejó llorar lagos desaparecidos, lagunas ya inexistentes, mares lejanos y desconocidos. El Ángel que jamás había visto el mar lloraba como si supiera lo que se siente con tan sólo mirar una costa de oleajes y ma-

reos, el Ángel que perdía sus alas en el vértigo irrefrenable de un mareo de soledad y silencio, perdido
entre las palomas mugrosas de las plazas, abandonado
por las golondrinas, burlado por gorriones de migajas. El Ángel entre ratas y todas las luces mojadas de
las madrugadas, con el mareo del más íntimo de los
desamparos… El Ángel que buscó santuario, calor o
cobija en los brazos de Guadalupe Nochebuena.

Estaba tan confundido el Ángel la noche que
volvió al burdel de su sosiego que no reparó en que
había cambios. Ahora colgaba sobre la misma puerta
un letrero mucho más digno y un nuevo nombre, más
llamativo: *El Espejo Negro de Obsidiana*. Ahora había
custodio en la puerta: el monumento humano, ébano
puro y duro llamado Mariano Marianao (dos metros
tres centímetros de imponentes argumentos muscu-
lares), un Vitruvio del Caribe con todas las proporciones anatómicas correspondientes a su estatura que,
por lo mismo, cobraba aparte de su sueldo el deleite
gratuito de satisfacer infaliblemente todos los cuerpos
posibles de las nuevas musas del Obsidiana. Estaba la
putita nueva, Maritza Maravillas, oriunda de Neza-
hualcóyotl y allí seguían las de siempre. Allí estaba la
Nochebuena, como si esperara al Ángel, como si supiera que volvería y que vendría como venía, ya sin
alas, más confundido que nunca. Llorando.

Ella lo puso al tanto de las mejoras. Le dijo
que *El Espejo Negro de Obsidiana* había sido remo-
delado, reacondicionado y modernizado gracias a un
comandante de la judicial (*Que ni viene por aquí…
así que no te me preocupes, mi Rey*), que toda la inver-
sión había por fin demostrado que el Obsidiana era
un negocio de promesas (*¡Cómo no va a ser un nego-*

*ciazo prometedor, con todo lo que prometemos cada no-
che!)* y le presentó a Servanda y Teresa de Mier, las
nuevas gemelas del Obsidiana, y le presentó a la Jarocha (*que aquí le decimos Boca del Río*) y le dijo a Marianao que el Ángel era de la casa, que se quedaría de
plano a vivir (*aunque sea unos días, que te veo mal, mi
vida*) y le preparó un caldo de gallina y mientras ce-
naba en el camerino, ahora ya restaurado con espejos
llenos de luces y percheros profesionales para todas
las lentejuelas, al Ángel le pareció sentirse en casa,
en un hogar posible con las caricias de la Nochebuena, las sonrisas de las gemelas De Mier, el rostro intacto de la Magdalena, el perfil de la putita nueva y
las caras que le hacía la Luna de siempre... y podría
decirse que volvería a batir sus alas, que se recupera-
ría esa misma noche o en las noches siguientes, si no
fuera porque consta el íntimo nerviosismo, la entrañable inquietud que le causó la Nochebuena, a punto
de dejarlo dormidito en su camita, al susurrarle *Nunca te había contado de mi hija... El milagro de que me
la han devuelto, Angelito, y ahora la tengo aquí mismo
conmigo... Mañana te la presento y ya verás que te van
a dar ganas de quedarte para siempre... aquí mismo,
conmigo... con nosotras.*

Soledagas

"Soledagas cortan las venas de tus hijos desamparados, como cuchillos espirituales que cercenan voluntad y esperanza sin derramarte una sola gota de sangre. Soledagas son los rayos luminosos que emanan del aura que rodea tu manto y cabeza inmaculados, luces de ti Madre Ciudad que brillan en la noche, desde lejos, cortando el paño de ese terciopelo como soledagas. *Aquí ando soledagas y tú cómo andas, mai, manito, bato, culero, ca'ón, 'endejo, güey, carlangas ñangas, qui jáis de la baraña, no mames pinches mames, pélame, me la pelas, pinche soledagas.*

Soledagas cortan la piel de los rosarios en los templos y rebanan los recuerdos de tu amnesia. Soledagas viajan en taxi para defenderte de secuestros y soledagas llevan las enfermeras de guardia para espantar a la Muerte. Soledagas hablan a solas por las calles y recorren los pasillos de todas las oficinas en días de asueto. Soledagas en las aulas de tus escuelas abandonadas y en los patios de juegos cuando se inundan de lluviácida. Soledagas hirientes de tu neblumo ancestral, de tus arquitexturas ancianas, mentiravenidas purulentas de traficostras. Soledagas para tatuar la traserosofía de tus universidiablos, sismicosmética con soledagas y cuchillos pulidos en el semaforaje con cementóxicos en callevasiones de multitudinario hormonasterio. Soledagas para interrogar a todos los que

ocupan hipocresillas en el urbanódulo de tus bulevárices, congestionados por el circulacionismo de filomortales en cada una de tus sinfonicalles. Soledagas
para rebanar los ortografiambres que te mal escriben
y te mal leen, y te malviven y te maldicen, Madre
Ciudad que pedimos que nos cortes ya el cordón um-
bilical con tu soledaga, tu cuchillo sagrado de siglos,
piedra y poema, flor y laguna, Sol y Luna, de tu torsofisma prehispánico, gótico y galáctico.

Soledaga lleva el Ángel de tu Independencia,
invisible entre los pliegues de su túnica de oro puro,
rotas las cadenas de todas las soledagas, con las alas
abiertas nunca abatidas. Soledagas esgrimirá el Ángel Exterminador que abra las puertas de la Ciudad
Madre para que salgan todos tus hijos y entren más
animales y salgan todos los bichos y entren más humanos de todo el mundo con sus soledagas, guiados
por la estrella de oro, las alas en cruz del Ángel hombre y mujer, andrógino, androide, andrajo, andarie-
go, andante con su soledaga en el alma, en el centro
de su amnesia y el pecho al aire, los pechos redondos
de oro puro para que nadie se atreva a cortarlos con
soledagas, migajas. Soledagas para abrirte tus cartas,
para cirugía de tu sismicosmética cíclica y lunar, tus
cortes solares, tus tajadas de nube, tus rebanadas de
bugambilia con jícama de piel, tus cicatrices de tezontle con cantera, tus paisajes lejanos de soledagas
que cortan los cerros y las montañas para que se ob-
serve el mar desde tu Zócalo, sobrepoblado siempre
de soledagas, secuestrado por silencios de soledagas,
con los campanarios de Catedral que llaman a soledagas, todos uno nadie solo, nadie soledagas entre
tantas, cantata coral de necios en soledagas con solo

362

de fagot en soledagas, sonata de soledagas al óleo, en mural, de madrugada eterna, callada, llovida, sobrevivida en soledagas."

A. A.
Cuaderno olvidado en un taxi, 2006

Hay parajes de suprema fealdad en la asamblea de ciudades que nombramos "México, Distrito Federal"; sin embargo, el conjunto cautiva por sus punzantes contrastes. Hace mucho que la naturaleza fue replegada hasta desaparecer de nuestra vista. El aeropuerto ya está en el centro y las tareas agropecuarias se ejercen en el único espacio disponible: las azoteas. Secamos el lago que definía la ciudad flotante de los aztecas, asfaltamos el valle entero, destruimos el cielo azul. Este flagrante ecocidio hace que en los raros momentos de sentido común preguntemos: "¿por qué carajos vivimos aquí?".

El eterno retorno a la mujer barbuda,
JUAN VILLORO

Alguien escribe párrafos necios para que algunos luego se encarguen de destrozarlos. Todos viven al día como si redactasen un salvoconducto para cada amanecer, que caduca en la madrugada siguiente. Uno escribe y unos leen.

Ella dice apoyar la confección de cada párrafo que Él escribe de lejos, para que luego cualquiera pueda opinar sobre esos precisos momentos, diferentes a aquéllos, tan parecidos a muchos otros.

Pocos se detienen a pensar con piedad los párrafos ajenos y las andanzas de ese loco en particular, tan ajeno a nosotros. Los otros que se dediquen a redactarse entre ellos, dicen todas las que se incomodan con conversaciones inesperadas.

Esa que se queda callada y atenta, sin que nadie se lo demande durante algunas horas mientras alguien le habla de algunos o de todos los episodios insólitos, no es una mujer cualquiera, sino precisamente alguien que se queda atenta y callada para luego decir lo que piensa, sin decir que su opinión sea plural, de todos, de nosotras, sino precisamente de Ella.

El que pierde un cuaderno en un taxi, la prosa ambulante que ya no llegará a las manos de la primera intención, sino a los lectores imprevistos. De subirse un viajero a ese taxi, sin que nadie lo acompañe al aeropuerto, con algunas horas libres por delante, entre aquellos otros viajeros que también vuelan a Madrid, pero sin el pasaporte cualquiera de quien se pone a leer la libreta que encontró en el taxi y termina obsequiándola al otro lado del mundo para que los otros lectores inesperados formulen una larga conversación de cómo sois vosotros.

Las noches en vela, los años que se pasaron, la locura de intentar hilar una novela, el personaje entre vosotros, nosotros; Una sola página que quizá salió perfecta y unas hojas que mejor sería no haber impreso; Alguien que decide lo legible y encomiable, algunos que lo avalan, todos los que regalen su tiempo de lectura; Uno que seguirá escribiendo y unos que seguirán leyendo; Ella que regalará la historia como libro y Él que negará haberlo podido leer; Cualquiera que se atreva a completar los párrafos de una historia inconclusa; Esos que descalifican sin razón y sin lectura; Aquellos que reconocen silencios de imaginación; Muchos que se quedarán con las ganas de saber una historia nueva; Pocos que sincronizarán sus propios párrafos con el cuento; Ese que se reconoce en estas páginas y Esa que sonríe como sombra desde las alturas; Nosotros que nos quedamos siempre en ascuas, mientras los otros celebran toda certidumbre, intuición o interpretación. Todas las posibles lecturas de esta novela en particular, de Esa descabellada locura de un coro de necios en cantata al óleo en torno a las alas de una demencia inofensiva que no merece perderse en el olvido como si fuera Nadie.

Veinticuatro

Selene Nochebuena resultó ser una diosa, un espejismo, un monumento soñado por Ángel Anáhuac. Selene Nochebuena, la hija perdida de Guadalupe Nochebuena, novia consentida de Mariano Marianao, envidia de todas las musas del Obsidiana, *El Espejo Negro de Obsidiana*, engalanado como salón parisino, hielo seco, terciopelo rojo, escaleras falsas, puertas que abren a muros de ladrillo. Beldad, cuerazo, mujerón... De lejos la vio el Ángel como un poema, hielo seco, chinita la piel; de lejos, había que leerla como párrafo de prosa. Selene la Luna nueva sin sombras, de curvas hipnóticas, senos perfectos, cintura de avispa, manos de perdón callado, cuello sereno de mecánicas simples, mirada perdida. Selene Nochebuena, que sería la mujer perfecta si no constara en este párrafo que nació hombre, machito entre hembras, esculpido desde los doce años por su santa madre prostituta, que le vio mejor futuro en las nalgas que en los bíceps, la abnegada Nochebuena que le regaló la operación con la que le extirparon dos costillas para moldearle el corpiño desde adolescente, la sacrificada madre cuyas amigas cooperaron en el pago puntual de las hormonas, esteroides, cirujanos, enfermeras, escultores de cuerpos que convirtieron al niño en Selene, hielo seco, escaleras de terciopelo, la mirada fija en el Ángel hipnotizado.

—A mí me esculpió mi madre, nene —dijo
Selene cuando empezó una conversación con el Ángel que duraría semanas enteras, madrugadas largas,
celos del negro Marianao y callada felicidad de Guadalupe Nochebuena.

Si este intento de novela se propusiera la reproducción textual en tiempo real de esa conversación
sería entonces sórdida película de horas que son días.
Mejor, resumir y concluyamos:

—A mí me esculpió mi madre, nene... y te
digo que allá afuera el mundo no es como lo pintan... pero te llega o te tiene que llegar el día, nene,
en que reconozcas que te quedan pocos días... te lo
digo así: amarra bien el lugar donde duermes y con
quienes sientes vida y afecto, lo demás es un albur, es
la muerte y la tienes que torear... A mí me esculpió
mi madre y me lancé a dominar la calle, pero ahora,
gracias a todos los cambios, aquí me tienes: ¡bendita
entre las mujeres!

Concluyamos: hubo noches en que el Ángel
pudo pasarse horas absorto en las historias de Selene,
convertido en un lunático de veras y mentiras, hipnotizado por la belleza de confusión, tímido en sus
preguntas, miedoso de que se le notaran a él mismo
las exageraciones de amaneramientos, los movimientos de manos, los ojos entrecerrados que le aprendía
a Selene en cada madrugada que prolongaba su enamoramiento, su detenida contemplación en un espejo de carne y hueso, que le hablaba de la ciudad y de
las mismas calles como si Selene también se hubiera
propuesto volar por el asfalto, salvar a los incautos,
desfacer entuertos a golpe de riesgos y tacones altos.
Hubo también noches que se alargaban en semanas

sin que Selene pudiera ser vista, ocupada hasta deshoras por filas interminables de clientes, por los celos inapelables de Marianao, por las vacaciones que
le pagaba la Nochebuena para que se largara cuatro
días a cualquier playa, por los clientes casados, padres de familia, funcionarios de altos respetos que la
contrataban por días, por viaje, pago por adelantado,
a escondidas, sin que nadie la vea, sin que nadie se
entere, y luego, los clientes que en realidad eran pro-
veedores, productores, promotores que la fotografia-
ban para anuncios de ropa interior, perfectas curvas,
gran angular, *close-up*, *zoom-in* de pechos, sombra en
el cuello para ocultar la manzana, telas enrolladas en
las muñecas de sus brazos que ningún cirujano logró
esculpir como lo exigía la Nochebuena...

Hubo noches que fueron madrugadas en que
Ángel Anáhuac seguía sin volver a salir a batir sus alas
libertarias, contento con esperar a Selene, llenando
cuadernos de páginas pobladas por hormigas negras
de tinta, teorías teológicas de su apostolado frustrante, retratos de todo un coro de necios, la acuarela verbal de los barrios, el dibujo a línea de ciertas vidas
anónimas que no merecen condenarse a la amnesia
y madrugadas que luego fueron días en que el Ángel
discutía con clientes y parroquianos del Obsidiana, el
ahora *El Espejo Negro de Obsidiana*, como si fuera un
salón académico, un coro de sillería en madera, una
cantina de ancha tertulia. Está la madrugada en que
discutió con un impresentable que se negaba a creer
que Selene fuera un hombre liberado por obra y gracias de los empeños de su madre de esa jaula incómoda del cuerpo y género con el que nació y la noche
que se prolongó en madrugada en que un burócrata

se sinceró con una botella de mezcal para confesarle que él buscaba en Selene no el embeleso de una musa sino precisamente la rienda falsa de un macho que lo pusiera de rodillas y en orden. Están las muchas noches en que alguien no dudaba en preguntarle si él también estaba en venta o alquiler, las madrugadas en que algunos creyeron reconocerlo por sus hazañas en pro de la liberación de toda delincuencia efímera, el amanecer en que llegaron ésos, quizá los mismos que lo habían torturado en capítulos anteriores, y el Ángel que se esconde en el camerino con la Nochebuena como un niño que acababa de perder sus alitas de pastorela.

Está la noche en que llegó un auténtico número de circo que recitaba de memoria todos los sismos y terremotos que había sufrido la Ciudad de México desde su fundación, que se sabía de memoria el número de víctimas, el sitio exacto de todos los edificios derruidos, el monto estimado de las pérdidas materiales; y la noche en que llegó al *Espejo Negro de Obsidiana* uno de los cantantes más famosos de la Unión Americana que había hecho cita, giro bancario y quién sabe cuántas promesas vía Internet para agasajarse con Selene; y la tarde que ya anochecía en que el Ángel tuvo oportunidad de desatar todo su delirio urbanódulo con siete de los quince expertos en ciudades que habían logrado escaparse del férreo itinerario de su convención internacional de urbanismo y arquitectura, guiados por el aliento y desmadre de que conocerían el mejor antro de la ciudad más grande del mundo.

Hubo el hipócrita cura excomulgado que terminó llevándose para siempre a la Tacubaya y hubo muchos bohemios tan enfiestados que pasaban las noches en canciones tras canciones sin llegar a animarse con ninguna de las musas y hubo también señoras de alcurnia y jóvenes actrices que también recaían en el negro espejo nada más para pasar un rato, una loca noche, una madrugada de cajón. Hubo el cronista anónimo que recargado en un diván de terciopelo verde le confirmaba al Ángel que nadie sabe por qué seguimos aquí, que *Aquí seguimos, aquí vivimos y, por curioso que parezca, queremos quedarnos. Después de la pérdida, lo único que hay por decir es que aquí estamos.* Hubo dos jóvenes que llegaron esa misma noche, empapados en lluviácida, asegurando a todos los comensales y musas del santuario que habían llegado hasta el Obsidiana como gondoleros, colgados de la defensa trasera de un automóvil que surcó las aguas de todas las inundaciones de agua negra como si fuera una lancha con el motor fuera de borda y hubo el fotógrafo que reveló allí mismo, frente a los ojos del Ángel, las fotografías digitales de una fantasía inconcebible de niños envueltos en humos de cemento y perros flacos en jauría, ancianos sonrientes bailando danzón a la mitad de la calle, niños con todos los globos amarrados a la cintura y rostros felices, multiplicados, de todas las caras posibles de la ciudad que el Ángel ya llevaba semanas sin sobrevolar.

—Mira nene, cambiar de sexo te cuesta veinte mil dólares… son doscientos clientes de a mil pesos cada uno… o cuatrocientos de quinientos… tú saca las cuentas, mi rex… pero lo que te digo, y eso lo saben bien las locas de mis tías y mi santa madre aquí presente, es que yo soy única… soy una escultura de amor, ¿ves?… Hay mucho animado allá afuera, pero para eso, digo yo, se necesita mucho más valor... Se necesitan güevos... Porque los que no se decidieron a tiempo o no han tenido el milagro de apoyo y amor, comprensión, ¿verdad mi Mariano?, pues quedan como monstruos... de lejos guapas, de cerca... quién sabe... Qué bueno que te quedaste todo este tiempo con nosotras... no, si de plano andabas muy confundido, nene... ya te oigo más sereno... ya como que te reconoces con quien te quiere... celosillo... no tengas envidia, cabrón... cada quién es como es... qué bueno todo lo que ayudas aquí... mi madre te adora... a ver qué día me enseñas todo lo que escribes... ¿a poco andas copiando lo que hablamos?... me vas a quitar clientela, nene... si quieres, un día con calma te platico toda mi vida... nomás pa' que veas lo que se siente... pero qué bueno que te quedas... dibujas bien padre y a mi madre le fascinas... yo creo que podrías ser como mi padrastro... ¿ya no te sientes ángel?

Concluyamos: Ni modo... Qué le podemos hacer... Aquí te tocó... Aquí nos tocó... No fuiste Ixca ni Holden, no dejaste en secreto tus secretos... Qué le vamos a hacer... ¿Tú también dormías en el rebozo de tu niña madre, colgado como en hamaca a sus espaldas? Que te redacten otros un final... Que te lo busques tú mismo... Ciudad de luchadores, con o sin máscara... Que dice el señor que le dijeron que alguien había ya escrito y probado que la discusión sobre el Ángel es en realidad un rollazo psicoanalítico de la cultura nacional, que en realidad se trata de la negación edípica y la confusión esquizofrénica por no querer decir la Ángela... ¡Pinche prosa de quinta!... Un día de éstos caen a balazos todos los microbuses... Que en un libro la señora del siete vio que decían de

un testigo que vio con sus propios ojos cómo voló el
Ángel hasta hacerse pedazos sobre el Paseo de la Reforma con lo del terremoto de hace medio siglo… No,
si sí cené, pero me quedé con hambre… Pon tu puesto de jugos… La higiene vale madres… Que dijeron
en la tele que la mejor novela que se ha escrito sobre
la Ciudad de México se publicó hace medio siglo y es
insuperable y punto… Mi abuelo fue panadero y re-
partía bolillos con la canasta en perfecto equilibrio
sobre su cráneo, sobre la bici, como ídolo mexica…
Que dijo una compañera de mi hija en la escuela que
hay una historia alucinante de cómo intentaron robarse el Ángel de la Independencia, sin Columna, por
aquello del oro puro… Fue sin querer, queriendo…
Que todos saben que es imposible terminar de na-
rrarse si uno solo no sabe ni cómo va escribirse los
siguientes párrafos… Vamos a cenar gorditas con la
Gorda… Qué le vas a hacer, si tanta cantata parece ruido… Quesque… Todavía quedan voceadores
de periódicos que se calzan un tricornio de papel…
Aquí les tocó a los que aparecen en párrafos pasados
y a los que podrían poblar todos los párrafos siguientes… Que dice Fabrizio que no es la región más transparente sino la transpirante… Allá vivían, antes de
venirse pa'cá, pero luego no les gustó y se la pasan re-
negando… Que mañana viene un diputado que está
pujando por la ley que ya reconozca de una vez por
todas que Selene Nochebuena es una diosa… Mejor
cállate y dime… Que ayer encontraron a un orate su-
bido en la Torre Latinoamericana aventando bolígrafos como dardos… ¡Cantinflas es tu padre, pendejo!
Ésas deberían grabar un disco, porque así ni quien las
oiga… Ese sabio que camina a solas fue ropavejero en

un tiempo pasado… Dicen que ése practica la operación jarocha…Uno de la oficina dice que otro le contó que sabe exactamente en dónde se encuentran… Ayer, es decir hoy, decías lo contrario… Eso que te aseguraron y que luego me mandaste decir con ella que era así, resultó ser totalmente lo contrario… Ese que ves allí, no es… Todos los noticieros son chafas… El payaso no sabe ni madres… El de al lado, tampoco… ¡¿Qué no ves, sorda?!… Ya lo dijo Pérez Prado, en el Cielo te recibe la Sonora Santanera… Tiene pinta de güila… Ésa, sí y me consta… En la esquina de División del Norte con la Avenida de la Oportunidad Democrática hay un demente que se sacude la manguera delante de todo el mundo… Dijo que al Lic. le fascina el arroz con popote… ¿y los que se pasan el semáforo?… Nadie se detuvo a ayudar a la pobre mujer y si vieras qué ternurita sus trenzas tejidas a la antigüita… Ese güey ya nunca volvió… Ni que fuera de él la azotea… ¿Te acuerdas la de Tin-Tan donde se queda babeando frente a la Diana Cazadora? ¡Ya bájale, güey!… Mejor: la catafixia… ¿y los que respetan los semáforos?… Abajo, tienes que subir, luego sales y entras, y arriba ya te dicen cómo… Mi padre afila cuchillos con su bicicleta… Aquí no hay cuándo: la cosa es ahorita y en caliente… ¡Viva Agustín Lara, hijos de la chingada! Desde arriba se vio todo… ¿Insólito? Insólito el aeropuerto en medio de la ciudad… Es que me pegó el sofá… Que dicen que van a tumbar la plaza de toros y que nos van a volver a dar el Mundial de Fut para que todos corran al Ángel… Ése, el policía de la esquina, tan elegante, tan apuesto, es el Rey de la Mordida… ¡Despacio, que tengo prisa!… Córrele, Angelito… ¿Quién te corrió?… Aquí te toca…

Concluyamos: Ella se sienta frente al espejo con la cara recién lavada. Su piel es una tersa tela de color aceitunado que brilla con la grasa natural de sus propios poros. Su pelo recogido en una trenza larga queda a la espera, en segundo lugar, para quedar perfectamente pelo peinado una vez que concluya el ritual sagrado del maquillaje, la máscara de la chingada, el antifaz de la ajada, el tendajón de pinturas y polvos de arroz que intentarán, una vez más, esconder los pliegues de una biografía, anonimatizar su verdadero nombre y velar dolores. Empieza por aplicarse una base cremosa de color café con leche… pule su frente como si fuera un mascarón de proa… va delineando cada fila de diminutas pestañas que bordean sus ojos… a veces, cuando hay de dónde, sus ojos han sido verdes y hoy casi amarillos de fondo marrón por los lentes de contacto… y va depilando con una delicadeza de miniaturista las cejas que sobran al hilado que sirve de arco para sus ojos… y enfatiza con sombras de ocres la demarcación de los pómulos y las ojeras de todas las noches… y vuelve a delinear el ojo derecho con una precisión de cartógrafo de mapas antiguos. Se hace la pausa de confirmaciones calladas… y se retoca con un lápiz grueso las cejas, a riesgo de parecerse a María Félix, al filo de pasarse y quedar como payasita de esquina… y si quisiera, podría trazar una sonrisa exagerada sobre las mejillas, precisamente como payaso, pero se concentra en impregnarse los labios con el carmín, el rojo más rojo, sangre de sacrificios diarios, que se crece con una capa de brillo… y sus labios se besan solos, se restriegan el uno sobre el otro, como si fueran un muestrario perfecto y en miniatura de cómo deben embonarse los cuerpos sudados sobre una cama… y ya no se ven los pliegues al filo de su boca y una nueva capa de polvos, maquillajes, sombras, rímel, brillos, glossis, anteceden la orfebrería con la que una cuchara enchina sus pestañas, el negro alambrado de las miradas perdidas. Podría atreverse a simular un lunar, al filo de esa boca ya de tentación etílica… o en las inmediaciones de esa nariz, que a falta de cirugía estética se respinga con la ayuda de un pasador firme, pinza nasal a las deshoras en las que duerme, para que a la hora de su pasarela diaria parezca una verdadera princesa huelepedos, delicada infanta pintada al óleo, tres cuartos y de perfil, *close-up* y *zoom-in*. Podría incluso evitar el perfume por hoy, y esperar a que la calidad cambiante de la clientela determine si vale la pena o no invertir en aromas caros, pero hoy la reina quiere marear… quiere marearse y dejarse marear y saca el perfume que todas las demás locas del camerino toman como broma, el perfumero antiguo con dispersor de manguerita, tomado del laboratorio de Frankenstein, con su delicada bombita en la punta para que las manos giren de lado a lado frente a su rostro maquillado, como si fuesen mayordomos de un palacio dando el último retoque a la mesa de un banquete.

Ella se levanta para contemplar en el espejo de la luna su cuerpo aún reconocible y gira de medio lado para verificar el sentido de su corpiño rojo, y se ajusta las pantaletas que jamás podrá sustituir por esas tangas de *tabledancer*, y se eleva la conjunción de sus senos, arropados bajo las copas con alambre de su brasier antiguo… Se dirige a la puerta, al lado de los armarios nuevos, hechos a la medida, que sirven ahora para esconder el retablo de los ganchos, *esqueletos de murciélagos...* y elige el vestidito entallado de lentejuelas, el más ajustado de sus disfraces, y se vuelve a sentar frente al espejo, su tocador improvisado de casita de muñecas que ahora con los cambios tiene más focos que un teatro clandestino, y empieza la ceremonia de cepillarse toda la vida, como todos los días, y el alaciado parece aligerarle las ideas, cabellera bruna, a veces tinte negro zaino, a veces incluso rubia platinada, a veces incluso pelucas de todos los colores, a veces la trenza que delata inocencias y hoy, como casi siempre, la cabellera suelta como Dolores del Río, la mata de pelo al vuelo y sus orejas a la espera de aretes largos, perlas falsas, diamantitos baratos y a veces los pendientes de la Popocatépetl que algún dinero han de valer y a veces las perlitas de mentiras con broche de alpaca, pero hoy serán los aretes largos que retintinean con cada paso de los tacones altos, y se inclina a abrocharlos como si fuera el último paso en la ceremonia de un trapecista o el instante en que al torero le amarran los machos, y se cala los zancos que retan el equilibrio de la ebriedad consuetudinaria, los taconazos que tuvieron que aprender a caminar, luego correr, luego bailar... y balancearse cuando cruza las piernas agobiada por el cansancio y la absoluta falta de clientes, una madrugada más, otra noche más, otra vida entera... otra vida en que se mira al espejo, maquillada como reina, disfrazada ya totalmente su biografía de delirante desolación, decrépita fortuna, personalidad perdida... aunque el espejo parezca decirle en voz alta... que todo sigue, más allá de las muertes... que todo pasa y todo cambia... que uno es uno y no necesariamente dos... que se joda todo el mundo, que no amanezca... que la capita o el chal tejido parecen alas abiertas cuando proyectan su sombra sobre el asfalto… que nadie le atina a redactar las precisas palabras de todos los días que se vuelven semanas que fueron por los menos dos o tres años de aventuras que hoy mismo en la madrugada podrás aumentar con más páginas inéditas… para volver a mirarte en la Luna, y luego en la luna del tocador, en el espejo de todas las caras que te miran, en la ventana de todos los ojos que te lean de lejos en el cambio de semáforos… sin que nadie pregunte tu nombre para que sólo tú sepas que te llamas desde hoy, Emperatriz de todas las Estrellas, Ángela Anáhuac, *Angelanáhuac…*

Caminárbol

"Caminárbol, oxígeno y respiración. Las alas convertidas en ramas, las ramas siempre verdes, los brazos como sombras que caminárbol entre todos los coches, salvación de todos los hombres y todas las almas. Caminárbol cardiovascular para los edificios, para las calles. Caminárbol para las noches y los desvelados. Caminárbol sembrado y multiplicado en los patios y las laderas, los ríos secos y las lagunas subterráneas, los cielos y las nubes, los senos y las tetas, los callados y las gritonas. Caminárbol de los bosques que te han de resucitar Madre Ciudad y de las alamedas con las que te habrás de maquillar, Caminárbol...

Árboles caminantes contra contaminantes...

Máscara contra cabellera... Masacre en África...

Masatortilla... Tronco flotante en pleno Viaducto...

Tacones para taquitos parados...

Leer la crónica de C. M. y el cuento de C. F.

Maquillar las paredes.

Mañana le hablo y a ver qué cuenta.

QUE JB ME PRESTE EL LIBRO:... ...

Rendir cuentas, puro cuento... ...

Novela, no... verla."

A. A.
Cuaderno olvidado en un taxi, 2006

Calles que van al pasado,
regresan del porvenir
y se detienen aquí
entre ya nunca y mañana.
Esquina de un hoy falaz,
encrucijada o ya término
de un viaje que se extravió
nochearriba,
no sé cuándo.

Aire oscuro,
José Emilio Pacheco

Réquiem para un Ángel se terminó de imprimir
en abril de 2009, en GRUPO H Impresores,
Sabino #12 Int. 2, Col. El Manto,
Del. Iztapalapa, C.P. 09830, México, D.F.